モフモフ異世界のモブ当主になったら
側近騎士からの愛がすごい2

ヴァン・ド・インセングリム
黄金麦穂団の騎士団長で
ハイイロオオカミ獣人。
代々レイナルド一族に
騎士として仕えてきた
インセングリム家の嫡子。
ピート・ド・タオシェン
白銀魔女団の騎士団長で
ブチハイエナ獣人。
スラム街で育った過去を持ち、
規格外な強さを誇る。
リュカ・ド・レイナルド
RPGゲーム『トップオブビースト』の
世界にフェネックギツネ獣人として
転生した主人公。
レイナルド家当主の仕事と
子育てに奮闘中。

ウルデウス
謎のアカギツネ獣人。
ベッセル・ド・
インセングリム
黄金麦穂団の新人で
ハイイロオオカミ獣人。
ヴァンの弟。
ギュズ
睡眠の研究をしている
カシミヤヤギ獣人。
ロイ・ド・レスター
白銀魔女団の新人でブチハイエナ獣人。
ピートの幼馴染で弟分。
ルーチェ・ド・レイナルド
リュカと同じ遺伝子から作られた、
元気いっぱいなフェネックギツネ獣人。

目次

モフモフ異世界のモブ当主になったら
側近騎士からの愛がすごい2

第一章　平和と不穏と愛しい嫉妬

リュカは黄金色の尻尾《しっぽ》をパタパタと動かす。艶《つや》のある毛並み、フワフワの手触り、毛量も多く形もよい。大陸一美しい自慢の尻尾《しっぽ》だ。

「はー、いい匂い。俺、自分の尻尾《しっぽ》だーい好き」

夜の入浴時に専属の理尾師に手入れをしてもらったリュカは、サラサラでフワフワになった自分の尻尾《しっぽ》を足の間からくぐらせ抱きしめる。姿見に映っているのは、大きな耳と大きな尻尾《しっぽ》を持った小さな体の少年……もとい、成年だ。

（もうすっかりこの体にも慣れたな。それもそうか、〝リュカ・ド・レイナルド〟に生まれて二十二年が経つもんな）

鏡に映るフェネックギツネ獣人の自分を見ながら、リュカはしみじみとそんなことを思った。

リュカは前世の記憶を持っている。浅草琉夏《あさくさるか》という病弱な少年だった彼は十六歳で事故死し、獣人ゲーム『トップオブビースト』の世界に転生したのだった。

『トップオブビースト』の世界は四つの公爵家が支配している。当主デボイヤが率いるライオン族のワレンガ家。当主シュンシュが率いるワシ族のガルトマン家。当主ゴーフが率いるヘビ族のヴェリシェレン家。そして、当主リュカが率いるキツネ族のレイナルド家だ。

ゲームの展開通り魔王が出没し世界は壊滅の危機に陥ったが、リュカの真の力と友情により魔王は改心し、世界は平和を取り戻した。

しかしすっかりリュカに心酔した魔王は、リュカの遺伝子で赤子ルーチェを創り出してしまう。途方に暮れたリュカだったが、ルーチェを神から授かった子という設定でなんとか乗り切り、レイナルド家の次期当主として育てることにしたのだった。

そんなわけで世界は今日も平和で、ルーチェはすくすくと育ち、リュカの尻尾《しっぽ》はモフモフで美しいのである。

寝支度を整えたリュカが寝室へ入ると、中にいたふたりの男が揃って振り返り「シーッ」と人差し指を口にあてた。彼らの目の前のベビーベッドでは小さな赤子、ルーチェがスヤスヤ眠っている。

「ありがとう。寝かしつけてくれたんだね」

足音を忍ばせ潜《ひそ》めた声で礼を告げると、ふたりは大きく安堵《あんど》の息を吐いた。

「さっきまでずっと泣いていて、今ようやく寝たところだ。今日はなかなか骨が折れた」

「ベッドに下ろすたびに目ぇ覚まして泣きやがる。四回目の挑戦でやっと成功したぜ」

赤子の寝かしつけに奮闘し成功を収めたこのふたりは、リュカの側近騎士だ。

ひとりは第一護衛騎士団・黄金麦穂団《おうごんばくすいだん》団長のヴァン。リュカの幼なじみであり、名門貴族出身で厳格な性格のオオカミ獣人。

もうひとりは第二護衛騎士団・白銀魔女団《はくぎんまじょだん》団長のピート。スラム出身のヤンキーで、リュカに大恩のあるハイエナ獣人だ。

ルーチェはリュカとヴァンとピートの三人で育てている。屋敷の者の手を借りることもあるが、ルーチェと親子の絆を深めたいというリュカの希望で養育係はつけていない。リュカは威厳ある法衣《ほうい》に似つかわしくないおんぶ紐を括《くく》りつけルーチェをおぶって仕事し、ヴァンとピートも多忙な業務の間を縫って面倒をみる日々だ。

ルーチェはもうすぐ生後八ヶ月になる。今のところ育児は順調だが、夜泣きに関しては悩ましい。ルーチェは夜泣きが激しく、彼が生まれてから三人の睡眠時間は確実に減少している。

さらに悩ましいのが、三人にとって削られるのが睡眠時間だけではないということだ。

「よし、今のうちにヤろうぜ」

唐突に言い出したピートが、リュカの体を抱き上げ頬にキスをする。驚いて声を出しそうになったリュカは、慌てて自分の口元を手で押さえた。

「貴様は隙あらばそれか！　節操なしが、とっとと宿舎へ帰れ！」

眉を吊り上げたヴァンがピートの肩を掴み小声で叱責する。ピートは鬱陶《うっとう》しそうに横目で睨んだあと、ハッと嘲笑を浮かべた。

「てめーこそ、さっさと宿舎に帰りやがれ。俺とリュカの貴重な愛の時間を邪魔するんじゃねー」

「何が貴重な愛の時間だ！　私だってもう二週間もリュカを抱いてないんだぞ！　お前に抱かせる

時間があるなら私が抱く！」

「はあ？　人のこと節操なしって罵っといて、どの口が言ってやがんだ」

お約束のように速やかに喧嘩を始めたふたりに、リュカは呆れて笑うしかない。

ヴァンとピートはリュカの恋人だ。恋仲であれば当然肌を重ねるものだが、ルーチェの夜泣きが始まってからはなかなか難しい。ただでさえヴァンとピートはリュカを取り合って犬猿の仲なのに、最近ではエッチできる時間が激減したため、その機会を巡って争いは激化している。

これ以上無意味な喧嘩を繰り広げるのは時間がもったいないので、リュカはやむを得ず提案する。

「三人でしようよ、ね？」

ヴァンとピートとしては、当然一対一でリュカを抱きたい。また、リュカもふたり同時に相手をするのは体力的にしんどいものがあるのだが、そこにこだわって貴重な時間を無駄にしては元も子もない。そんな苦渋の決断の結果、この夜は三人ですることになった。

リュカの寝室は広い。ベビーベッドとリュカのベッドは数メートル離れ、間には衝立《ついたて》が置いてある。とはいえ、大きな声は出せないが。

豪華で大人が五人は眠れるほど広いベッドの上で、丸裸にされたリュカは四つん這いになる。

「美しいな。今日もいい毛並みだ」

ヴァンは後ろからリュカの尻尾《しっぽ》に顔をうずめ、そのまま尻に頬擦りし尻肉を甘噛みした。小さいが滑らかな曲線を描くリュカの尻はスベスベだ。瑞々《みずみず》しい桃のようなそれをヴァンは手のひらと舌で堪能し、最後に窄《すぼ》まりに口づけた。

「んぁっ……あ、あぁ」

禁断の場所をチロチロと舌先でくすぐられる感触に、リュカは背をしならせて震える。

「ほら、舌出しな。気持ちよくしてやるから」

前からはピートに顎《あご》を掬《すく》われ口づけられる。リュカがおずおずと小さな舌を伸ばすと、吸われ、犬歯で甘噛みされた。その刺激に体が甘く痺れ、頬が火照っていく。

「ん、んぅんっ」

口内とお尻を同時に舐められ、リュカは自分の体が疼くのを感じた。前戯というにはまだ短いが、何せ久しぶりだ。まるで体が快感を待ち望んでいたように敏感になっていて、陰茎はもうすっかり勃ちあがっている。それはヴァンとピートも同じだった。

「リュカ……悪いが今夜は余裕がない。入れさせてくれ」

ヴァンは舌と指でリュカの窄《すぼ》まりをほぐすと、自分の脚衣を下ろしていきり立った怒張《どちょう》を押しあてた。

「うん、来て……」

はしたないと思いながらも、リュカはヴァンが入れやすいように尻を高く上げる。小柄なリュカは高身長のふたりに合わせるため、クッションで高さを調節したり体位を工夫したりと大変なのだ。

ほぐされて疼いてヒクつく孔《あな》に、ヴァンの肉塊がズブズブと埋まっていく。リュカは喉を反らし、声にならない熱い息を吐き出した。

「リュカ、あんた今すげーエロい顔してるぜ。ハメられるの待ってましたってツラしてる」

頬を染め目を潤ませるリュカを見て、ピートは瞳を妖しく輝かせる。そして自分も脚衣を下げて勃起しているモノを露わにすると、リュカの口元に突きつけた。

「ほら、その可愛い舌で舐めてくれよ」

リュカは言われるがままにピートの大きな雄茎の先端を舐めた。括《くび》れに舌を這わせ、透明な露の零れる鈴口も丁寧に舐める。口淫を覚えて半年以上、もうすっかりピートのどこがいいのか把握してしまった。

舐めることに集中しているうちにも、ヴァンの剛直が荒々しく抽挿する。体が昂っていたリュカは早々に射精欲が高まっていく。

「あ、あぁっ、もうイッちゃいそう……」

「もうか？　まだ入れたばかりだぞ」

それについてはあまり触れないでほしいとリュカは思う。ふたりと性交するようになって判明したが、リュカはどうも早いようだ。ひとりでするときはそれほどでもないのだけど、他人に体を弄られるとやたらとイッてしまう。その事実にリュカは男としてのプライドが毎度傷つくので、できればスルーしてほしい。

「ここんとこ、ご無沙汰だったから溜まってるんだろ。つーか、そろそろこっちも咥えてくれ」

ピートのフォローがありがたいような、そうでもないような気持ちで聞きながら、リュカは口いっぱいに彼の肉竿を頬張る。ただでさえ大きな彼のモノは、リュカの小さな口に収めるには凶暴すぎて呼吸が苦しくなってしまう。

しかし酸素不足になって頭がクラクラすると、どういうわけか余計に体の感度が増すのだ。尻に入っているヴァンの肉杭の存在をますます感じてしまい、リュカはシーツを握りしめて快感に耐える。

「んぅう、んッ、んッ……！　ふぁアッ！　だめ、出るぅっ！」

中のいいところをグリグリと擦られ、リュカが限界を迎える。口でしごいていた肉塊を思わず離し、射精を迎えようとした——そのときだった。

「ふぎゃぁぁあああああ!!」

「「!?」」

衝立《ついたて》の向こうのベビーベッドから、赤ん坊の盛大な泣き声が聞こえた。

「わっわっわ！　わわわわわルーチェ！」

その瞬間、射精欲がスッと引き、リュカは慌ててジタバタする。

「ちょ、ちょっと、ヴァン、抜いて！　早く抜いて！」

「わ、わかってる。ちょっと待て、動くな」

「俺が行ってくるから、リュカ、とりあえず腰から手ぇ離せ」

ベッドの上で組んずほぐれつしていた三人は、ワタワタと焦って体を離した。そしてまだ萎えきらないモノを隠すように脚衣だけ穿いて、大急ぎでベビーベッドまで駆けつける。

ベビーベッドではルーチェが元気いっぱいに泣いている。ジタバタと手足を動かしているそのさまは、「どうしてすぐに来ないんだ」と怒っているみたいだった。

「ごめんね、ルーチェ。よしよし、抱っこしてあげるからね」

リュカがすぐさま抱き上げ、あやすように揺らす。しかしルーチェの機嫌は直らず、あやしてもミルクをあげてもおむつを替えてもグズり続けた。

なかなか泣きやまないルーチェを三人で交代で抱っこして、ようやく再び寝ついたのは一時間も過ぎてからだった。

「……俺、イク直前で抜いたせいかお尻がすごく変な感じなんだけど」

ルーチェをベビーベッドに寝かせながら、リュカが小さな声で言う。

「私だってそうだ。中途半端で気持ち悪い」

しかめた顔でヴァンが言えば、ピートも困り果てたように息を吐く。

「だからってもう一回やり直すのも、なんかなあ」

体はスッキリしていないのに、夜泣きに一時間以上付き合ったせいで気分はすっかり萎えている。

三人はトホホと力なく肩を落とし、天使のような寝顔のルーチェを見て苦笑を零した。

「赤ちゃんには敵わないや」

「「だな」」

寝不足も欲求不満も、無垢な赤子には敵わない。

可愛い可愛いルーチェに振り回されるレイナルド家当主とその領地は、今日も平和だ。


――しかし。

レイナルド家を除くみっつの公爵家では、何やら不穏な空気が流れていた。

「魔王の懐柔に、神の子の拝領。……これは懸念すべき問題だ」

「人民たちの間でもレイナルド家への神聖視が高まっている。放っておくわけにはいかん」

「不思議なものですな。リュカ殿にだけ次から次に面白いことが起こる」

大陸東南にあるガルトマン領のシュンシュの邸宅。地下にある秘密の会議室で、シュンシュとデボイヤとゴーフは穏やかではない表情で話し合っていた。

カタカタと足を揺り動かし、苛立《いらだ》ちを隠せていないのはツァボライオン獣人のデボイヤだ。逞しい腕を組み椅子の背もたれに寄りかかっている体勢は威圧的なのに、気持ちに余裕がないのが窺える。

「確かにリュカ殿は、魔王に大陸の侵略をやめさせた。だが私は納得していない。いくら魔法が使えるとはいえ、あの子ギツネがどうやって強大な力を持つ魔王を説得した？　しかもすべて特秘だと？　怪しいにも程がある。もしやレイナルド家は魔王と手を組み、改めて大陸を支配しようと企んでいると疑わざるを得ない」

デボイヤは心底気に食わないといったふうに言葉を吐き出した。

彼はまだ二十八歳と若いが、四大公爵家のまとめ役だ。百獣の王という気質がそうさせるのか、代々ワレンガ家は人の上に立たないと気の済まない性分をしている。魔王デモリエルの化けた勇者ネモが召喚されたときもそうだった。いの一番にネモを領地へ連れ帰り旅の手ほどきをしたのは彼だ。

面倒見のいい性格である一方で、何もかもが自分の支配下にないと気が済まない。そんなデボイヤが、魔王と勝手に平和協定を結んだリュカを腹立たしく思うのも当然だった。

しかも大陸では平和の立役者として、リュカの人気はうなぎ登りだ。それが各公爵家当主らの地位を脅かすことはないが、自領の民が他の当主を持て囃《はや》すのはやはり面白くない。

そして非常に個人的なことではあるが、デボイヤはリュカを少々見下している。体が大きく威厳溢れる容姿の彼からすると、フェネックギツネのリュカは非力な子供にしか見えないからだ。もしリュカの見た目にもっと貫禄があったなら、デボイヤの感情もまた違っていただろう。しかし現状、彼はどうも生意気な子供に鼻を明かされているようで余計に苛立《いらだ》ちが募るのだ。

「まあまあ、デボイヤ殿。決めつけはよくない。四大公爵家に不和は不要。まずはリュカ殿から話を聞こうじゃないですか」

細い目をさらに糸のように細くして、ゴーフが微笑む。快活な彼はいつだって楽し気な表情を浮かべているが、細い目の奥ではまるで状況を深く窺うかのように縦長の瞳孔をキョロキョロ動かしている。

クスシヘビ獣人でありながらサッパリとした気性のゴーフは、デボイヤのようにリュカを敵視していない。むしろ次から次へ予想外なことを起こす彼を好んでさえいる。

享楽的なゴーフは思うのだ、リュカは面白いと。できることなら彼がこれから何をするのか、もっと見届けたい。

しかし、その快活な笑顔の奥には人知れぬ狂気が潜《ひそ》む。

大陸北東にあるヴェリシェレン領は極寒の地だ。雪に閉ざされがちなゴーフの領地では大昔から娯楽は貴重で、そのために命を懸けることも珍しくはない。いにしえより受け継がれる北の民の性《さが》だ。

愉悦は何事にも勝る。ときには正義や良心よりも。

気のいいゴーフは平和を好むし、四大公爵家の仲間であるリュカを責めるような真似もしたくない。けれど、北の民の血はいつだってもっと面白い状況は何かと探し求めてしまうのだ。

ゴーフは自分の内から湧くそんな渇望を抑えつける。そして二股の舌をチロチロと出し入れして、作った笑みを浮かべた。

「……とにかく。このままレイナルド家の好きにさせておくわけにはいかない。力を持ちすぎた当主は危険だ」

カンムリワシ獣人のシュンシュは、落ち着きつつも強い口調で言った。

そもそも、レイナルド家への不信を言い出したのは彼だ。

ガルトマン家は本来、他家にあまり関心を持たない。ただ、変化を嫌う一族であった。

大陸東南に位置するガルトマン領は昔からの身分制度が根づいており、他の公爵領に比べて身分の格差が大きい。絶対的な存在のガルトマン家を頂点とし、どんな小さな可能性でも自分と一族の権力が脅かされることを嫌う。

そのせいなのか、シュンシュは魔王を懐柔し神子を手に入れたリュカを酷く警戒していた。

「このガルトマン家当主シュンシュは、リュカ殿の引退と神子ルーチェを我ら三大公爵家へ譲渡することを求める」

だが、さすがにこの発言にはデボイヤもゴーフも目を瞠《みは》る。レイナルド家に四大公爵家のバランスを保つよう進言するのではなく、リュカから権力も神子も奪うべきだというのは話が飛躍しすぎている。

三人の中で一番正義感の強いデボイヤは眉根を寄せた。

「性急だな。リュカ殿が魔王と精通しているのならそれもやぶさかではないが、今の時点ではまだ無理だ。民衆の理解も得られないだろう」

「デボイヤ殿の言う通り。大義もないのに先走ってそんなことをすれば、我らが悪役になってしまうでしょうね」

肩を竦《すく》め悩まし気に言ったゴーフに、シュンシュが冷静な表情で目を伏せながら答える。

「大義ならある。リュカ殿に……レイナルド家に大きな力を持たせない。それだけで十分だ」

理由になっていないその言葉に、デボイヤもゴーフも怪訝《けげん》な表情を浮かべた。

「シュンシュ殿。少し落ち着いてください」

ゴーフがそう宥《なだ》めたときだった。

「思い出せ、同士よ。我ら再びレイナルドの道具に成り下がっていいのか」

シュンシュが低く響く声で問う。茶色い翼が赤い輝きを放ち、シュンシュの額に第三の目が浮かび上がった。その目に射られたデボイヤとゴーフはしばらく動きを止めていたが、やがて夢から覚めたように瞳を爛々《らんらん》と輝かせる。

「ああ、そうだった。我らは自由を勝ち取った者。二度と道具には戻るまい」

「レイナルド家に力を持たせてはなりません。たとえどんな手を使おうとも」

シュンシュは微《かす》かに口角を上げると、第三の目を閉じて言った。

「それではガルトマン家、ワレンガ家、ヴェリシェレン家の三家はレイナルド家当主リュカを追放し、神子ルーチェを剥奪することをここに決定する」


他の当主らがそんな密談をしているとは露知らず、今日もリュカはせっせと当主の仕事に励んでいた。

本日のレイナルドの屋敷は和やかに賑わっている。玄関や廊下には歓迎の花が飾られ、料理人たちは仕込みに精を出し、侍従たちはリュカに付き従い玄関に整列している。

なぜなら大事な客人――レイナルド領のテレス辺境伯を迎えるためだ。

クマ族ツキノワグマ獣人のテレス辺境伯は五十がらみの男で、大陸中央にある聖地『虚空の神殿』付近を管轄している。そんな重要な場所を任されるほどだ、一族は代々レイナルド家からの信頼が厚い。テレス辺境伯自身も人情味溢れる好漢で、リュカは彼が業務報告のためレイナルド邸に訪れるたび手厚くもてなした。

「やあやあ、リュカ様。二年ぶりですかな、また一段と大きくなられまして。この分じゃ来年には儂《わし》より大きくなりそうですな」

「テレス辺境伯。お元気そうで何より……っていうかその冗談もうやめてくださいよぉ。何年言い続けてるんですか」

「あっはっは、ジジイのお茶目な戯《ざ》れ言《ごと》です。お許しを。いやしかし、お会いするたびに当主としての器が大きくなられている。先代も草葉の陰でお喜びでしょう」

テレスはモジャモジャの髭面《ひげづら》を屈託なく綻《ほころ》ばせ再会を喜ぶ。

テレスが父から辺境伯の座を継いでもう三十年以上になる。つまり彼はリュカどころか先代、先々代当主のこともよく知っているのだ。リュカにとっては、数年に一度会う親戚のおじさんみたいな感覚である。

旧知の仲であるふたりがついつい玄関ホールで話を弾ませていると、側で控えていたヴァンがリュカにそっと小声で告げた。

「リュカ様。辺境伯は長旅でお疲れでしょう。応接室にお茶の用意がございます。どうぞそちらへ」

「ああ、うん。そうだね」

うっかり話し込んでしまい、リュカが慌ててテレスを応接室へ案内しようとしたときだった。

「ん、お前さんはインセングリム家の坊ちゃんか？　お前さんもすっかり立派になったなあ。その制服、そうか、お父上の跡を継いで第一護衛騎士団団長になったのか。よかったなあ、お前さんは昔っからリュカ様のひっつき虫だったもんな。一瞬でも姿が見えなくなると『リュカ様ーリュカ様ー』って屋敷中を捜し回って」

「なっ……！」

テレスが顔を綻《ほころ》ばせて語った昔話に、ヴァンが顔を真っ赤に染める。

リュカを赤子のときから知っているテレスは、当然ヴァンのことも知っている。ふたりが子供の頃からずっと一緒で、ヴァンがリュカに対して過保護を発揮していたのも全部見ているのだ。

「お、おやめください！　何年前の話をしているのですか！」

「儂《わし》からしてみればついこないだの話さ。リュカ様も坊ちゃんも可愛かったなあ。ふたりともまだこーんなに小さくて、儂《わし》の肩に乗せて中庭を散歩してやったっけ」

「あははっ。あったねぇ、そんなことも」

「あれは危ないことをしないでほしいと止めにいったら、私まで担《かつ》がれてしまっただけです！」

応接室へ案内しようとしたのに、結局ヴァンまで昔話に加わってしまった。そうして三人はしばし懐かしい話題に花を咲かせ、侍従が応接室に案内するよう進言するまで立ち話を続けていたのだった。


その日の夜は、テレス辺境伯を歓迎するための宴が開かれた。リュカとテレス辺境伯は改めてかしこまった挨拶《あいさつ》をする。

「レイナルド家の神の御威光に、忠誠と敬意を表します。そして遅ればせながら、新たな御子のご誕生おめでとうございます」

テレスがレイナルド家を訪れるのはリュカの当主継承の儀以来で、当然ルーチェとは初めて会う。

「テレス辺境伯の忠誠に謝意を。紹介します、ルーチェ・ド・レイナルド。神から授かった子で、レイナルド家の次期当主です」

リュカが腕の中のルーチェを差し出すと、テレスはリュカの三倍はある大きな手でそーっと丁寧に玉のような赤子を抱っこした。フェネックギツネ種なのでただでさえ小さな赤ん坊が、身の丈二メートルは超える大柄なテレスに抱かれるとますます小さく見える。しかしルーチェは山のような大男に抱かれても泣きもせず真ん丸な目をキラキラさせ、テレスは顔をしわくちゃにして笑みを浮かべた。

「なんとまあ愛らしい御子か。リュカ様の赤子の頃にそっくりですな。いやはや、これは嘘偽りなく世界一可愛らしい」

目尻を下げて溶けそうな顔でルーチェを抱くテレスを見て、リュカは懐かしく思う。

(俺もこんなふうに抱っこされたなあ、懐かしい。あのときはテレスの大きさにビックリして泣いちゃったけど、すごくいい人だってすぐにわかったんだよな)

リュカは転生したときから前世の記憶があるので、赤ん坊のときのこともよく覚えている。あの頃はまだここが獣人世界であることも認識できず、混乱続きでよく泣いていたような気がする。

テレスは散々ルーチェを褒め称え、たっぷりあやしたあと、名残惜《なごり》しそうに侍従の手に渡した。

「それから、レイナルド家当主の護衛騎士団団長を紹介します。黄金麦穂団団長、ヴァン・ド・インセングリム。白銀魔女団団長、ピート・ド・タオシェンです。有事の際には俺の代理を務めることもあるので、お見知りおきを」

護衛騎士団の設立と叙任は当主継承の儀のあとのことなので、テレスは護衛騎士団長とも初対面になる。とはいってもヴァンのほうはすでに顔なじみだが。

リュカに紹介されたふたりは順に礼をする。テレスは礼を返してから口を開いた。

「おふた方のご高名はかねがね。ゲヘナへの魔王討伐の際には四大公爵家の騎士団をまとめ、地の果てまで率いたと。その忠誠心、統率力、団長殿のお力と精神に敬意を表します」

さっきはヴァンを子供扱いしてからかったテレスだが、本当は一目置いていたようだ。ヴァンは表情を変えず黙って頭を下げたが、内心ではとても喜んでいるようだ。尻尾が振れてしまわないように我慢して尾の付け根がピクピク動いているのをリュカは見逃さなかった。

一方、ピートはどこか仏頂面《ぶっちょうづら》だ。公《おおやけ》の場なのでもちろん表情も態度もきちんとしているが、リュカにはわかる。散々見つめ合い肌を重ねた相手なのだ。微《かす》かな視線の動きや口角の下がり方で、彼が今この場をつまらないと感じているのが窺えた。

（……どうしたんだろう、ピート。テレス卿が苦手なのかな。彼は身分の高い貴族だけど威張ったり気取ったりしないいし、ピートと合いそうな性格なのにな）

不機嫌だと推し量れても理由まではわからない。気になりつつも今は客人をもてなす時間なので、あとで聞いてみようとリュカは思う。

すると、長年テレスの付き人をしている男がニコニコと話しかけてきた。

「リュカ様。本日はレイナルド家への献上品の他に、テレス様が特別なお土産《みやげ》をご用意しております」

「お土産《みやげ》、ですか？」

付き人の男は箱から布に包まれた品を取り出し、リュカに恭《うやうや》しく手渡す。受け取って包みを開いたリュカはパッと目を輝かせた。

「蜂蜜のお酒だ！」

「十年前のお約束の品です。ようやくリュカ様にお贈りすることができました」

渡されたものは琥珀《こはく》色の瓶にクマ印のラベルがついた蜂蜜酒だった。

テレス辺境伯領では昔から蜂蜜酒の製造が盛んだ。十年前、テレスが先代当主である父・グレゴールに蜂蜜酒を贈ったのを見たとき、リュカは興味津々《きょうみしんしん》だった。じつはゲーム『トップオブビースト』で『クマ印の蜂蜜酒』はレアアイテムかつ、体力・魔力が全回復というスーパーアイテムなのである。

当時のリュカはレアアイテムをじっくり見たいという意味で興味津々だったのだが、テレスや父には蜂蜜酒の味に興味を持ったと思われたらしい。

『リュカ様がお酒が飲めるほど大人になったら、儂《わし》が手ずから贈らせていただきます。その日までお待ちください』

優しいテレスはリュカにそう約束してくれたのだった。

「ありがとうございます、テレス卿！」

十年越しでレアアイテムを味わえる嬉しさにリュカが満面の笑みを浮かべれば、ヴァンが口元を押さえクスッと吹き出した。なぜ笑ったのかと訝《いぶか》し気にヴァンを振り返ったリュカは、ハッとなって顔を赤くする。

「どうした？　ヴァン団長殿」

テレスが尋ねると、真っ赤になったリュカが止めるよりも早くヴァンが口を開いた。

「失礼しました。十年前、テレス卿がお帰りになったあと、リュカ様がこっそり自分で蜂蜜酒を作ろうとされたことを思い出しまして。水で薄めた蜂蜜を発酵させようとしてカビだらけにしただけでなく、隠していたクローゼットが蟻だらけに……くくっ」

「言わないでよ！　あれはふたりだけの秘密って言ったじゃないかぁ」

「もう時効でしょう。あのときのリュカ様の悲鳴と言ったら……」

「ヴァンだって蟻の大群を見て青ざめてたくせに！」

旧知の仲の客人と昔話で盛り上がっていたせいか、今日のヴァンは気さくだ。普段は主《あるじ》と客人の会話に交じることなどないのだが、テレスの豪快な気性がそうさせているのかもしれない。

幼い頃の当主の失敗談にテレスは体を揺らして笑うと、リュカとヴァンの肩を抱いて言った。

「おふたりは本当に仲がよろしい。主従でありながら長年の親友というのは、なかなか得難い宝物ですぞ。おふたりとも、この縁を大事になさいませ」

テレスの言葉に、リュカとヴァンも照れくさそうに顔を綻《ほころ》ばせる。

そうして和やかな笑い声に包まれて、宴の夜は更けていった。


その日の深夜。

就寝前、リュカはヴァンとピートを部屋に呼んで明日の警備の最終確認をしていた。明日はテレスをもてなすため、森で狩猟大会を開く予定だ。第一護衛騎士団と第二護衛騎士団には、リュカと客人たちの警備にあたってもらう。

「明日は忙しくなるから今夜はヴァンもピートもゆっくり休んで」

最終確認を終えたリュカは、ふたりに向かってそう言った。平時なら就寝時でも必ずどちらかひとりがリュカの護衛にあたるのだが、今回のように日中ふたりが揃って護衛につく場合は違う。いくら体力があるとはいえ、ヴァンもピートも生物である以上、睡眠が必要だ。こういうときは他の護衛騎士団員が就寝時の見張りを担うことになっている。

しかし、ヴァンはおとなしく部屋から出ていかない。

「いや、ルーチェ様の夜泣きもある。私もここで仮眠を取ろう」

「今日は大丈夫そうだよ。お昼寝しなかったからぐっすり寝てるし」

いつものように、執務室の隣にある寝室のベビーベッドではルーチェがスヤスヤ眠っている。ここ最近のルーチェの夜泣き率は四日に三回といったところだ。今夜は大丈夫だとリュカは思いたい。

「万が一ということもある。お前に負担をかけるわけにはいかない」

「いや大丈夫だから。きみの方が警備の準備で朝早いんだから寝て」

ヴァンがリュカのもとを離れたがらないのはいつものことだ。ピートが夜の護衛にあたるときは渋々任せるようになったのだが、ふたり揃って離れるときはいつもこうである。部下の騎士を信頼していないというよりは、自分がリュカを守らなければ気が済まないのだろう。

そしてそれはピートも同じなのだが……

「じゃあ俺は先に寝るぜ。お疲れさん」

意外なほどあっさり踵《きびす》を返したピートに、リュカもヴァンも目を丸くする。

ピートが部屋から出ていこうとしたのを見て、リュカは彼がずっと不機嫌そうだったことを思い出し、咄嗟《とっさ》に声をかけた。

「あ、ちょっと待ってピート。少しだけ……十分でいいんだ、残ってくれる？」

明日は一日中慌ただしくなりそうなことを考えると、彼と私的な会話ができるのは今しかない。

振り返ったピートの顔は明らかに不満そうだった。公の時間ではないからだろう、感情をもろに顔に出している。それを見たヴァンが、すぐさま眉を吊り上げた。

「なんだ貴様、その顔は。リュカ様に何か不服でもあるのか」

「別に。もう寝ようと思ってたのに、めんどくせーなって思っただけだ」

「あ。ご、ごめんね」

つい謝ってしまいながら、やっぱり今日の彼は変だとリュカは感じる。けれど不服というよりは拗ねているその態度に、なんとなく心当たりが出てきた。

主《あるじ》の命令に面倒くさいと言ったピートにヴァンは怒り心頭になったけれど、リュカがすぐにそれを宥《なだ》める。

「ヴァン、大丈夫だから。悪いけどピートとふたりにしてもらえるかな」

そう言われてしまっては、ヴァンは従わざるを得ない。

と言うのもヴァンとピートの間には、揉《も》めに揉《も》めた諍《いさか》いの末に決めた事柄がある。それはリュカの意思が絶対であるということだ。

本音を言えば、互いに互いをリュカとふたりきりにはしたくない。けれどそれを妨害しようとすれば、護衛騎士の任務はもちろん日常生活だってまともに送れなくなってしまう。そこでふたりは任務であろうとプライベートであろうと、リュカが決定した事柄なら邪魔しないことを誓った。

そして今、リュカはピートとふたりになりたいと言っている。ヴァンは歯ぎしりをしたい気持ちをこらえて、部屋を出ていくしかなかった。

「……それでは、また明日。おやすみなさいませ」

まったく安らかに眠れそうにない声音で挨拶《あいさつ》をして、ヴァンは出ていった。

そうして執務室にふたりきりになり、リュカは下唇を突き出していじけた顔をしているピートと向き合う。

「……怒ってるでしょ」

「別に」

「おいで。ギュッてしてよ」

リュカが困ったように笑って腕を広げる。ピートはしばらく黙っていたが、やがて間に挟んでいた机を回ってリュカを抱きしめにやってきた。

身長差四十四センチ。ピートは屈《かが》んでリュカの腰を抱くと、そのまま腕に持ち上げて立ち上がった。リュカはギュッと首に抱きつき、その手で彼の頭を撫《な》でる。ピートは拗ねた表情のままだったが、それを避けるようなことはしなかった。

「……あんた、ときどき俺のことガキ扱いするよな」

「うん。だって俺の方がお兄さんだもん」

「何がお兄さんだよ、こんなちっせえナリして」

頬を触れ合わせていたふたりはやがて自然に唇を重ねる。リュカの小さな口を覆《おお》うようにピートは唇を重ね、ピアスのついた舌で口内を蹂躙《じゅうりん》していく。その動きはいつもより少し乱暴だ。

「口ん中もちっちぇ。舌も歯列もガキみてぇ」

リュカの口内を散々ねぶってから、ピートは言う。リュカは息を乱しながら、今度はピートの頬を撫《な》でた。

「今日はごめんね。きみを仲間外れにしてたわけじゃないんだ。テレス卿は古い知り合いだから、どうしても昔話が多くなって……。でも配慮が足りなかった。ごめん」

ピートとの付き合いはもう一年以上になる。彼がどんなときに不機嫌になるか、リュカはだんだんわかってきた。

ヴァンに妬《や》くことは日常だけど、その中でもピートが一番嫌がるのが昔話だ。ヴァンは十年以上ずっとリュカのそばにいる。当然思い出の数も多いどころではない。ピートはそれが悔しい。

リュカを想っていた時間の長さは、ヴァンもピートも甲乙つけ難い。もちろん想いの深さなんてものは比べようもない。それなのに、そばにいた時間だけは決定的に違うのだ。

不可逆な時間は覆《くつがえ》しようもない。そんなことはピートだってわかっている。普段は気にしないように努めているが、今日のように自分の知らない昔話をずっとされるのはさすがに面白くなかった。

「別に。あんたが謝ることでもねーし」

こんなことでリュカを責めるのは間違っている。そう頭でわかっていても、納得できないのが恋心だ。いつだって愛する人のすべてが欲しいのに、それは無理だと突きつけられたみたいで悲しくなる。そうしてゴチャゴチャとした気持ちが入り混じったあげく、ピートは子供みたいに拗ねた態度を取ってしまうのだった。

「……好きだよ、ピート」

リュカはそんなピートを可愛いと思う。

年下の仲間の面倒を見て生きてきた彼は、いつだって兄貴然としている。自由奔放のように見えて周囲を気遣い、大切な人や弱い者を優先してきた。そんな逞しい彼のことがリュカは好きだ。

けれど、こんなふうに年下らしい甘えん坊な一面もたまらなく愛おしい。いっぱい甘やかしてあげたくなって、リュカは自分から唇を重ねた。啄《ついば》むようにチュッチュとキスを繰り返し、小さな舌でペロペロとピートの唇を舐める。

すぐさまそれに応えるように、ピートの舌が絡められた。チタンのピアスが今日もリュカの舌を虐《いじ》め、甘い快楽を呼び起こす。

「煽《あお》りやがって。明日起きられなくても知らねーかんな」

口の奥で小さく舌打ちして、ピートはリュカを抱きかかえたまま寝室へ入る。そしてベッドに下ろすと、体を組み敷きながら耳元で囁《ささや》いた。

「声、抑えろよ。ルーチェが起きちまうからな」

五メートルも離れていない衝立《ついたて》の向こうで、ルーチェは寝息を立てている。リュカが自分の口元を手で押さえコクコクと頷《うなず》くと、ピートの口角がフッと上がった。それを見てリュカは直感する。これは意地悪しようと企んでいる顔だと。


「……っ、ん……ん」

予感通り、今夜のピートはちょっと意地悪だった。感じやすいところばかり執拗《しつよう》に弄ってくる。おかげでリュカはまだ挿入されていないというのに甘イキが止まらず、必死に口元を押さえて体を震わせるしかない。

「中、ずっとビクビクしてんな。やらしー体」

耳元で囁《ささや》かれる吐息にさえ、リュカは敏感に反応してしまう。

二年前はピュアだったリュカの体は随分と変わってしまった。なんたってピートはエッチがうまいのだ。

初めは上手にイクことができなかったお尻も、今ではお尻のみでイケるようになってしまった。同時に射精までさせられることもある。臍《へそ》も乳首も敏感になってしまい、服の上から触られるだけでリュカは勃ってしまう。いわゆる『えっちな体に開発された』というやつだろう。リュカは恥ずかしくてたまらない。

そもそもリュカはまだ童貞だ。男としては清い体のままなのに、どういうわけか敏感な女の子のような体に日々進化していく。お尻を弄られ甘くて高い声で鳴くたびに、男としてのプライドが崩れていく気がするが、同時にどうしようもない幸せも感じるのだ。

好きな人に抱かれ心も体もとろけると、性別なんかどうでもよくなってしまう。そうやって幸福な快楽を享受しているうちに、リュカの体はすっかりエッチで感じやすい体になってしまったのだった。

「ふ、ぅ……っ、～～っ」

お尻に指を入れられじれったく動かされながら、もう片方の手で乳首を捏《こ》ねられキスされる。リュカは顔だけでなく首筋まで真っ赤にしながら、涙目で声をこらえていた。

「我慢汁が出っぱなしじゃん。腹がビショビショじゃねーか。どーする？　前もしごいてやろうか？」

やっぱり今夜のピートは意地悪だ。焦《じ》らしてばかりいる上に、突き放すような台詞《せりふ》を吐く。体も気持ちもつらくなってきて、リュカは両手でピートの顔を掴まえて言った。

「もう意地悪しないでよ……！　ちゃんと抱いて、好きって言ってほしい……」

快楽と切ない気持ちが混じり合って、大きな目から涙がひと雫《しずく》落ちた。それを見たピートが微笑を消し、キュッと唇を噛みしめる。そしてゆっくりとリュカを抱きしめた。

「……悪かった。ちょっと虐《いじ》めすぎた。あんたの言う通りだよ、妬《や》いてるしムカついてる。俺の知らない時間を無邪気に話すあんたにも、得意げなクソオオカミ野郎にも、こんなくだらねーことで妬《や》いてる自分にも、ムカついて仕方ねえ」

「俺のこと虐《いじ》めたらスッキリする?」

「全然。でも、ちょっと泣かせたかった。あんたが泣いて俺を求めればスッキリするかなと思ったけど、ちげーや。なんか可哀相になってきちまった」

そう言ってピートは、リュカの目尻に残っていた涙を舐めた。

「ごめんな。ちゃんと抱かせてくれ」

ピートは目尻を舐め、涙の跡が残る頬を舐め、そのまま唇を重ねた。リュカは小さな手で彼の大きな背中を一生懸命抱き寄せる。やっと素直な気持ちを吐露してくれたことが嬉しくて、胸がジンと熱くなった。

「ピート、好き。大好きだよ。だからお願い、これからもずっとそばにいてよ。それでいっぱい思い出作っていこう。十年、二十年、もっともっと。俺の人生にピートとの思い出をいっぱいちょうだい」

リュカはピートのこともヴァンのことも愛していると思う。ただその気持ちの彩《いろどり》は、はっきりと違う。

ピートへの気持ちは恋慕が強い。そばにいれば胸がときめいて、抱かれれば甘くとろけそうな気持ちになる。たくさん口づけたいと思うし、いつまでも抱き合って言葉を交わしていたいとも思う。

おそらく自分の初恋はピートだったのではとリュカは考えている。

十歳の冬、彼に言われた『特別』はリュカの胸を熱く焦《こ》がした。その頃は自分が同性に恋をするなんて思ってもいなかったけれど、いつまでも胸を疼かせたあの気持ちは初恋と呼んでもおかしくない気がする。だからこそ再会した彼に想いを告げられたとき、嫌悪なく受け入れられたのだ。

一方ヴァンに対しては、恋より愛が強いと思う。ただ彼に関しては強固な友愛がベースにあって、それが少しずつ恋愛に移行しているように感じる。好きよりも〝大切〟で、甘いより〝切ない〟気持ちの方が勝る。

ただ言えるのは、気持ちの彩《いろどり》は違えどリュカにとってはどちらも恋であり愛であり、命に代えても手放せない存在だということだ。

「リュカ……愛してる。あんたの人生、全部俺で埋められたらいいのに」

ピートは身に着けていた衣服を脱ぎ捨てると、いつものように潤滑油代わりの軟膏をリュカのお尻と自身の肉竿にたっぷりと塗りつけゆっくりと挿入した。

「あ、あぁ……んぅ」

過敏になっている中が熱い肉塊で押し広げられる感触に、思わず声が漏れる。唇を噛みしめてこらえようとすると、ピートがキスで口を塞ぐ。くぐもった喘《あえ》ぎ声を漏らしながら、リュカは彼のすべてを呑み込んでいった。ところが。

「なあ、リュカ」

最奥まで雄茎をうずめたピートが、小声で囁《ささや》く。

「もっと奥まで入れていいか？」

尋ねられて、リュカは意味がわからなかった。

ピートのモノは大きい。小柄なリュカの一番奥まで易々と届いてしまい、今も最奥の壁に肉竿の先端があたっているのを感じる。

「どういう意味？　もう行き止まりまで入ってるよ」

入れられているだけで息を乱しながらリュカが問い返せば、ピートは驚くことを言い出した。

「いや、もうちょい入るんだよ。奥の奥、誰も入ったことのない場所。俺だけ入れさせてほしい」

「……」

さすがにリュカは固まってしまった。確かに人体の構造上、もっと奥の器官というのは存在する。しかしそれは受け入れていい場所なのだろうか。

「……こ、怖い」

素直に告げれば、ピートは目を細めて小さく笑った。

「ビビり。大丈夫だよ、怖くない。もっとリュカの全部で俺を受け入れてくれ」

温かく大きな手が、小さくて柔らかい手をギュッと握る。それだけでリュカの体からは強張《こわば》りが抜けていった。

リュカは思い出す。初めて抱かれたときもそうだった。お尻で性交するなんて信じられなかったけど、ピートに委ねれば何も怖いことはなかった。

「……いいよ。ピートになら何されても大丈夫。でも、優しくしてね」

見つめ合いながら微笑めば、ピートは嬉しそうに破顔してチュッとキスを落とした。そしてリュカの腿《もも》をいつもより開かせ、圧し潰すように抱きしめる。

「あんたの初めても、一番奥も、全部俺がもらう。昔の時間は手に入らねーけど、あんたの体は全部俺のもんだ」

ピートはリュカの体が逃げないように抱きしめながら、グッと腰を押し進めた。その瞬間、リュカは自分の中で肉の壁が抉じ開けられた感触を覚える。

「あ゛……ッッ⁉」

喉の奥から初めて聞く声が漏れた。目の前がチカチカと点滅し呼吸すら忘れる。

言葉では表せられない異常な感覚。けれどそれは、間違いなく快感だった。

「入った……。わかるか、リュカ。あんたの一番奥まで俺が入った」

リュカの大きな耳を食《は》みながら、ピートがうっとりした声音で言う。しかし今のリュカに応えられる余裕はない。今の一瞬だけでイッてしまい、頭の中が真っ白になった。

ピートが浅く腰を揺り動かす。奥の肉壁を擦られるたびに喉から悲鳴のような声が漏れて、リュカは泣きながらピートの体に爪を立てた。

「待っ……ッ、駄目これ、ぇッ‼　いッ、あ゛、～～ッッ」

「でけえ声出すとルーチェが起きるぞ」

そんなことを言われても、リュカは声を抑えることができなかった。恐ろしいほどの刺激に体が言うことを聞かない。腰から下が痙攣《けいれん》したように何度もビクビクと跳ね、自身のモノからは何かが勝手に溢れ出る。

「潮吹きかよ。はは、サイコーじゃん」

体の中でピートの肉杭が一段と大きくなったのを感じて、リュカは仰《の》け反《ぞ》った。緩かった抽挿が勢いを増し、ガツガツと中を穿《うが》つ。

可愛い顔を涙と涎《よだれ》と汗でグシャグシャにして喘《あえ》いでいたリュカは、大きすぎる快感に耐えられずついに意識を飛ばした。

「あ？　キャパオーバーかよ」

力の抜けたリュカの体を抱きしめながらピートは激しい抽挿を続ける。気を失ってしまっても下半身はまだビクビクと震え、ピートの肉塊をうねって締めつけていた。

やがてピートは奥の壁を超えた最奥にたっぷりと吐精し、ようやく肉竿を抜いた。奥で出したせいでなかなか溢れてこない様子に目を細め、満足そうに呟《つぶや》く。

「マーキング完了……っと」

さっきまで燻《くすぶ》っていた嫉妬の気持ちはもうない。凄《すさ》まじい独占欲で塗り替えたからだ。

ベッドに横たわる小さな体。一見すると少年に見える無垢な体に、愛も快楽も教え込んだのは自分だとピートは高揚感を覚える。

過去の思い出は作れない。けれど再会してからリュカの〝初めて〟は、ほとんどピートがもらった。キスもセックスも、お尻でイカせたのさえピートが初めてだ。

そして今日、禁断で最上の快楽を覚えさせた。絶対に忘れられないであろう思い出が、リュカの中に降り積もっていく。

「あー可愛い……」

リュカの体を綺麗にし、濡れたシーツを取り換えたピートは、そのまま寝入ってしまったリュカの隣に横たわる。あどけなささえ感じる恋人の顔を見て、幸福に目を細めた。

「……愛してる」

小さく呟《つぶや》いた自分の声に少しだけ胸が痛んだ。

以前この三角関係の未来を問われたとき、ピートはリュカを丸ごともらおうとは思っていないと宣言した。それはリュカの立場や気持ちを考えてのことだった。

今でもそのスタンスは変わっていない。リュカは素晴らしい領主だ。彼の領主としての才能と太陽のような慈愛は本物で、だからこそピートはリュカを心から尊敬し、命を賭けてでも守る覚悟でいる。自分のせいで彼が窮地に追い込まれたり、人々に非難を受けたりするようなことがあってはいけない。ある意味崇拝にも似た想いを、ピートはリュカに抱いている。

けれどその一方で、リュカのすべてを独《ひと》り占めしたい願望が日々膨らんでいく。恋をしているなら誰でも抱く、純粋なエゴだ。

尊敬と崇拝と恋とエゴ。絡まる想いが、時々苦しい。

「愛してる」

もう一度呟《つぶや》きそっと頰にキスを落とすと、ピートはリュカを起こさないようにベッドから出ていった。

明日はリュカにとって大切な客人をもてなす日だ。警備に不備があってはいけない。自室に戻りもう一度計画書に目を通してから、今夜はしっかり体を休めようと思った。

それがリュカの右腕である、第二護衛騎士団団長の自分に課せられた役割だからだ。

五日後。テレス卿は滞在を無事に終え帰っていった。

遠ざかっていく彼の馬車を見ながら、なんとも濃い数日だったとリュカは思う。数々の思い出話に花を咲かせるだけでなく、その陰でひっそりとピートの嫉妬も受け止めた。おかげでリュカの体はまたひとつエッチな開発をされてしまった。

（でも楽しかったな。テレス卿からは父上や祖父上の話もたくさん聞けたし。それに……）

リュカは昨晩のことをふと思い出す。

テレスが二年ぶりにリュカのもとへはるばるやってきたのは、別に思い出話をしにきたわけではない。テレス辺境伯領での近況や出来事、収穫の傾向などを報告に来たのだ。それから、もうひとつ――

『遺跡です。それもかなり広大な』

テレスは昨晩、リュカとふたりきりの応接室でそう話した。

『まだ一部の者しか知りません。現場を保持しながら発掘調査を進めていますが、緘口令も敷いています。これを公にするか否かは、リュカ様の判断に委ねます』

真剣な表情で語るテレスは、布で包んだ何かをリュカに差し出した。それは見たこともない白い石のような欠片《かけら》で、微《かす》かに魔力を帯びていた。

テレス辺境伯が治めているのは、『虚空の神殿』に接している領地だ。神殿から五キロほど離れた土地で小規模な水害があったのだが、押し流された土の下から遺跡が発見されたという。

テレスの采配《さいはい》で専門家が発掘と調査を進めていて、どうやらとんでもない規模の建物の一部らしい。専門家の見立てでは、虚空の神殿を中心にした巨大な宮殿ではないかという話だ。

これは世紀の大発見である。この大陸に神と勇者と獣人の伝説は色濃く残っているが、遺物はほとんど現存しない。そのため勇者がいた頃の国がどのようなものだったのか、初代四大公爵はどのような人物だったのかなどは、おとぎ話としてのみ残っている。

つまり、歴史に基づいた正しい情報は誰も知らないのだ。三千年にわたるその謎が今、解き明かされるかもしれない。大陸中を揺るがす大事件になるはずだ。しかしだからこそ、慎重にならざるを得ないのである。

虚空の神殿は四大公爵領に跨《また》がる形で建っており、どの領地にも属さないことになっている。もし専門家の言う通り大規模な遺跡が眠っているのなら、四大公爵家の領地すべてを跨ぐ調査になるだろう。その際、誰が指揮を執るか、他家とのバランスが重要だ。

ましてやことは四大公爵家の成り立ちにも関わりかねない。四大公爵家は均等で平等でなくてはならないのだ。勝手に調査を進め公表すれば、歴史を独《ひと》り占めすると誤解されて不和が生まれる懸念もある。

それでなくともリュカはルーチェの件を少し反省している。仕方なかったとはいえ、ルーチェを神から授かった子としたせいで他の三公爵家からは少々睨まれているのを感じている。レイナルド家だけ神の恩寵《おんちょう》を授かってしまったことで、バランスが揺らいでしまったのは迂闊《うかつ》だった。

『テレス卿の賢明な判断に感謝します。確かにこの情報をレイナルド家だけで独占するわけにはいきません。次の当主合議で議題として挙げることにします』

答えながら、リュカは遺跡の欠片《かけら》を両手で包む。

（温かくて懐かしい感じがする……）

欠片《かけら》から感じる魔力は、虚空の神殿が帯びているものと同じだ。間違いなく神殿と連なっていた、もしくは地下で未だに連なっているかもしれない建物の一部だろう。

虚空の神殿は常に魔力を帯びており、四大公爵家の中で魔力の強いレイナルド家だけが唯一それを感じられる。レイナルド家が一番虚空の神殿に近い存在なのではないかと、心の奥底で考えたこともあった。だからこそ、できることならレイナルド家が中心となって発掘と調査を進めたいとリュカは密かに思う。叶うのならこの手で三千年の歴史を紐解きたいが、それは個人の感傷なので口には出さない。

リュカは欠片《かけら》を布で包み直すと、テレスに改めてこの件を内密にするよう頼んだ。

『四大公爵家が協力して調査を進めれば、きっと偉大な歴史を掘り起こすことができると思うよ。調査と報告をありがとう、テレス卿。レイナルド家当主として心から感謝します』

リュカの言葉に、テレスは椅子から立ち上がると胸に手をあて深々と頭を下げた。

（虚空の神殿の遺跡か……。『トップオブビースト』のゲームではそこまで綴《つづ》られてなかったな。もしかして俺が死んだあと追加シナリオが出たりしたのかな）

リュカは懐《ふところ》にしまってある遺跡の欠片《かけら》を無意識にギュッと握りしめる。

「リュカ様？　どうかされましたか」

「ずっと突っ立ってたら体冷やすぞ。そろそろ部屋へ戻ろうぜ」

「あ、うん」

テレスを見送ったまま立ち尽くしていたリュカは、ヴァンとピートに促され屋敷内へ戻る。

胸が温かくて少しだけ切ないのは、賑やかな客人が去ったせいか、それとも背に添えられたふたりの恋人の手のせいか。或いは……懐《ふところ》にしまった欠片《かけら》のせいか。

どれが理由なのか、リュカにはわからなかった。

第二章　新入り騎士と漢《おとこ》の戦い

リュカが当主の座に就き二年が過ぎた。それは同時に、両護衛騎士団も設立から二年が経ったということでもある。

この二年間、モンスターの討伐やゲヘナ侵攻など色々あった。そのせいで大きな怪我を負い退団せざるを得ない者が幾人か出て、護衛騎士団は設立当初よりいささか人数が減っている。

そんな理由により、このたび黄金麦穂団、白銀魔女団共に新たな人員が若干名補充された。モンスターとの戦いで怪我人が出たせいで通例よりは早いが、数年に一度は補充の人員募集は行われるので珍しくはない。

ただ今回、騎士団員たちの間であることが話題になった。それは、黄金麦穂団の新人でありながら副団長の座に就いたベッセル・ド・インセングリムについてだ。

家名の通り、彼はインセングリム家の嫡子だ。つまりヴァンの弟である。

インセングリム家は代々レイナルド家に仕える騎士の家系なので、十八歳になったベッセルの入団も予定調和といえよう。子供の頃から厳しく育てられてきた彼は、剣の腕も申し分なければ礼儀作法も完璧である。ヴァンと同じくインセングリム家本家の子息であることを考えれば、新人でありながら副団長に就いたのも納得だ。

血筋と伝統に則《のっと》り就任した期待の新人副団長。それだけでも十分に注目の的だが、話題になっている理由はそれだけではない。ベッセルは次男でありながら、インセングリム家の次期家長なのだ。

それというのも、ヴァンが一生結婚をせず子を作らず家督を継がないと父親に宣言したせいである。表向きはリュカの護衛騎士として人生のすべてを尽くすという理由だが、彼の真意をリュカだけはわかっている。ヴァンは騎士として生涯の忠誠を誓うだけでなく、リュカに生涯の愛を誓ったのだ。

インセングリム家では揉《も》めに揉《も》めたらしいが、最終的にベッセルが家督を継ぐことで落ち着いたらしい。

ただしベッセルにしてみれば寝耳に水だ。大変真面目な性格の彼は相当驚き、プレッシャーに圧し潰されそうになったらしい。真面目なところはヴァンとよく似ているベッセルだが、兄に比べるとメンタルはやや弱いようだ。おまけに気が優しいので、振り回されたにもかかわらず兄を慕い続けている。名門貴族の家督を継げるというのは光栄なことのはずなのに、そんなベッセルの姿はなんとなく哀愁を誘うのだった。

長兄で騎士団長のヴァンと、次男だけど次期家長で副団長のベッセル。名門騎士一族の輝かしくもちょっぴり複雑な兄弟の事情は、騎士たちの間でしばらく話題となった。

主《あるじ》であるリュカも新人副団長のベッセルに注目しているが、実は密かに気になっている新入り団員がもうひとりいる。

ロイ・ド・レスター、十八歳。こちらは白銀魔女団の新人だ。

入団試験の模擬戦で見せたナイフを使った戦い方は、誰かさんを彷彿《ほうふつ》とさせた。いや、そもそも初見のときからして既視感ありありだったのだ。両耳にピアス、派手なバングル、騎士候補と思えぬ着崩した服装。そして何よりピートと同じハイエナ族。

入団後にピートに聞いてみたところ、やはり知り合いだという。スラムにいた頃、共に住んでいた仲間だと。それ自体は別にいい、何も問題はない。

ただ、リュカがひっかかったのは、ピートがサラリと『みっつ年下で弟みたいなもんだ』と口にしたことである。

騎士の応募条件には、貴族で十八歳以上という年齢制限を設けてある。書類上ではシレッと十八歳と書いてあるが、二十歳のピートのみっつ下ならロイは十七歳ではないのだろうか。さらに多分、ロイもピートと同じく貴族の戸籍を買っている。レスター家というハイエナ族の貴族はレイナルド領にはいない。

デタラメだらけの書類なのに優れた身体能力で堂々と入団してきたロイに、リュカは注目せざるを得ない。ベッセルとは違いロイは一兵卒の立場だが、ピートとは随分仲がいいようで補佐のように動いている。

ベッセルとロイ。なんとも面白い新人が入ってきたものだと、リュカは楽しみとちょっぴりの不安を交ぜた気持ちで歓迎したのだった。

そんなリュカの期待だか不安だかに応えるように、事件は勃発する。

それはとある日の夕刻。ちょうど護衛交代の時間でヴァンとピートがリュカの執務室に揃ってい
たときだった。

「大変です！　宿舎で黄金麦穂団と白銀魔女団の騎士たちが喧嘩を……！」

ノックの返事を待たず部屋に飛び込んできた侍従の訴えに、リュカも、ヴァンもピートも目をまん丸くした。

三人ですぐさま騎士団の宿舎に駆けつけると、外にまで大声が響いていた。どうやら問題の現場は一階の談話室らしく、両団の騎士たちが大勢集まっているらしい。

騎士団同士の決闘や殴り合いはご法度なので手は出していないが、騎士たちは睨み合いながらエラい剣幕で言い合っていた。

「これだから第二護衛騎士団は品性の欠片《かけら》もないと言ってるんだ！　一兵卒から団長まで、まるでならず者の集団じゃないか！」

「んだと⁉　世間知らずのボンボンがピートさんディスってんじゃねぇぞ、コラァ‼　テメェんとこの団長こそ身内びいきで弟の躾《しつけ》がなってねぇんじゃねぇか⁉」

「貴様こそ兄様のことを悪く言うな！」

人混みを掻き分けて談話室までやってきたリュカたちは唖然《あぜん》とする。ベッセルとロイが今にも噛みつきそうな形相で互いの団長を貶《けな》し合い、周囲の者がそれに同調の声をあげていた。

近くにいた者に喧嘩のきっかけを聞いたところ、ベッセルがたまたま見かけたロイに服装の乱れを注意したところ、ロイが反抗して喧嘩に発展したらしい。

第一騎士団と第二騎士団はもともと少々折り合いが悪い。有事には互いを尊重し協力するが、普段はどうも競い合っているきらいがあった。

そもそも彼らはあまりにも性質が違う。団長の影響もあるのだろう。第一騎士団はヴァンを筆頭に、名門貴族インセングリムの一族らが代々受け継いできた誇り高く厳格な騎士の集団だ。対する第二騎士団は、戦闘能力に長《た》けた多種多様な猛者《もさ》らがリュカへの忠誠とピートの人望でまとまっている。

第二騎士団の粗野なところを第一騎士団は嫌っており、第一騎士団の気取ったところを第二騎士団は鼻につくと思っていた。それでも皆レイナルド家の騎士である自覚を持ち、醜い争いに発展するようなことはなかったのだが……

「おい、やめろロイ。ダセえ喧嘩売ってるんじゃねえ。リュカ様に迷惑がかかるだろ」

ベッセルと睨み合っていたロイの頭を、ピートがペシッと叩く。

「お前もだ、ベッセル。リュカ様の御前《ごぜん》だ、控えろ。第一騎士団員としてあるまじき醜態を晒すな」

ヴァンはベッセルの首根っこを掴んでロイから引き離すと、呆れた溜息をついた。

ベッセルとロイをはじめ、いがみ合っていた騎士たちは、そこでやっと団長とリュカに気づき顔を青くして敬礼する。

「お、お見苦しいところをお見せして申し訳ございません！」

「……申し訳ございませんでした」

ベッセルはぺこぺこ頭を下げたが、ロイはどこか不服そうだ。頭は下げたもののリュカから目を逸《そ》らし、唇を尖《とが》らせている。ピートにもう一度頭を叩かれると、彼は涙目になりながら「だって！」と叫んだ。

「そいつから先に喧嘩売ってきたんだ！　第二騎士団はこの屋敷にいる資格がないだとか、団長まで素行が悪いだとか！　ピートや仲間が貶《けな》されてんのに黙ってられるかよ！」

ハイエナ族は集団への帰属意識が強く、仲間との絆を重んじる。特にスラムで仲間と助け合いながら生きてきたロイは、その意識が強いのだろう。だがここはスラムではないし、レイナルド家と騎士団の規則がある。感情のままに行動していい場所ではない。ロイの言い分にピートは呆れたような困ったような複雑な表情を浮かべた。

「そ、そもそもお前らが僕をからかうのが悪いんだろう!?　人の家の事情に首突っ込んできやがって！　兄様がどうして結婚しないのかも、僕が家督を継ぐのも、お前らには関係ないじゃないか！」

言い返したベッセルの言葉に、ヴァンが苦々しい表情を浮かべる。リュカも責任の一端を感じて、心の中で「うわぁ……」と呟《つぶや》いた。

再び言い争いが始まってしまい、リュカはどうしたものかと溜息を吐く。どうやら注目の新入りふたりは大変仲が悪いようだ。彼らの上司であるヴァンとピートも大概だが、ふたりは団長の自覚があり、人前で派手な喧嘩はやらかさない。部下の目があるところでいがみ合えば士気に影響が出るし、リュカの顔に泥を塗ることもわかっているからだろう。

その辺はさすがだなとリュカが内心思っていたときだった。

「それに、そいつは兄様よりピート団長の方が強いと言った！　僕はそれが許せない！　兄様はこのレイナルド領一番の騎士なのに！」

「てめえだってふたりが戦ったらピートが負けるって言っただろ！　補助武器がなきゃ勝てないだのなんだの言いやがって！　ピートは踏んできた場数が違うんだよ、ヴァン団長よりピートの方が絶対に強い！」

その言葉に、ヴァンとピートの表情が変わった。互いに横目で睨み合い、不敵に口角を上げる。

「ほお……。第二騎士団長は後輩の育成に失敗しているようだな。お前と私のどちらが強いかも見抜けないとはな」

「その台詞《せりふ》、まんまあんたに返すぜ。名門騎士の一族と名高いインセングリム家の後継者は、節穴の目をお持ちのようだ」

しょうもない火種がヴァンとピートに飛び火し、リュカはうんざりするあまり白目を剥《む》きそうになる。なぜうちの騎士どもは誰も彼も血の気が多いのか。さっき心の中でふたりを褒めたことをさっそく後悔した。

「ヴァン団長のほうが強い！　インセングリム家の剣術は大陸一だ！　チンピラなんかに負けるか！」

「うるせえ、命かけた戦いにお上品な剣術なんて通用するかよ！　ピート団長のほうが強いに決まってんだろ！」

いったんはおとなしくなった団員たちだったが、団長同士が火花を散らし始めたのを見て再び沸き立つ。

互いの団長の方が強いとの主張が始まって、もはや場は取り付く島もない。すると、団員たちの熱気に押されたのか睨み合っていたヴァンとピートの手が剣の柄《つか》にかかった。

「あんたとは一度ガチで白黒つけなきゃと思ってたんだよ。ちょーどいい、これで負けたらリュカから手ぇ引け」

「望むところだ。徹底的に潰してやるから、貴様こそ綺麗さっぱりリュカの目の前から消え失せろ」

しかもふたりは小声でとんでもない条件をつけ足しているではないか。リュカは慌てて間に割って入ると大声を張り上げた。

「ストーップ！　きみたちまで喧嘩してどうするんだよ！　団員同士の決闘は禁止。まさか団長自ら破るつもりじゃないだろうな？」

リュカが厳しい目を向けると、ふたりは剣の柄《つか》から手を離す。しかし目を逸《そ》らした方が負けと言わんばかりに、睨み合うのはやめない。

「わかってますって。決闘なんてしねえよ」

「そうです。これは決闘じゃなく——勝負です」

「……はあ？」

ワケのわからないことを言い出したふたりに、リュカはキョトンとする。そんな主《あるじ》を置き去りに場はわぁっと盛り上がり、皆がすぐさま談話室のテーブルをガタガタと動かし出した。

いにしえより戦う男の強さとは力・技・運で決まると大陸では言われている。

そして力試しのド定番と言えば腕相撲だ。騎士たちの間でも暇潰しの戯れとして親しまれている。

「腕相撲か……。まあ、それなら」

いったい何が始まるのかと戦々恐々としていたリュカは、思ったより平和な勝負方法にホッと胸を撫《な》で下ろした。

談話室の中央には小さな卓がひとつだけ残され、そこでガッチリ手を掴み合ったヴァンとピートが殺気を剥《む》き出しにしながら開始の合図を待っている。

（そういえばこれだけ張り合ってるのに、ふたりが何かで勝負するのって見たことなかったな。……ちょっと面白そう）

周囲の騎士がそれぞれの団長を声高に応援する中、ベッセルとロイが勝負の公正を期すためリュカに合図と審判を頼んだ。

引き受けたリュカは卓へ行き、組まれたふたりの手の上に自分の手を置いて小声で告げる。

「勝負は正々堂々と。それから俺を賭けの対象にするのはやめて。どっちが負けても俺は追い出さないからね」

「……なら負けたほうは一ヶ月ルーチェの夜泣き当番ってのはどうだ？」

「勝ったほうは夜泣きを気にせずリュカを抱けるということか。いいだろう、乗った」

結局リュカを賭けてることに変わりはない気がするが、物騒度は下がったのでヨシとした。

「それじゃあいくよ。レディー……ゴー！」

合図と共にリュカはパッと後ろへ飛び退く。同時にヴァンとピートは持てる力を全開にして、相手の腕をねじ伏せようとした。

「やっちまえ、ピート団長！　ぶちかませ！」

「ヴァン団長！　目にもの見せてやってください！」

熱狂的な声援に囲まれながら、ヴァンとピートは互いに一歩も引けを取らない勝負を展開する。ふたりの逞しい手の甲には青筋が浮かび、食いしばった牙からは唸《うな》り声が漏れた。

（ひえぇ……ガチだ。ふたりともカッコいいけど、ちょっと怖い……）

肉食獣の迫力満点といったふたりの様相に、リュカはたじろぐ。キツネ族のリュカも一応肉食獣だが、やはりオオカミとハイエナの圧は一線を画す。

互角と思われた勝負だったが、三分を過ぎた辺りで空気が変わった。組まれた手が段々傾き、ヴァンが苦悩の表情を浮かべている。対してピートは片方の口角を持ち上げていた。

じつはリュカにはピートが勝つ予感があった。彼は入団試験のとき、素手で甲冑《かっちゅう》をぶち抜くというとんでもない怪力を見せつけているのだ。モンスターと戦うときも、剣技で仕留めるというよりはナイフで撹乱し力任せにぶった斬っていたことが多い。ヴァンももちろん相当の腕力を持つが、規格外の怪力を持つピートの方が一枚上手だと読んでいる。

そしてリュカの予想通り、力勝負はピートに軍配が上がった。

ダァン！　という力強い音と共にヴァンの腕をねじ伏せたピートは挑発するように舌を出して笑

い、「俺の勝ち」と中指を立てて見せる。その瞬間、第二騎士団からは野太くも黄色い歓声が湧き、第一騎士団からはブーイングが上がった。

「腕相撲勝負は、ピートの勝ち！」

ヴァンは歯噛みし恨めしそうな目を向けていたが、勝負内容に不満はないのだろう。文句を言うこともなかった。

しかしこれで決着がついたわけではない。戦う男の強さとは、力・技・運だ。

辺りは卓を片付けたりとまたバタバタとうるさくなり、ひとりの騎士が何やら大きな木箱に入ったものを持ってきた。

次の勝負は技。騎士にとって技とはすなわち剣技。ヴァンとピートはそれぞれ自分の尻尾《しっぽ》の先に紙風船を括《くく》りつけると、木刀を手に持った。どうやら紙風船を割ったほうが勝ちというルールらしい。相手の体に打撃を与えたり、部屋の壁や床、備品を壊したりすることは禁止されている。暴力ではなく、あくまで剣の技術を競い合うという前提だ。

談話室はおよそ教室分くらいの広さで、勝負の邪魔にならないよう騎士たちは廊下や階段から見ている。リュカも安全な階段の踊り場から見物することにした。

部屋の中央でヴァンとピートが木刀を構えるのを見届け、リュカが開始の合図を叫ぶ。

「剣技勝負、はじめ！」

その声を合図に、ふたりの木刀が目にも留まらない速さで風を斬った。

ヴァンとピートは互いにすんでのところで剣先を交わし、身を翻《ひるがえ》しては尾の先にある紙風船を狙って木刀を振るう。

ピートはネコ型亜目特有の身の軽さを活かし、床だけでなく壁を蹴って縦横無尽に動いてはヴァンを翻弄した。その派手な動きに第二騎士団からは歓声が湧く。

しかし一見ピートが優勢に見えるが、実力の差は明らかだった。あちこち避け回っているピートとは違い、ヴァンは最初の位置からほぼ動かず、剣技だけでピートの攻撃をいなしている。

リュカはこの勝負も想定済みだった。騎士として代々続くインセングリム家の本家嫡子の座は伊達《だて》ではない。おそらくヴァンより剣を振るい鍛錬を重ねてきた者はこの大陸にいないだろう。受け継がれてきた剣技に加え、本人のたゆまぬ努力、そして実戦で培ってきた勘。剣の腕だけで言ったらヴァンは間違いなく最強だ。

ピートも十分強いが、彼の強さは補助武器や怪力など〝なんでもあり〟の強さだ。さすがにこの勝負、ヴァンに大きく分があった。

パン！　という間の抜けた破裂音は、ヴァンの木刀を避けたピートが次の一歩を踏み出そうとした瞬間に響いた。本人も気づかぬ隙を突かれたのだろう。ピートはしばらく目を丸くしており、ヴァンは落ち着き払って姿勢を正し木刀を収めた。

「この勝負、ヴァンの勝ち！」

ヴァンの華麗な勝利に、談話室が割れんばかりの歓声に包まれた。

「相変わらず型もへったくれもないな。粗野で棒っきれを振り回してるのと変わらん。だからお前は騎士ではなくチンピラだというんだ」

「……ちっ。どさくさに紛れて頭カチ割ってやればよかったぜ」

勝って当然とばかりにツンと澄ましているヴァンに、ピートが苦々しそうに舌打ちする。

これで勝負は一勝一敗。決着は最後の運勝負へともつれ込んだ。

「運って何で決めるの？」

力と技に比べ、運勝負とはなんとも曖昧な気がする。そんなものをどうやって量るのかとリュカが小首を傾《かし》げれば、近くにいた団員たちがニッと笑って手を見せてきた。

「これですよ」

グー、チョキ、パー。どうやらジャンケンのようだ。これまた随分シンプルだなとリュカは苦笑する。

（運か。俺が知る限りヴァンはよくもなく悪くもなくって感じだなあ。対してピートはいいときと悪いときで波があるって自分で言ってたっけ。この勝負だけはどっちが勝つか、全然見当がつかないや）

たかが運、されど運。戦う者にとっては運も立派な実力のうちだ。互いに騎士団の名誉を賭けたこの勝負、果たして勝利の女神はどちらに微笑むのか。

部屋の中央でヴァンとピートが視線をぶつけ合う。ふたりとも気迫は互角だ。団員たちが固唾《かたず》を呑んで見守る中、リュカの合図で両者が拳を構えた。

「最後の運勝負、いくよ！　ジャーンケーン……」

「リュカ様ぁっ‼　リュカ様いらっしゃいますか⁉」

まさに勝負がつこうとしたその瞬間、談話室に侍従長が大声で叫びながら飛び込んできた。

「は？」

リュカも、ヴァンもピートも騎士たちも一斉にそちらを振り向く。大勢の注目を集めても侍従長は気にする余裕もなくリュカに一直線に向かってくると、慌てた様子で言った。

「こんなところで油を売っていないで、すぐにいらしてください！　大変なお客様です！」

「お、お客様？」

侍従長の勢いに気圧《けお》されて、リュカは目をしばたたかせたじろぐ。今日は来客の予定はないはずだ。事前の連絡を寄越さず当主に会おうとする図々しい客人とは誰なのか、見当がつかない。

「いきなり押しかけてきてリュカ様を呼びつけようとは、無礼にも程がある。明日の朝まで待たせておけばよいでしょう」

リュカのもとへやってきたヴァンが、眉間に皺を刻んで侍従長に言う。回りの騎士たちもそれに同意して頷《うなず》いた。我らの主《あるじ》を軽んじるような客人なんぞ、もてなす必要はないと思っているのだろう。しかし。

「っていうかお客さんって誰なのさ？」

「ガルトマン家ご当主、シュンシュ様でございます」

リュカの質問に答えた侍従長の言葉に、その場にいた者たちは揃って口を引き結んだ。

四大公爵家の当主が他の領地へ行くのは、持ち回りで行われる当主合議や一対一で行われる当主会談、新しい当主を迎えたときの継承の儀や慶弔の式典など公的な用事があるときのみだ。その際は当然、予め訪問と受け入れのスケジュールを組んで共有し、迎えるときには大掛かりな準備をする。事前の連絡もなしにやってくるなど前代未聞だ。

「よっぽど緊急の用件なのかな」

リュカは小走りに近い早歩きで、シュンシュが待つ応接室へ向かう。

「だとしても通信室を使うなり伝言鳥《でんごんどり》を飛ばすなり、何かしら連絡手段はあるだろ。ただの怠慢か、でなけりゃお忍びの訪問なんじゃねえのか」

リュカのあとに続いて歩くピートが、怪訝《けげん》そうに眉を顰《ひそ》める。

「さっき窓の外にガルトマン家の馬車が見えた。護衛の騎士団も引き連れている。お忍びというわけでもなさそうだぞ」

ピートの隣を歩くヴァンも訝《いぶか》しむように顔をしかめた。

黄金麦穂団と白銀魔女団の名誉を賭けた勝負は宙ぶらりんになってしまったが、それどころではない。意図の見えないシュンシュの訪問に、リュカもふたりも緊張感を抱いていた。

「お待たせしました。……お久しぶりです、シュンシュ殿」

リュカが応接室に入ると、シュンシュはソファーから立ち上がって軽く一礼する。赤い衣を纏《まと》い、漆黒の髪と伏し目がちな表情は相変わらず神秘的だ。言い換えれば、彼の感情は読みにくい。無口なのもあって何を考えているのかわかりにくい男だ。

シュンシュのそばには背の高い有翼の男がふたり立っている。腰にガルトマン領独特の武器である鉄の鞭《むち》を備えているところを見ると、彼らは護衛戦士なのだろう。

リュカはシュンシュの向かいのソファーに腰を下ろした。あまり離れすぎない位置に、ヴァンとピートが控える。

「出迎えもできず申し訳ありません。急に来られたので驚きました。今日は何か緊急の事態でも？」

リュカのほうから口火を切ったというのに、シュンシュはしばらく黙って口を噤《つぐ》んでいた。そして懐《ふところ》に手を入れ、一通の封筒をテーブルの上に置く。

「来月、ガルトマン領にて私の即位三十周年記念式典が行われる。是非来ていただきたい」

封筒の中身は招待状だった。記念式典の詳細が書かれたそれを見て、リュカはポカンとしてしまう。

「……もしかして、これを届けにきたんですか？」

招待してくれるのはありがたいが、こんなものは遣いの者に届けさせれば済むことだ。わざわざ当主が出向く意味がわからない。するとシュンシュは静かに頷《うなず》き、それから言葉を返した。

「ところで、今日は神子殿はどちらに？」

「え？　ルーチェ……ですか？」

「左様」

「ルーチェなら……」

答えながらリュカはますます混乱する。まさかルーチェの顔が見たくてわざわざ出向いたのだろうか。それならば連れてきて会わせてあげようと思ったが……なんとなく、やめた。シュンシュの表情は読みにくいが、こちらを見据える黒い瞳が無邪気に赤子を慕っているとは感じられなかったからだ。

「……昨日から熱を出してしまいまして。せっかく来てくださったのに申し訳ないですけど、お顔を見せられそうにありません。次の機会にきっと、元気な姿をお見せしますね」

咄嗟《とっさ》に嘘をついた。ルーチェなら今頃リュカの部屋で叔母のサーサに遊んでもらっている。シュンシュは黙ったままリュカを見つめていたが、やがて視線を伏せるとソファーから立ち上がった。

「では、来月。我が屋敷でお待ちしている」

「えっ、帰るんですか？」

ワープゲートを使ったとはいえ、遠路はるばる当主が赴《おもむ》いてきたのだ。てっきり泊まっていくものだと思っていたリュカは驚く。

「用事は済んだ」

それだけ言ってシュンシュは護衛を引き連れ部屋から出ようとしたが、ドアの前で立ち止まり振り返って言葉を付け加えた。

「記念式典には是非、神子殿も」

去っていったシュンシュを、リュカは立ち尽くして見つめる。勝手にやってきてさっさと帰ってしまった。本当に招待状を届けるのが目的だったのだろうか、疑問だらけだ。

しばらくして窓の外に目を向けると、ガルトマン家の馬車が出立していくのが見えた。

「……なんだったんだろう」

呟《つぶや》いたリュカの隣にピートが並び、耳に口を寄せて小声で告げる。

「警戒したほうがいいぜ。あっちの護衛の鳥野郎、ずっとこちらを窺うような目をしてやがった。少なくとも友好的な目じゃねえな、あれは」

「……まさか」

ピートの言葉はにわかには信じ難い。シュンシュは愛想はよくないが、同じ四大公爵家の当主だ。この世界でたった四人しかいない同等の立場で、等しく神の力を引く者。三千年もの間、均衡を保ち、魔王出現の際には力を合わせて勇者を呼んだ仲間でもある。シュンシュは敵ではない。というより、敵になりようがない。万が一両家が対立すれば、それは歴史を揺るがす大事になる。

「確かに今日のシュンシュ様の行動は不可解だが、ガルトマン家がレイナルド家に何か害をもたらすとは思えない。四大公爵家はこの大陸の四本柱だ。そう簡単に関係が揺らぐような真似はなさらないだろう」

ヴァンの言葉にリュカは頷《うなず》く。考えとしてはヴァンとほぼ同じだ。

「とりあえず、わざわざ招待状を持ってきてくれたんだ。来月の記念式典には出席させてもらおう。シュンシュ殿に何か思うことがあるなら、このときに話せばいいさ。デボイヤ殿とゴーフ殿も来るだろうし、ちょうどいい。当主たちとの仲を深めるつもりで行くよ」

テレスから聞いた虚空の神殿の遺跡の件もある。それも踏まえ四人で話し合ういい機会だと思えた。

その翌週。リュカは恒例になっている魔王デモリエルのもとへ遊びに来ていた。

相変わらず取り立てて何をするでもない。デモリエルがリュカの尻尾《しっぽ》をモフモフしたり、おやつを食べながら談笑したり、デモリエルが可愛く改良したモンスターを見せてくれるたわいもない時間だ。最近はそこにルーチェが加わり、デモリエルは赤ん坊の成長を興味津々で見ている。

「獣人の赤ん坊は成長が遅いね。モンスターならそろそろ成体になる頃なのに」

抱っこしたルーチェの小さな手や足を指先でつまんで眺めながら、デモリエルは不思議そうに言う。遺伝子から作られたルーチェだが、水晶から出たあとは普通の獣人と同じ成長を辿《たど》っている。デモリエルにとってはその成長の部分が未知なのだろう。

「可愛い時期が長くていいでしょ。手もかかるけど、そのぶん愛おしいよ」

ニコニコとリュカが言えば、デモリエルも嬉しそうに微《かす》かに口角を上げた。

「リュカ、ルーチェ好き？　もらえてよかった？」

「うん。本当の息子だと思ってるよ。ありがとう、デモリエル」

大好きな友達に感謝されて、魔王の青白い肌に赤みが差す。

リュカのことが大好きなデモリエルだが、どうやら同じ遺伝子で出来ているルーチェには特別な好意や執着は持っていないようだ。リュカのモフモフが大好きで「可愛い」を連呼するが、本当に好きなのは外見でなくリュカの魂なのだろう。

「リュカが嬉しいと僕も嬉しい」

デモリエルはルーチェを手渡すと、ルーチェを抱いたリュカごと自分の膝の上に乗せた。そしてリュカの大きな耳と小さな頭にスリスリと頬を寄せる。

「いい匂い。可愛い。リュカ大好き」

恍惚《こうこつ》とした表情でスリスリしていたデモリエルだったが、ふと何かに気づいたように顔を離すと、上から覗き込むようにジッとリュカの胸もとを見つめた。

「……何か変なもの持ってる？　リュカじゃない魔力を感じる」

「え？」

言われてリュカは小首を傾《かし》げるが、すぐに思いあたって懐《ふところ》から布に包んだ欠片《かけら》を取り出した。

「もしかしてこれかな。虚空の神殿付近で見つかった遺跡の欠片《かけら》なんだ」

「……虚空の神殿……なるほど」

テレスから受け取った遺跡の欠片《かけら》をリュカは所持している。今はまだ内密にしているため屋敷に保管はできず持ち歩いているのだ。

「デモリエルは欠片《かけら》から魔力を感じられるんだね。さすが魔王だなあ」

リュカは感心した様子で言う。欠片《かけら》が帯びている魔力は微《かす》かだ。持ち歩いていても誰もその気配に気づかない。先日対面したシュンシュでさえ、まったく気づいた様子がなかった。

しかし大好きなリュカに褒められたというのに、デモリエルは今度は喜ばない。渋い表情を浮かべ鼻をヒクヒクさせている。

「だってその魔力嫌いだから」

「あ。そうだったね、ごめん。しまっとくね」

欠片《かけら》をグルグルと布に包みながら、リュカは以前にデモリエルから聞いた話を思い出した。

彼と友達になったあと、リュカは好奇心で訊ねたことがある。デモリエルはゲーム『トップオブビースト』では突如現れたことになっていたが、いったいどこから来たのかと。

すると彼はなんと『別次元の世界から来た』と答えたのだ。そこでは命の在り方がこの世界とはまるで違っており、家族や生殖といった概念もなく、魔王は混沌《こんとん》から自然と発生した命らしい。

そんな世界からやってきたのだから、デモリエルの魔力もこの世界のものとは性質が異なる。リュカの魔力は神から授かったもので、デモリエルの魔力は己の体内で作り出しているものだ。非常に相性が悪く、強い神の力を魔王は侵せないらしい。

それを聞いたとき、リュカは不思議に思った。魔王の魔法は強力で、火山を容易《たやす》く凍らせたり、大勢の瀕死の人間を一瞬で回復させたりできる。この世界で最高峰の魔法使いであるリュカでさえできない芸当だ。単純に考えてデモリエルの魔法のほうが強いと思っていた。

質問を重ねたリュカに、デモリエルは『えーと……』としばらく考えてから説明してくれた。

『どっちが強いっていうんじゃなく、相性が悪いだけ。だからシンプルに力の大きい方が勝つ。聖剣とかリュカの〝神籬《ひもろぎ》〟は僕の魔力より大きいから、僕は勝てない。……でも、それ以外のこの世界の魔法は正直言ってカス。僕を傷つけられない。ただ、目障りではある』

『目障り？』

それを聞いてリュカは納得すると同時に、小首を傾《かし》げた。

『相性が悪い魔力は臭い匂いみたいなものだから、傷つけられなくても不快。だから昔はこの世界の魔力を全部滅ぼしてやろうと思ったこともあった。でも今はしない。滅ぼすとリュカが悲しむから』

『うん。っていうか、俺は？　多分この世界で一番魔力を持ってるのは俺だと思うけど、臭くないの？』

するとデモリエルはリュカをギュウッと抱きしめ、頭に鼻を押しあててスンスン匂いを嗅いだ。

『リュカは不思議な匂い。嫌な匂いもするし、神籬《ひもろぎ》はすごく嫌な感じなんだけど……でも、いい匂いと混じってる。懐かしくて、ずっと欲しかった匂い。こんな匂いするのリュカだけ』

なんとも抽象的な言葉に、リュカは『う、うん？』と返事に詰まる。懐かしくて欲しかった匂いとはなんなのだろうか。鼻腔で感じる香りではなく、魔力とか力の根源のようなものを指しているのはわかるのだが。

考えても答えが出るものでもないので、そのときのリュカはこの話を終わりにして、ただおとなしく匂いを嗅がれ続けたのだった。

（デモリエルにとっては神殿の欠片《かけら》も臭いってことか。うっかり持ってきちゃって悪いことしたな）

そのときのことを思い出したリュカは懐《ふところ》の奥に欠片《かけら》をしまう。するとデモリエルが、懐《ふところ》に入れたリュカの手に自分の手を重ねてきた。

「どうかした？」

後ろを振り返ると、デモリエルはジッと懐《ふところ》を見つめたまま切なげに瞳を揺らしていた。

「……僕はこの魔力嫌いだけど、この欠片《かけら》はリュカのことが好きみたいだね。共鳴？　呼んでる？　……こんな魔力の動きは初めて見た。魔力に意思があるのか」

「意思……？」

驚くことを言い出したデモリエルに、リュカは目を瞠《みは》って自分の懐《ふところ》を見つめる。気のせいだろうか、欠片《かけら》に触れている部分が、いつもより温かく感じた。

「意思とか魔力の動きとか俺にはわからないけど、デモリエルには感じるの？」

「ん……うまく言えないけど……その魔力はリュカに還りたがってる感じがする」

「還る？　俺に？」

「んー……。リュカっていうか、レイナルドの血、かも」

デモリエルはゴニョゴニョと言い、何やら考えている。納得できるような答えが浮かばないのだろう。

あまりにも彼が考え込んでしまったので、リュカは申し訳なくなり「もういいよ」と言おうとした。すると、頭の中が煮詰まってしまったデモリエルが痺れを切らしたように「っていうかさあ」と顔を上げた。

「この世界の魔力はおかしいよね。神の力なんて言うわりにレイナルド家しか持ってない。そのレイナルド家にしたって、リュカの神籬《ひもろぎ》以外はカスだ。四大公爵家だっけ、あの威張ってるやつら。あいつらの魔力もカスだ。僕には傷ひとつつけられない。リュカだけが……天狐《てんこ》だけが莫大な魔力を持っていて、それは多分この世界を支配できる。だからその欠片《かけら》もリュカに……天狐《てんこ》に還りたがってるんだと思う。なのに普段のリュカの魔力はカスみたいに弱くって、意味がわからない。ああ、もう、気にし出すとすっごく気持ち悪い」

基本無気力なデモリエルが雄弁に喋っている。三回もカスというほど、よっぽど気持ちが悪いのだろう。内容は漠然として理解しがたいが、彼の目から見てこの世界の魔力のバランスがおかしいことだけはよく伝わった。

それにしても、とリュカは思う。

「四大公爵家の魔力もカスなの？　そりゃ俺以外の三人は魔法が使えないけど、ゲヘナで〝真の力〟を使って戦っただろ。デボイヤは巨大な獅子になってモンスターの攻撃をすべて跳ね返し、ゴーフは燃え盛る竜になってモンスターを浄化する炎を吐いてた。どっちもすごく強かったけど」

他の魔法はともかく四大公爵家の力までカスだというのは、にわかに信じ難い。彼らの力はリュカと同等のはずだ。

「それにシュンシュだって真っ赤な神鳥になって……なって……」

言いながらリュカは、あれ？　と思った。そういえば、シュンシュがどんな攻撃をしていたか見ていない。光って羽ばたいていたのは目撃したけれど、岩山の陰に隠れて見えなかった。

モゴモゴと口を噤《つぐ》みつつ、まあいいやとリュカは思い直す。確かガルトマン家の真の力は炎による攻撃だと伝え聞いている。あれだけ強そうな姿だったのだから、さぞかし敵を蹴散らしていたに違いない。

リュカの言葉を聞いていたデモリエルはどことなく胸糞《むなくそ》悪そうに「へっ」と嘲笑すると、呆れたように片手を振って言った。

「カスだよ。あんなの神籬《ひもろぎ》に比べたらお遊びだ。変身した姿は幾らか魔力が強くなってたみたいだけど、それでも天狐《てんこ》の足元にも及ばない。特にあの鳥なんかカス中のカス。あいつ手抜いてたか本当は弱いんじゃないの。ちっとも魔力ないよ」

「えっ？」

サラリと語ったデモリエルに、リュカは目を瞠《みは》る。衝撃の事実を聞いてしまった気がする。

(どういうことだ？　シュンシュが？　……本当は弱い？　それとも……力を出し惜しみしていた？)

なんだか触れてはいけない闇に触れてしまった気がする。

四大公爵家は平等だ。その力も、権利も。だからこそこの三千年間争うようなこともなく、バランスを取ってやってきたのだ。

しかし本当は平等ではなく力の偏りが大きかったら……？　それどころかガルトマン家は真の力を持っていない、或いは大陸の危機に協力しないという考えの持ち主だったら……

リュカは密かに生唾を呑んだ。もしこのことが公《おおやけ》になったらただではすまない。四大公爵家という大陸の要が大きく揺らいでしまう。

幸い今は敵もなく大陸は平和だ。真の姿を使って戦う機会も、もうないだろう。当主に求められる能力は戦闘力だけではない。領地を安泰に治める手腕こそが平和な時代には必要なのだ。ならば取り立てて問題が起きない以上、黙っているのが利口である。

（これは絶対に口外しちゃいけない。大陸の平和を守るためだ）

心の中で誓って、リュカは口を真一文字に引き結ぶ。その顔が面白かったのかデモリエルは「どうしたの？」とリュカのほっぺを突っつき、ルーチェまで手を伸ばして唇を弄ってくる。

ふたりの手を振り払い、リュカは首を横に振った。

「と、とにかく。このことはとりあえず秘密にしてもらえるかな」

「このことって？　リュカ以外カスってこと？」

「うん。四大公爵家は平等ってことになってるんだ。バランスが崩れると色々面倒で……」

「別に獣人のことなんて興味ないから構わないけど。そもそも僕、リュカ以外とは喋る気ないし」

口止めしたものの、それもそうだなとリュカは思った。デモリエルの話し相手は現状リュカだけなのだ。

（それなら俺がここで聞いたことを誰にも言わなければいいだけだ）

そう結論づけ、リュカはピョンとデモリエルの膝の上から下りる。そろそろ帰る時間だ。

「デモリエル。俺、そろそろ帰……」

リュカが言いかけたとき、デモリエルは思い出したように「あーそうだ」と口を開いた。

「あれ、なんだっけ……神殿でやった……勇者の召還か。あれもデタラメだね。あれは別世界から来た人間じゃなく、神殿が創り出した魔力の具現。レイナルド家の求めに応じて出現するよう作られていた魔法の仕掛け。カス三家は意味のない賑やかし。リュカがどうして四大公爵家にこだわるのか全然わかんないけど、この世界にとって意味のあることとしてるのはレイナルド家だけだよ」

第三章　破廉恥当主の黒歴史

翌月。リュカはシュンシュの即位三十周年記念式典に出席するため、黄金麦穂団と白銀魔女団を連れて、ガルトマン領までやってきた。

「うわあ、こっちは結構暑いね」

ワープゲートをくぐり数千キロ離れたガルトマン領へ馬車が出た途端、体に感じる気温が一気に春から真夏へと変わった。

「こちらはちょうど暑季、一番暑い時期ですね」

向かいの席に座っているヴァンが額の汗を拭《ぬぐ》いながら言う。ハイイロオオカミ種の彼にとって、この気候はなかなか応えるはずだ。

大陸東南部にあるガルトマン領は、北西に位置するレイナルド領とは気候が違う。ガルトマン領は一年通して平均気温が高く、四月・五月は特に暑い。四十度に届く日もある。

リュカは当主合議などでガルトマン領に何度か来たことがあるが、いつも冬だった。おそらくシュンシュが他の当主らを気遣って、快適な時期に日程を調整してくれたのだろう。

初めてガルトマン領の暑季を体験したリュカは、想像以上の暑さに驚きつつ外を気にする。

「馬車は屋根があるからまだマシだけど、騎士団は直射日光にあたってるからつらいだろうな。今日は近場の町で宿を取って、装備を整え直そう」

窓の外では快晴の空から強烈な日光が降り注いでいる。馬に乗り隊列を組んでいる騎士たちの装備は、それを想定したものではないため、彼らの熱中症が心配だった。

「あんた甘いな。騎士のくせに暑さでへばる根性ナシなんか置いてきゃいいんだよ」

ヴァンと同じくリュカの向かいの席に座るピートが、せせら笑って隣を横目で見る。

「……何か私に言いたいことでもあるのか？」

汗だくのヴァンが睨み返すと、ピートは「別に？」とおかしそうに鼻で笑った。

「……リュカ様、こいつの言う通りです。我が騎士団に暑さでへばる軟弱者はいません。気にせず参りましょう」

「おいおい、無理すんなよ。暑さに弱いあんたらオオカミ族は引き返したっていいんだぜ？　あとは俺と白銀魔女団に任せときな」

「ほざけ。たかが暑さに強いだけで調子に乗るなよ」

こんなことでもマウントを取り合うのかと半ば感心しながら、リュカは腕の中でグズり出したルーチェをあやしながら言う。

「気候への適応は種の特性だから、根性で補おうとするのはやめようね。ほら、ルーチェも暑くてむずがり出したし、次の町で休憩にしよう」

もはやふたりを宥《なだ》めるのも慣れたものである。ヴァンとピートは馬車の窓から顔を出すと、馬で並走していた副団長に指示を出して次の町で休憩を取ることを伝えた。

それから間もなくして馬車が着いたのは、砂漠の中にある宿場町だった。

首都へ向かう旅人や隊商の休憩地点のようで、大小の宿が多く建ち並んでいる。おかげで百人以上の大部隊にもかかわらず、全員が泊まれる宿を取ることができた。

宿の一番いい部屋に通されたリュカは、ヒンヤリと涼しい部屋の空気にホッとする。この宿は熱を吸収しない素材でできているらしい。窓からの日光は竹製のロールカーテンで遮られ、風通しもよく、ラタンの椅子や寝椅子も涼し気だった。

「食事は十八時からになるそうです。いかがいたしましょうか、お部屋に運ばせますか？」

宿の手続きを終えたヴァンが、部屋に入ってきて尋ねる。リュカは眠ってしまったルーチェをベッドに下ろしながら振り返って答えた。

「いや、みんな食堂で食べるんだろう？　だったら俺もそっちで食べるよ」

身分をあまり気にしないリュカは、みんなでワイワイと食卓を囲むのが好きだ。だが当主という立場上、普段はそうはいかない。従者である騎士たちと肩を並べて食事できるのは、旅ならでは楽しみのひとつだ。

「かしこまりました。ではそのように宿の主人に伝えてきます」

そう言ってヴァンが部屋から出ていこうとしたとき、宿の周辺を調べてきたピートが入れ替わるように入ってきた。

「さすが宿場町だ、旅用の服や装備の店が充実してるぜ。日光を遮る頭巾や風通しのいい上衣や脚衣も売ってる。どうする？　まとめて揃えるか？」

「うーん。いや、個々で選ばせよう。種族によって必要な物が違うだろうし。予算を決めて、会計係に費用を配らせて。移動時と任務時は騎士団の上着着用、上着以外は自由でいいから」

「了解」

足を止めて会話を聞いていたヴァンは何か言いたそうに眉根を寄せていた。おそらく、騎士団の恰好にバラつきが出るのが嫌なのだろう。しかし種族によって暑さが苦手な者もいれば、乾燥から身を守りたい者もいる。日光から目を守りたかったり肌を守りたかったりと色々だ。服装の統一に拘《こだわ》るより健康を害しないことのほうが重要である。

「あ、そーだ」

部屋から出ようとしたピートが何かを思い出したように振り返る。

「あんたはどうすんだ？　その法衣《ほうい》じゃ暑いだろ。ガルトマン邸に着くまでは、あんたも涼しい恰好してたほうがいーんじゃねーの」

リュカは自分の恰好を見た。襟元まで詰まった長丈の法衣《ほうい》は確かに暑い。それにせっかくだから、現地の衣装というものを堪能してみたかった。

「じゃあ俺の服も何か適当に見繕《みつくろ》ってきてよ。涼しければなんでもいいから」

「オッケー、俺が似合いそうなの選んできてやるよ」

意気揚々と廊下へ出ていったピートに、ヴァンが後を追いながら大声を浴びせる。

「おい！　お前のセンスでリュカ様の服を選ぶな、下品になるだろうが！」

「あんたの厭味ったらしい気障《きざ》なセンスよりはマシだ」

「安ものを買うなよ。暗い配色も避けろ。威厳の感じられるものを選べ。金糸の刺繍《ししゅう》のあるものがいい」

「はいはい、金々キラキラ派手なやつね。りょーかい、りょーかい」

「貴様、馬鹿にしてるのか！」

そんな声が遠ざかっていくのをリュカは苦笑いしながら聞いて、ラタンの椅子に腰を下ろした。

静かになった部屋ではルーチェの小さな寝息と、外を行き交う人たちの声が遠くに聞こえるだけだ。リュカはぼんやりと天井を眺めながら、懐《ふところ》にしまってある遺跡の欠片《かけら》に手をあてる。

（……虚空の神殿か）

数日前、デモリエルが言っていたことを思い出す。

（四大公爵家のバランスがおかしいだけじゃなく、勇者召還まで神殿とレイナルド家の力だったなんて……。なんだかこの世界がよくわからなくなっちゃった。波風を起こさないためには、これ以上追究しないほうがいいんだろうけど……）

リュカは今回の記念式典のタイミングで、遺跡のことを他の当主らに話すつもりでいる。しかし遺跡の発掘を進めていいものかどうか、デモリエルの話を聞いてから躊躇《ちゅうちょ》する気持ちが生まれた。

（掘り起こさないほうがいい過去の可能性だってある。だったらこの遺跡は見なかったことにしたほうがいいのかな。……でも。やっぱり知りたい。レイナルド家のことも魔力のことも。それになんとなく俺は、知っておかなくちゃいけない気がする）

リュカは懐《ふところ》から包みを出して開き、遺跡の欠片《かけら》を手に取ってみた。ほんのりと感じる魔力は、やはり懐かしさを覚える。……と、そのとき。

「ふぇえええん！」

「あ、ルーチェ。起きたの？」

ルーチェの泣き声に反応して立ち上がったリュカの手から、うっかり欠片《かけら》が落ちる。

「あっ！」

慌てて手を伸ばすが遅い。床に落ちた欠片《かけら》には無数のヒビが入ってしまった。

「あちゃ～、やっちゃった」

リュカはルーチェを抱き上げてから、渋い表情で落ちた欠片《かけら》を拾った。貴重な遺跡の一部を傷物にしてしまい罪悪感が湧く。しかも細かくヒビの入った箇所がポロポロと崩れてしまい、リュカはますます焦った。ところが。

「ん？　ヒビが入ったのは表面だけ……？」

崩れ落ちた表面部分の下から、何かの模様が現れた。どうやら模様のある面が塗り潰されていたようだ。驚いたリュカはそれをテーブルに置くと、ナイフの先を使って塗装面を削った。

「これは……古代文字だ」

模様に見えていたのは古代文字の綴《つづ》りだった。今は使われていない言語だが、当主の教養として一応学んでいる。リュカは拙いながらもその文字を訳していった。

「……ウ、ル、デ、ウ、ス…………」

――ウルデウス――

リュカの唇が、そう唱えたときだった。

「えっ⁉」

世界が一瞬で真っ白な閃光に包まれ、全身が総毛立った。すべての神経が研ぎ澄まされ、時間が止まった錯覚がする。

真っ白な世界の中でリュカは感じた。誰かが目覚めるのを。しかしそれは人と呼ぶにはあまりにも広大すぎて……まるで世界そのものが目覚め、本当の姿を現したかのようだった。

「……何……？」

唖然《あぜん》として、リュカは見開いた目を一度瞬かせる。

「え？　……え？　あれ？」

そこは、さっきまでと変わらぬ宿の一室だった。きょろきょろと辺りを見回しても、変わったことは何もない。窓の外は快晴で行き交う人々の声が和やかに聞こえるし、腕に抱いたままのルーチェも同じだった。

白昼夢でも見たのだろうかとリュカは呆然とする。だが、それにしては体に残る感触がやけに生々しい。細胞のひとつひとつが目覚めるような不思議な感覚には覚えがあった。あれは……リュカが真の姿〝天狐《てんこ》〟になったときと同じだ。

「……ルーチェ。きみは何か感じた？」

腕の中のルーチェに聞いてみるが、ルーチェは甘えながら指をしゃぶっているだけだ。異変を感じて驚いた形跡すらない。リュカは少し考えて、テーブルに置いた遺跡の欠片《かけら》を指でつついてみる。

「……ウルデウス……」

さっき唱えた言葉を、恐る恐るもう一度口にしてみる。けれど、もう同じ現象は起きない。リュカは息を大きく吐き出し、椅子に深く座り直した。

（さっきのは気のせいなんかじゃない。でも多分、俺しか感じなかった。……『ウルデウス』って言葉に魔力が反応した？　ウルデウスってなんだ？　呪文？）

やはり虚空の神殿はレイナルド家に強く関わりがあるとリュカは思った。

遺跡の欠片《かけら》を手に取ると、さっきより強くぬくもりを感じる。それは体感的な温度ではなく、リュカ自身が魔力をより敏感に感じるようになったからだろう。そして、より懐かしさを覚えた。

（……やっぱり遺跡の発掘調査を進めるべきだ。ガルトマンの祝典が終わったら、すぐに全公爵家で取り掛かろう。それから……この遺跡の文字『ウルデウス』を考古学者に調べてもらおう。レイナルド家に関わる何かしらの呪文かもしれない）

なぜか考えれば考えるほど気が急《せ》いた。今すぐにでも虚空の神殿へ向かいたい。駆けつけてすべてを掘り起こし、何かを見つけたい衝動に駆られる。それなのに、今すぐできないことがもどかしくてリュカはソワソワとした。すると。

「んあーう」

「あっ！　ルーチェ、めっ！　ばっちぃよ！」

手に持っていた遺跡の欠片《かけら》に、ルーチェが噛みついてしまった。リュカは慌てて欠片《かけら》を懐《ふところ》にしまい、ルーチェの口をハンカチで拭く。

「最近歯が生え始めてきたから歯茎が痒《かゆ》いのかな。歯固めの玩具持ってくればよかった」

リュカはテーブルに置かれているフルーツ盛りの籠《かご》からバナナを取り、皮を剝《む》いてルーチェの口元へ持っていった。ルーチェは瞳をキラキラさせると、涎《よだれ》まみれになりながらアムアムとバナナにかぶりつく。その愛らしい姿に目を細めているうちに、リュカの中の焦燥感が消えていった。

「あはは、ルーチェは食いしん坊だね」

気になることはいろいろあるけれど、焦ってもしょうがない。ひとまず今は遺跡のことは置いておいて、この旅を楽しみながら自分の務めを果たそうと思った。


夕刻。服を買いにいっていた騎士たちが続々と宿へ戻ってきた。

皆それぞれ、頭に頭巾を巻いたり、民族衣装らしき薄手の服を着たり、日光を遮るような大きな布を纏《まと》ったりしている。騎士らは食堂に集まって買ってきた物を見せ合っていた。

「わあ、すごい。みんなガルトマン領の民みたいだ」

ルーチェを抱いて二階から下りてきたリュカは、その光景を見て目を瞬かせた。見慣れた騎士たちの顔ぶれが、なんだか新鮮に感じる。

「リュカ様、ありがとうございます！」

「おかげで暑さに負けることなく旅を続けられそうです！」

騎士たちは口々にリュカに礼を言った。リュカは騎士たちや領民のための出費を惜しまない。そういうところが領主として慕われている所以《ゆえん》でもある。

　ガルトマン領では身分制度が厳しく、町でも物乞いをしている者があちこちにいた。しかもワシ族ガルトマン家を筆頭に高い身分は主に鳥類が占めていて、下位には獣などの哺乳類が多い。騎士たちは同じ獣でありながら主《あるじ》に恵まれなかった彼らを目の当たりにし、改めてリュカの慈悲深さを感じたようだ。

「リュカ様、騎士団を代表してお礼申し上げます。我々の体まで慮《おもんぱか》ってくださり、どうもありがとうございます」

　そう言って皆の前に立ち、ぺこりと頭を下げたのはベッセルだ。彼の礼に合わせて他の騎士たちも頭を下げる。ベッセルが入団して二ヶ月、副団長が少しずつ板についてきたみたいだ。

「そういえば、両団長は？」

　ヴァンとピートの姿が見えないなと思いキョロキョロすると、廊下から何やら賑やかな声が近づいてきた。

「だから見せてみろと言ってるじゃないか！　リュカ様のお召し物は私が見定める！」

「うっせーな、衣装の調達は俺が任されたんだから口出しすんじゃねーよ」

　どうやらリュカの服を買い出しにいっていたピートが戻ってきたようだ。ヴァンに絡まれているようだが、いつものことなので気にしない。

　案の定、食堂に入ってきたのはヴァンとピートだった。ピートに付き添っていたのか、ロイも一緒にいる。リュカがいることに気づいたロイは嬉しそうに駆け寄ってくると、抱えた袋を恭《うやうや》しく差し出してきた。

「リュカ様、お召し物買ってきました！　ピート団長が選んだすっげえカッコいいやつです！　絶対リュカ様に似合いますよ！」

「あ、ありがとう」

受け取ってリュカは礼を言う。袋の中には衣装一式が入っているようだ。装飾具もあるのか金属っぽい音もした。

「リュカ様、ただいま戻りました」

遅れてやってきたヴァンとピートが、リュカの前で一礼する。「お疲れ様、ありがとう」と返すと、ピートは隣のヴァンが睨んでくるのも構わずニッと口角を上げた。

「せっかくだから着てみろよ。ロイの言う通り絶対リュカ様に似合うぜ」

それを聞いてリュカはワクワクした。前世でも今世でも新しい服は嬉しいし、ましてや着たことのない異文化の衣装なら尚更だ。

「それなら私がルーチェ様をお預かりしますので、どうぞお召し替えしてきてください」

そう言ってくれたヴァンにルーチェを預け、リュカは衣装の入った袋を抱きしめて満面の笑みで頷《うなず》く。

「うん、着替えてくるね！」

弾むような足取りでトタトタと駆けていく後ろ姿を、ピートは目を細めて見つめた。不機嫌だったヴァンでさえ思わず頬が緩んだ。

「はしゃいじゃって、かーわいーのな」

小声の独《ひと》り言は、隣に立つヴァン以外誰にも聞こえない。しかし、少し離れた場所から見ていたロイが何やら目をパチクリさせて近づいてきた。

「なあ、ピート」

「あ？　公《おおやけ》では団長って呼べって言ってるだろ」

視線はリュカの出ていった廊下に向けたまま、ピートは適当に答える。すると。

「やっぱピートってリュカ様とデキてんの？」

いきなりの爆弾発言に、ピートは咄嗟《とっさ》にロイの頭を殴ってしまった。

「てめえ、不敬なこと言ってんじゃねえぞ！」

幸いロイの声は周囲には聞こえていなかったようだが、近くにいたヴァンにはしっかり聞こえていた。彼も目をまん丸くして顔色を変えている。

ロイは殴られた頭をさすりながら、涙目で口を尖《とが》らせた。

「いって～。そんなに怒んなくたっていいじゃん。ピートがリュカ様に惚れてんのはみんな知ってることなんだし。そんで毎日そばにいりゃ、デキてんのかなってフツー思うじゃん」

ピートがリュカに崇拝と言えるほど心酔していることは、第二騎士団の者なら誰でも知っている。だがそれは言い換えれば群を抜いた忠誠心で、だからこそ護衛騎士団長が務まるのだとも皆理解していた。

しかし、同じくらいリュカに心酔している者がこの場にはもうひとりいる。

「これだから第二騎士団は品性が皆無だというんだ！　偉大なる主《あるじ》に向かってデキてるだのなんだのと……！　品性下劣も甚《はなは》だしい！　ルーチェ様にそんな下品な言葉を聞かせるな！」

リュカを崇高な存在として扱わなくては気の済まないヴァンが、ルーチェの大きな耳を手で押さえながらこめかみに青筋を立てる。けれど、第一騎士団長に怒声を浴びせられたというのにロイはケロッとしていて、それどころかもっと驚くことを口にした。

「ヴァン団長もリュカ様にベタ惚れだって有名ですよね。で、どっちとデキてるんスか？」

「〜〜っっ!!」

ヴァンは衝撃と怒りと羞恥で言葉が出ない。彼の片手が剣の柄《つか》にかかったのを見て、さすがにロイも焦りながら少し離れた。

ピートの忠誠心が噂になるのなら、当然ヴァンだって同じだ。もちろんお行儀のよい第一騎士団はいやらしい勘繰《かんぐ》りなどしないが、両騎士団の間ではヴァンとピートがリュカに対して並々ならぬ思いを抱いていることは皆察していた。

「ピート！　この下品で下劣なクソガキをさっさと処分しろ！　鞭《むち》で打って牢屋に放り込め！」

怒髪《どはつ》が天を衝く勢いで憤るヴァンに、ロイは仲間の背に隠れながら反論する。

「これ、怒ることっスか？　デキてるって言い方が悪いなら謝りますよ。団長たちのこともリュカ様のことも俺、滅茶苦茶尊敬してるんで。馬鹿にしてるとかそういうつもり全然ないし」

ピートは呆れた溜息を吐くとロイのもとまで行き、彼の丸い耳をギリギリと掴み上げた。

「いでででで！」

「てめーもスラムで生きてきたんなら、言っていいことと悪いことの区別ぐらいつくだろ。主《あるじ》に向かって俺たちみたいな従者がホレたハレたなんて、口にすんのも駄目なんだよ」

ロイは耳を掴んでいたピートの手を力ずくで離させると、不服そうに上目遣いで訴える。

「えー？　でもリュカ様、そんじょそこらの女より可愛いじゃん。超エライ人だから手ぇ出すとか無理だけど、惚れんのはフツーじゃない？　憧れっつーの？　領主としてめっちゃカッコいいし、そのうえ可愛いし。みんなリュカ様大好きだよなぁ。なあ？」

振り返って呼びかけたロイの声に、彼の友人と思われる数人の騎士が戸惑いながらも頷《うなず》く。しかも驚くことに、第一騎士団にもはにかんだ表情を浮かべる者が何人かいた。

ヴァンとピートは衝撃で、目を瞠《みは》ったまま固まる。

ふたりは内心つくづくリュカの可愛さを呪った。ロイの言う通りリュカは領主として、尊敬にも憧れにも値する人物だ。それは素晴らしいことだし、そこで終われば平和なのだが、残念なことに天性の強烈なキュートさが従者たちにプラスアルファで余計な感情を抱かせるのだ。

本気でリュカをどうこうしようとは思っていないが、余計なプラスアルファを抱いてる者が騎士団内にわんさかいたことに、ヴァンもピートも頭を抱える。彼らを排除するのは難しい。暴走した行為でもしない限り、それは忠誠に組み込まれた憧れでしかないのだから。

「ロイ！　さっきから黙って聞いていればきみは本当に不敬で不遜なやつだな！　我ら騎士がリュカ様に抱いていいのは尊敬と忠誠のみ！　『可愛い』と思うこと自体がいけないのだと気づけ！」

ずっと耐えていたがついに我慢ならないとばかりにベッセルが口を挟んできた。まっすぐな忠誠心を抱く弟の言葉に、ヴァンは少々複雑な心持ちになる。

「出たな、クソマジメオオカミ。可愛い人を可愛いっつって何が悪いんだよ」

「そもそも男性に対して『可愛い』は褒め言葉ではないだろう！　リュカ様はフェネックギツネ種ゆえに小柄だが、れっきとした男性だ。女性扱いするなんて失礼だ」

「石頭ウゼぇ〜。『可愛い』が女の専売特許だと思ってんなら、そっちのほうが失礼だろ。そもそも獣人にゃオスメス曖昧な種だって……」

ロイとベッセルの口喧嘩に、周囲がやんややんやと乗ってくる。食堂はリュカを可愛いと思っていいのかいけないのか議論になり、ヴァンとピートは痛む頭を押さえた。

「……フェネックの可愛さ舐めてたぜ。明日からリュカに仮面被せるか」

「仮面だけじゃ駄目だ。耳も尻尾《しっぽ》も体も全身布で覆《おお》う。いっそ人前に出すな」

そのときだった。

「あの〜……」

食堂の入口からピョコンと、リュカが顔を出した。言い争っていた騎士たちは一斉に口を噤《つぐ》み、姿勢を正す。

リュカはかろうじて顔を出した状態で、頭から足先まで隠すように布を被っていた。そんな状態でヨタヨタ食堂に入ってきたのを見て、咄嗟《とっさ》にヴァンとピートが駆けつける。

「リュカ様、どうしました？」

「この恰好はなんだ？　着替えはどうしたんだ？」

不思議そうに尋ねるふたりに、リュカは困ったように眉尻を下げて頬を染めた。

「その衣装のことなんだけど……着方ってこれでいいのかな？」

全身を覆《おお》っていた布をハラリと足元に落としたリュカを見て、ヴァンとピートが固まる。注目していた騎士たちも目を見開き、食堂は一瞬シンと静まり返った。


今から十五分ほど前。

ピートの買ってきてくれた衣装に着替えようと自室に戻ってきたリュカは、袋を開けてみて目をしばたたかせた。

「これ……どうやって着るんだろ……」

出てきたものはリュカの知っている服の形を成していない。小さな布や長い布にやたら紐ばかりついていて、何をどうすればいいのかさっぱりである。

考えあぐねていると、ちょうど宿の女中が廊下を歩いているのが見えたので、彼女に着方を教わることにした。彼女はどうやら身分の低い下働きのようで、リュカが誰なのかよくわかっていないらしい。しかも言葉をあまり発せないようで、リュカは手振り身振りで着替えを手伝ってほしいと伝えた。

女中はにこやかに承知して、手際よくリュカにその難解な衣装を着せていってくれた。

……そう、彼女は手際がよかった。下着まで脱がされたリュカが止める間もないほどに。

十分後。リュカは姿見に映った自分を見て、そのまま倒れそうになるほど首を傾《かし》げた。どこからどう見ても……男の服に見えない。

女中はニコニコとしながら指で丸を作った。『似合ってる』と言いたいらしい。

それでも困惑した表情を浮かべるリュカに、彼女は背を押して窓の外を指さした。薄暗くなった外では、明かりを焚いた道端で道化師たちが芸を見せてお金をもらっている。その中にリュカとよく似た衣装のウサギ族の少女……いや、少年がいた。彼がヒラヒラと舞うと客たちは喝采《かっさい》を浴びせ金貨を投げる。それを見てリュカは納得した。

「あー……。これって踊り娘《こ》……踊り少年？　の服なんだ……」

再び指で丸を作った女中に、リュカは力なく笑い返し、悩んだ末に（せっかく買ってきてくれたんだし）といういじらしい思いで、皆が待つ食堂へ向かったのだった。


石のついたサークレットに薄いベール。華奢《きゃしゃ》な手首足首には幾重もの金の輪。尾にも金のチェーンが巻かれ、コインスパンコールが動くたびにシャラシャラと揺れる。

上半身を覆《おお》うのは豪華な刺繍《ししゅう》の入ったエメラルドグリーンの細い布。胸しか隠せないその布は、前世で言うブラジャーに近いだろう。丸出しの腹にも金の細いチェーンが巻かれ、コインスパンコールが淫靡《いんび》に白い肌を彩る。

下半身を隠すのはゆったりとしたエメラルドグリーンのサルエルパンツ。ただし生地は極薄で透け、腰の脇も大きく開いており、体の線を隠していない。そしてサルエルパンツから透けて見えるのは、なんとも際どい小さな下着だ。両脇が紐で結ばれているそれは布地の面積が非常に少なく、尻はほぼ隠れていないし前も無理やり収めている状態である。

「露出多くてちょっと驚いちゃったけど、これって踊り子の服なんだってね。この辺りでは男の子の踊り子も多いんだって女中さんが教えてくれたよ。確かに涼しいし、それに異文化って感じでこういう服も悪くないかも――」

「「悪いに決まってるだろうが!!」」

せっかくリュカが恥ずかしいのをこらえてお披露目したというのに、速攻でヴァンとピートにツッコまれてしまった。彼らは見たことがないくらい俊敏な動きでリュカを布に包むと、唖然《あぜん》としたまま注目している騎士たちに向かって吠える。

「見るな見るな！　全員見るんじゃない！」

「見たやつは今すぐ記憶を消せ！　覚えてたら承知しねえぞ！」

騎士たちがハッとして一斉に顔を背ける。気まずそうな表情を浮かべている者もいたが、そのほとんどが……特に年若い騎士たちは皆、頬を赤く染めていた。

ヴァンはルーチェを他の団員に預けると、ピートと共に布にくるんだリュカを抱え、ドタバタと食堂を出ていった。おそらく着替えさせるのだろう。

足音が遠ざかっていくのを聞いて団員たちは緊張が解けたようにホッと息を吐いたが、なんとも言えない空気が漂い、顔を見合わせては曖昧に笑って目を逸《そ》らした。

「？　？　？」

あまりに想定外のものを見てしまったベッセルは混乱から抜け出せずにいた。暴れる心臓を抑えるように、服の上から胸をギュッと掴む。すると。

「だから言ったろ、リュカ様は男でも可愛いって！」

突然ロイにそう言って背を叩かれ、危うく口から心臓が飛び出しそうになった。ベッセルは何か言い返そうとしたが混乱している頭では言葉が出てこず、真っ赤な顔を逸《そ》らして隠すことしかできない。それを見て、ロイはニタ～っと目を細める。

「むっつりスケベ。リュカ様でシコんなよ、不敬で不遜だからな」

さっき言われた言葉をそのまま返して、ロイはケラケラと笑って去っていった。

ベッセルは悔しそうに唇を噛みしめつつも、自分の中の何かがひっくり返るのを認めざるを得ないのであった。


「わぁっ」

自室へ連れてこられたリュカはベッドへ置かれ、くるんでいた布を剥《は》ぎ取られた。パチクリとしばたたかせた大きな目に、ヴァンとピートの険しい顔が映る。

「何が『俺に任せろ』だ、この変態ハイエナ！　リュカ様にとんだ痴態《ちたい》を晒させやがって！」

「ちげえよ！　服屋のジジイが渡す袋を間違えたんだ！　俺がそんなエロ衣装着たリュカを人前に出すワケねえだろ！」

「え。間違いだったの」

吠え合うふたりを見上げながら、リュカはポツリと呟《つぶや》く。せっかくピートが選んでくれたのだからと恥ずかしいのを我慢して見せにいったのに、これでは馬鹿みたいではないか。

途端にますます羞恥が募って、リュカは真っ赤になった顔を両手で覆《おお》った。

(もしかしてみんなにドン引かれたんじゃないかな。いや普通引くよね。仕えてる主《あるじ》がブラジャーとスケの尻丸出しで登場したら俺だって引く。……っていうか、どうして俺はこの恰好でみんなの前に出ようと思ってしまったのか)

唐突に生み出してしまった黒歴史にリュカが耳をペシャッとさせて途方に暮れていると、ハーッと大きく息を吐き出す音がふたつ聞こえた。

「たったさっき面倒くせー話したばっかなのに、これでまたリュカを変な目で見るヤツが増えちまうじゃねーか」

「可能なら団員全員の記憶を消したいところだ。リュカのこんないやらしい恰好……」

一瞬の沈黙のあと、ヴァンとピートがゴクリと唾を飲む音が聞こえた。

「……改めて見ると本当にとんでもねえ恰好だな。裸よりエロいだろ、これ」

「……脚衣の意味があるのか、これは。股間が丸見えじゃないか」

嘆いていたはずのヴァンとピートの瞳が段々と好奇心と情欲に染まっていく。マジマジと見つめるふたりの視線に押され、リュカは座ったままの姿勢でベッドの上を後ずさった。

「あんまり見ないで。これ、恥ずかしいんだから。ってかもう着替えるよ」

身を翻《ひるがえ》しベッドから下りようとしたときだった。左右から両肩を掴まえられ、シーツの上に押し倒される。

「まあ、待てよ。せっかくだからもっとよく見せてくれ」

「異文化の服飾を、身を以て学ぶのも悪くないだろう。観察させてほしい」

両手をシーツに押さえつけられ、リュカは身動きが取れなくなる。逃げようと身を捩《よじ》ると、腹の上のコインスパンコールがシャラシャラと音を立てた。

「安っぽい装飾品だな。リュカには似合わない。……だが、やけに情欲を掻き立てる」

ヴァンの手が腹部のチェーンを辿《たど》り腹を撫《な》でる。スパンコールを臍《へそ》に押しあてられ、リュカの体がピクリと反応した。

「踊り子ってのは民族によって情夫も兼ねるって聞くが、これもそうかもな。見ろよこの胸の布。少しずらしただけで乳首が丸見えだ」

ピートが布に指を軽く引っかけると、脇からあっさりと薄桃色の突起が露わになった。裸の胸など何度も見られているし、そもそも男なのだから隠すものでもない。それでも服からはみ出るというシチュエーションは初めてで、リュカはやけに恥ずかしく感じた。

「……確かにこれは、裸よりいやらしいな……」

ヴァンが再び喉を鳴らして唸《うな》るように呟《つぶや》く。

布地からはみ出た乳首を、ふたりの指が左右それぞれ弄り出す。色素の薄い乳輪を焦《じ》らすようにくすぐられたり、小さな乳頭を可愛がるように撫《な》でられたりして、リュカは甘い息を絶え間なく吐き出した。

「なんか、変な気分……」

扇情的な衣装のせいか、今日はやけに羞恥を感じる。まるで本当に踊り子になって、ふたりの騎士に体を買われたみたいだ。

「あっ、あぁあっ」

今度は両脇から同時に胸を舐められて、リュカは高い鳴き声をあげる。左右の手は押さえつけられたままだ。その身動きの取れなさもまた、妙に興奮を高めた。

「今日やけに昂ってねえ?」

舌先で乳頭をチロチロとくすぐりながらピートが言う。

「淫《みだ》らな服を着て興奮しているのか?　……はしたない」

そう言ってヴァンはチュッと音を立てて乳頭を強く吸った。

「は、っ……や、あ、ぁ……」

ふたりの言葉を否定できなくて、リュカはモジモジと腰を揺らした。

(これってコスチュームプレイってやつ?　俺ってコスチュームプレイが性癖だったの?)

リュカは新たな自分の性癖を知り、衝撃を受ける。ふたりとはもう何回もエッチをしているというのに、まだ新たな扉があるのかと性の奥深さに感心してしまう。

「恰好だけじゃなく乳首もすっかり女みてーだな」

口角を上げたピートに爪先で弾かれた乳首は、興奮で勃ち上がり唾液に濡れて光っている。

「はしたないな、リュカ。はしたなくて……可愛い」

ヴァンに唇を吸われ、リュカはますます体を熱くさせた。陰茎が大きくなり、窮屈な下着から今にも飛び出しそうになる。

モジモジとしていたリュカの脚を、ピートが掴み大きく開かせた。薄布の奥で突っ張っている下着を見て、ピートは「ははっ」と嬉しそうに声をあげる。

「エロすぎだろ、この光景。初めは服を間違えて寄越したジジイをぶん殴ってやろうかと思ったけど、今じゃ感謝してるぜ。最高だ。リュカ、あんたがこんなにエロ衣装が似合うとは思わなかった」

その言葉が気になったのだろう、ヴァンも唇を離しリュカの脚元へ回るとじっくりと見つめた。

「……この衣装を考えた者は、よほどの変態だな。際どく隠す官能というものを熟知している」

ふたりの視線が、開かれた股間に注がれているのを感じる。小さな布地に押さえ込まれ、窮屈そうに膨らんでいる陰茎。紐といっても差し支えないほど細い生地に、ギリギリ隠されているキュッと窄《すぼ》まった後孔。それらを薄布越しに観察されて、リュカは顔を真っ赤にして身もだえた。

「見ないで、見ないでよぉ……！　なんか滅茶苦茶恥ずかしい！」

しかし身もだえて腰を捩《よじ》れば捩《よじ》るほど、際どい下着がずれて孔《あな》が露わになり、前の膨らんだモノもはみ出てしまう。

「エッロ……。誘ってるようにしか見えねーんだけど」

「嫌がっているわりに、もう大きくなってるじゃないか。こういうのが興奮するのか」

ヴァンが手を伸ばし、下着からはみ出たリュカの陰茎を脚衣越しに触れる。薄布のシャリッとした荒い感覚に陰茎の先端が包まれ、リュカの体がビクンと跳ねた。

「あッ！　それ、駄目……っ」

初めて味わう快感だった。先走りの汁にまみれた目の荒い生地は独特の感触で、敏感な先端を擦られると全身が痺れそうな愉悦に襲われる。

「ヤバい、それヤバいって！　あッ、あ、駄目ぇッ！」

あっという間だった。新鮮な羞恥と快感は、リュカの体を一瞬で昂らせ射精へ導いた。ビクビクと腰を震わせるリュカの股間の薄布には白濁液がべっとりと張りつき、濫《みだ》りがわしいことこの上ない。

息を荒らげグッタリとするリュカの姿は、いつも以上に扇情的だった。ずれた胸布から覗く唾液まみれの乳首も、汚した脚衣も、興奮して桜色に染まった肌に映える安っぽい装飾品も、まるで弄《もてあそ》ばれたあとの情夫みたいだ。妙な嗜虐《しぎゃく》心を煽《あお》られて、ヴァンとピートの欲が加速する。

「我慢できねえ。今日のあんた、エロすぎだ」

ピートはリュカの脚衣を尻尾《しっぽ》穴から強引に裂き、後孔に潤滑油代わりの軟膏を塗り込む。そして自身のいきり立ったモノを脚衣から出してベッドに座り、リュカの小さな体を後ろから強引に抱き込んだ。

「入れるぞ」

それだけ告げてピートはリュカの太腿《もも》を開かせた状態で抱え、突き刺すように剛直を窄《すぼ》まりに挿入する。

「あぁああっ‼」

軟膏を塗られただけでほとんど慣らされていないのに、リュカの孔《あな》は剛直を呑み込んでしまった。苦しいほどの圧迫感があるのに、それ以上に体が悦んで受け入れてしまう。

ピートが腰を揺するとチャラチャラと足輪やスパンコールが音を立てる。まるで踊り子がリズムに乗って舞っているように。

「レイナルド家の当主ともあろうお方が、まるで淫乱な情夫だ。こんなはしたない姿は誰にも知られてはならない。私だけが知っていればいい」

そう言ってヴァンは興奮した面持ちでリュカに口づける。ピートのことをまるっと無視した台詞《せりふ》だが、よくあることなので誰も気にしない。そもそもピートもリュカもツッコミを入れている余裕などない。

ヴァンはすでに限界まで上向いている自分の肉竿を出すと、それをリュカの陰茎に密着させた。脚衣の薄布を間に挟んだ状態でふたつの竿を擦り合わせ、さらに手で包んでしごく。

「ひゃ、ぁあぁあああぁぁぁッッ！」

甲高い悲鳴がリュカの喉の奥から出た。後ろからは尻を突かれ、前からはモノを擦り合わされる。大きなふたりに体を挟み込まれた状態で容赦なく攻められ、リュカはもはや言葉を発せないぐらい喘《あえ》ぎ続けた。

「リュカ、リュカ」

ヴァンは押しつけるように唇を重ね、強引に口腔に舌を突っ込む。リュカの小さな舌を甘噛みし、零れる唾液を舐めながら、必死に二本の竿をしごいた。

ヴァンの胸には奇妙な背徳感と、背中合わせの興奮が湧く。恋人になってもヴァンにとってリュカは絶対の主《あるじ》だ。そして誰より彼のことを知る友人でもある。そんな相手と陰茎を触れ合わせるのは、ある意味抱くよりも背徳感が湧いた。

抱く行為には愛があるが、この行為には情欲しかない。まるでふたりで性的な悪戯《いたずら》をしているみたいだ。奇妙な後ろめたさに倒錯的な興奮を覚え、ヴァンはガチガチに隆起した自身のモノと、勃ってても小ぶりな主《あるじ》のモノを手のひらで包み、ふたりの露を潤滑油にして夢中でしごき続けた。

「あー……たまんねえ。あんた可愛くてエロくてマジで最高だ」

ピートは恍惚《こうこつ》とした笑みを浮かべ、後ろからリュカの頭に頬擦りする。

普段のリュカは法衣《ほうい》に身を包み神聖な雰囲気を纏《まと》っている。外見が幼いこともあり穢《けが》れのない印象だ。そんな彼が情夫まがいの恰好をして喘《あえ》いでいるのは新鮮で、可愛くてたまらなかった。思わず腿《もも》を抱える手にも力が入り、白い内腿《もも》に指の痕《あと》を赤く残してしまう。

「ひ、ぃあぁッ！　イク、またイッちゃうよぉッ！」

泣きながらリュカが体を震わせても、ふたりの動きは止まらない。それどころか顔を真っ赤にしてベソをかくリュカを見て、ふたりの動きはますます激しくなった。

「リュカ……可愛い、私だけのリュカ」

ヴァンはリュカの目尻に溜まった涙を舐め取りながら、精液まみれの陰茎をしごき続ける。

「中イキもしてんな。ビクビクしてて可愛い、ずっと犯してやりてえ」

震え続けるリュカの尻を、ピートは剛直でガツガツと穿《うが》った。

やがてふたりも精を放ったが当然それだけで終わることはなく、今度はヴァンのモノで尻を嬲《なぶ》られ、ピートのモノを口で受け止めることになったのだった。


途中で意識を飛ばしてしまったリュカが目覚めたのは、すっかり夜になった頃だった。

階下からは賑やかな声と共にいい匂いが漂ってくる。どうやら夕食が始まっているらしい。

ベッドから起きると同時に、お腹がク〜と鳴った。体力をだいぶ消耗したせいで空腹だ。自分も食堂へ向かおうと思ったが、リュカは全裸だった。

(そっか。あの服、だいぶ汚しちゃったから脱がせてくれたんだ。……っていうかさすがにもう、あの恰好でみんなの前には出たくないけど)

破廉恥な衣装を団員たちに晒してしまったことを思い出して、リュカは両手で顔を覆《おお》う。新鮮な黒歴史にリュカが頭を熱くしていると、ふたつの足音が近づいてきて部屋の扉が開いた。

「なんだ、起きてたのか。ほら、新しい着替え買ってきてやったぜ」

「食事を持ってきたが、目覚めたのなら食堂へ来るか？」

入ってきたのは新しい服と夕食のトレーを手にしたピートとヴァンだった。リュカは礼を言い、とりあえず用意してくれた服を着る。それはガルトマン領の伝統的な男性の衣服で、風通しのいい白い長衣に立派な金の刺繍《ししゅう》が入ったものだった。

本来はこれを着るはずだったのかと納得すると共に、リュカは再び自分の痴態《ちたい》を思い出して顔を赤くする。できることなら時間を巻き戻してなかったことにしたい。

「ご飯ここで食べようかな……。みんなと顔合わせるのちょっと恥ずかしい」

そう言ったリュカに、ヴァンもピートも複雑な笑みを浮かべた。

「なら私もここで食べよう。団員たちには、リュカは疲れてひと足先に休んだと伝えてあるから心配するな」

「まあ今日はそのほうがいいかもな。あんたの顔見てムラムラするやつが出てきそうだし。ひと晩寝てほとぼりが冷めるの待ちな」

結局この日はヴァンとピートと一緒に自室で夕食をとった。みんなで食事することを楽しみにしていたリュカは少し残念に思ったが、これはこれで恋人と旅行をしているようで満足だった。

しかし、リュカは知らない。三人のいない食堂では団員たちが禁忌の情欲に苛《さいな》まれ、明日から主《あるじ》をどんな目で見ればいいのか悶々《もんもん》としている者が多数いたことを。

第四章　四大公爵家が壊れるとき

道中でちょっとした黒歴史を作ってしまったものの、リュカたちは無事にガルトマン邸に到着した。

ガルトマン公爵シュンシュの住む屋敷は巨大な黄金の寺院のようで、西欧風の宮殿のようなリュカのレイナルド邸とは建築の種類が異なる。塔のように高い建物の外壁には歴代の当主の像がびっしりと彫られ、内部も同じように柱に彫刻がされている。身分差がハッキリしているガルトマン領では、最高峰に立つ当主は神のように崇められているらしく、いわばこの建物は当主の邸宅であると同時に、ガルトマン一族を敬い祈りを捧げる廟《びょう》でもあるのだ。

リュカ一行はガルトマン領の従者に手厚く出迎えられ、邸内を案内された。リュカはこの邸に来るのは初めてではないが、迷宮のように広く複雑なのでいまいち内部を把握しきれていない。もしひとりで放り出されたら迷子になってしまいそうだ。

「相変わらず広いな、ここは。うちの十倍くらいはありそうだ」

リュカが廊下を歩きながら呟《つぶや》くと、後ろをついてくるヴァンが潜《ひそ》めた声で答えた。

「ガルトマン邸は霊廟《びょう》や礼拝堂なども併設してありますから。純粋な邸宅部分のみで言えば、レイナルド邸とそう変わりありませんよ」

ヴァンのみならずインセングリム家はレイナルド家至上主義だ。四大公爵家とはいえ他の当主のほうが優れているという見解は認めたくないのだろう。

リュカは「はは……」と短く苦笑し、この話題を終わらせる。しかし、リュカの言葉を裏づけるように、歩いても歩いてもなかなか客室に着かなかった。

「もう十分くらい歩いてない？」

小声で尋ねたリュカに、再びヴァンが答える。

「歩いていますね。前回の客室とは違うようです」

以前に当主合議でガルトマン邸に来たときは、客室までこんなに歩かされなかった。ヴァンの言う通り、前回とは違う客室へ案内されているとリュカが思ったとき、ピートが極々潜《ひそ》めた声でリュカに告げた。

「……地下だ。あちこちグルグル回って目眩ましてるけど、着実に地下へ向かわされてる」

その言葉に、リュカとヴァンにピリッと緊張感が走った。

この旅を始めたときから、ピートだけがやけに警戒心を強くしていた。なんでも以前レイナルド邸にシュンシュが来たときから、どうも友好的なものを感じられないと言うのだ。

リュカとヴァンは杞憂《きゆう》だと思っていた。四大公爵家の歴史と重要性をよく知るふたりだからこそ、ガルトマン家と何かが起きるなどあり得ないと信じきっていたのだ。しかしそれでも、ピートだけは警戒を解かなかった。『あの鳥野郎と護衛の目は、心の底で相手を見下してる目だった』と言い張って。

（まさか本当にシュンシュが何か企んでる？　けど今日の祝典にはゴーフとデボイヤも来るはずだ。変な行動をすればさすがにふたりに窘められるだろうし……）

リュカの中にも戸惑いと警戒心が湧いてきたときだった。

「こちらのお部屋でシュンシュ様がお待ちです。リュカ様と神子様のみお入りください」

観音開きの大きな扉の前で、案内人が足を止めて言った。

「我々はリュカ様の護衛騎士だ。我々も同行する」

すかさずヴァンが前へ進み出るが、案内人は静かに首を横に振った。

「御当主様同士でのお話し合いになります。護衛騎士の方たちは隣のお部屋で待機を」

当主合議や会談はいつだって当主のみだ。隣室で護衛が待つのはおかしいことではない。しかしピートの警戒心がうつったのか、ヴァンはどうも納得のいかない顔をする。

「大丈夫。隣で待機してて」

リュカはみんなを安心させるように微笑む。しかしその視線が刹那《せつな》〝騎士の指輪〟に向けられたのを、ヴァンとピートは見逃さなかった。「もし騎士の指輪が光ったら躊躇《ちゅうちょ》なく飛び込んできてほしい」というメッセージを理解し、ふたりは小さく頷《うなず》く。

リュカはおぶっていたルーチェを腕に抱き直すと、案内人が開いた扉の奥へと進み入る。自分の後ろで扉が重い音を立てて閉まるのを聞きながら、リュカは全身に緊張感を漲《みなぎ》らせた。

「……デボイヤ殿、ゴーフ殿……」

金の彫刻で覆《おお》われた広い部屋。その中央には木で出来た長椅子が向かい合わせに四脚あり、リュ力を除く三人の当主が……シュンシュとデボイヤとゴーフが座っていた。

先ほど案内人はリュカに『シュンシュ様がお待ちです』と告げた。デボイヤとゴーフも来ているとは聞いていない。なんだか三人に示し合わされたみたいだ。

「おふた方もいらしていたのですね。もしかして俺の到着を待たれていたのですか？　お待たせしてしまってすみません」

リュカは動揺を悟られないよう、いつもと変わらぬ態度で三人に近づく。すると、椅子から立ち上がったゴーフがニコニコとしながらリュカのもとへやってきた。

「ご無沙汰してます、リュカ殿。おお、神子殿は大きくなられましたな。元気にお育ちのようで何より、何より」

いつもと変わらず快活な態度のゴーフに、リュカは内心ホッとする。

「どれ、少し抱かせていただいてもよろしいかな？　神子殿のご利益にあやからせてもらいたい」

気のいいゴーフは赤ん坊が好きなようだ。以前ルーチェのお披露目をしたときも、彼は『なんとも愛らしい』とたくさんあやしてくれた。

「もちろんです。どうぞ」

リュカがルーチェを差し出すと、ゴーフは嬉しそうに抱っこした。そのほのぼのした光景に、リュカの中で高まっていた緊張が解ける。

（やっぱ心配しすぎかな。三人とも特に変わったところはないみたいだし）

シュンシュは目を閉じたまま黙って座っている。寡黙な彼は話し合うとき以外はいつもそうだ。

デボイヤは「遠路はるばる大変だったろう。座られるといい」とリュカに着席を勧めてくれた。どの領地であってもデボイヤが主人のようにイニシアチブを執るのも、いつものことだ。

リュカは勧められるまま椅子に座った。ルーチェはゴーフがまだ可愛がっているので、抱かせたままでも構わないだろうと思った。……ところが。

「シュンシュ殿。本日はお招きあり――」

シュンシュに挨拶《あいさつ》をしようとしたリュカを、ゴーフが奇妙な発言で遮る。リュカが目を丸くしていると、今度はデボイヤが口を開く。

「いやあ、神子殿は本当に可愛らしい。やはりこれを独《ひと》り占めするのはいけませんな」

「神から授かりし子というのなら、四大公爵家で平等に育てるべきだ。一公爵家だけが独占し、ましてや当主に据えるのはおかしい」

「……突然何を言ってるんですか？」

リュカの中で解けかかっていた緊張感が再び高まる。さっきより二倍も三倍も警戒心を帯びて。

すると、ずっと目を伏せていたシュンシュが瞼《まぶた》を開き、静かに発言した。

「ガルトマン家、ワレンガ家、ヴェリシェレン家の三公爵家はレイナルド家の権力拡大を懸念している。魔王の懐柔、神子の独占。これは四大公爵家のパワーバランスを崩す」

リュカの小さな顎《あご》から汗がひと粒落ちた。シュンシュがレイナルド邸にやってきたときから消えなかった妙な違和感が、最悪の色を帯びて腑《ふ》に落ちていく。

「それは誤解です。俺は権力の拡大など望んでいないし、何があっても四大公爵家は平等だと思っています。……もしかしたら今は魔王やルーチェのことを話題にする領民が多いかもしれません。けど、それが各公爵家の地位を脅かすようなことはあり得ない。どうか冷静になって話し合いましょう」

努めて柔らかな声でリュカは話す。今は彼らにこれ以上敵意を向けられないことが大事だ。自分は対立するつもりはない、無害だということを強調したい。

そもそも魔王を手懐《てなず》けたのも、ルーチェを神子としたのも、別にリュカが望んでやったことではない。そうしなければ世界は滅んでいたし、ルーチェは悪魔の子として殺されてしまいかねなかったからだ。

しかし、そんなリュカを嘲笑《あざわら》うようにシュンシュが口角を歪める。

「大した道化だ。子供のような姿で人々を欺《あざむ》き自分は無欲だと説く。誰もが騙《だま》されるだろう。しかしこの私には通用しない。そなたが領地内にワープゲートを設け未だに魔界へ赴《おもむ》いていることはわかっている。それでも己は何も企んでいないと申すか」

シュンシュの言葉に、リュカは一瞬「しまった」という表情を浮かべてしまう。

リュカが未だにデモリエルのもとへ通っているのは、友人として彼と会うためだ。お喋りしたりモフモフさせたりしているだけで、他意は一切ない。けれど、そんなことをこの場で誰が信じようか。

シュンシュは冷たい眼差しを向け、デボイヤは今にも殴り掛かりそうな険しい顔をしている。ゴーフはなぜだかおかしそうに目を細めているが、友好的でないのは明らかだった。

（三人とも以前から俺とデモリエルの仲を疑っていたのか。……シュンシュが突然レイナルド邸へやってきたのは証拠を掴むためだったんだろうな。迂闊《うかつ》だった。ワープゲートが見つかっただけでなく、デモリエルのところへ行く現場まで見られてたなんて）

この場をどう収めるかリュカは考えを巡らせる。相手は公爵家当主らだ。下手な誤魔化しは不要、誠実に慎重に渡り合わなくてはならない。

「……魔王と会っていたことは事実です。それを黙っていたことについては謝罪します。ただこれだけは信じて欲しい。俺とデモリエルは何も企んでなんかいない、俺たちはただの友人です」

リュカは腹を括《くく》り、すべてを打ち明けることにした。自分がどうやってデモリエルの侵攻を止めたのか、特秘としたデモリエルとレイナルド家の誓いの内訳まで。

「俺はあのとき地上から消えるつもりでした。そのことで誰にも罪悪感を持ってほしくなかったから、デモリエルとの誓いを秘することにしたんです。……それが俺と魔王の関係のすべてです」

しかし、当主らは誰も納得しなかった。デボイヤは最初から嘘だと決めつけ、ゴーフも「それは面白い」と笑い小馬鹿にしているようにしか見えない。シュンシュに至ってはリュカの話が真実かどうかなど、もはやどうでもいいようだった。

「地上を支配できる魔王とレイナルド家当主が、他の公爵家の目を盗み密会していたことは紛れもない真実。これは世界にとって十分に脅威である」

「けど、俺が会いにいくのをやめたら、それこそデモリエルはどんな行動に出るかわかりません。俺は自分を、彼の暴走の抑止役だと思っています」

「つまりリュカ殿は世界の命運を自分が握っていると、そう我らを脅すというわけか」

「違います！　脅してるつもりなんかない！」

リュカの中に焦燥ばかりが募る。魔王との密会による不信疑惑を晴らしたいが、何かがおかしい。まるですでに決まっている罪をなすりつけられているみたいだ。

「ふぇっ、ふぇぇえええん〜」

「ルーチェ……！」

不穏な空気を感じ取ったのか、ゴーフに抱かれたままのルーチェがグズり出した。あやそうとして咄嗟《とっさ》にリュカは腕を伸ばすが、ゴーフはルーチェを渡すつもりがないようで身を翻《ひるがえ》す。嫌な予感がしてリュカの顔が青ざめる。

「……まさか、俺からルーチェを取り上げるつもりですか」

その質問に答えたのは、またしてもシュンシュだった。

「魔王と結託している者に、神から授かりし御子を渡すわけにはいかない」

リュカは思わず「ルーチェを作ったのはその魔王本人だ」と反論しそうになったが、唇を噛みしめてこらえた。言ったところで出まかせだと突っぱねられるか、もし信じたとしてもそれは却ってルーチェの身を危険に晒しかねない。

泣き喚《わめ》くルーチェを見つめながら、リュカは沸々と怒りが湧いてくる。

リュカがデモリエルを懐柔したから世界に平和が訪れた。それの何が悪いのだろうか。リュカが彼と友情を育まなければ、今頃この大陸の獣人は滅ぼされていたというのに。

「……じゃあどうすればいいんですか。あなたたちはもう一度魔王と戦い直そうとでも言うんですか。俺からルーチェを取り上げ、必要のない戦いを巻き起こそうとしているあなたたちは正しいんですか⁉」

耐えきれずそう叫んだリュカに、シュンシュが口元に浅く弧を描く。

「その通り。我々は正しい」

リュカは目を瞠《みは》った。シュンシュの額に、第三の目が開いていく。

「ガルトマン家、ワレンガ家、ヴェリシェレン家の三家は真の世界平和のため、レイナルド家当主リュカの退陣、および神籬《ひもろぎ》による魔王の封印を命じる。神子は三家が平等の権利を持って育成し、レイナルド領もまた三家によって分割、統治するものとする」

「なっ……⁉　そんなの滅茶苦茶だ！」

あまりにも勝手な言い分に、リュカは怒りを通り越して驚愕する。今の平和では納得できず再び神籬《ひもろぎ》を使わせようとするなんて、目障りなリュカと魔王を永遠に封じ込めようという目論見《もくろみ》ではないか。しかもリュカがいなくなったあと、ルーチェも領地も三家が奪うなどもはや侵略である。

リュカは反論しようとしたが、デボイヤとゴーフの様子がおかしいことに気づいて口を噤《つぐ》む。ふたりがこちらを見つめる瞳が攻撃性に溢れている。さっきまで反発や嘲笑などは感じられたが、今のふたりがリュカに向ける眼差しは完全な敵意だ。

（……？　操られてる？　……違う、まさか意思を誘導されてる？）

この部屋に来てから違和感だらけだ。いや、シュンシュがレイナルド邸に来たときからおかしかった。まるでリュカを排除して、ルーチェとレイナルド領を奪うというシナリオを誰かが描き、そのために当主らが都合よく動いているように感じられる。

『特にあの鳥なんかカス中のカス。あいつ手抜いてたか本当は弱いんじゃないの。ちっとも魔力ないよ』

ふと、以前デモリエルが言っていた話が脳裏によぎる。その瞬間、リュカの中で様々な合点がいった。

「……シュンシュ。きみの正体はなんだ？　その第三の目がきみの本当の真の力なんだろう？　おそらくその力は洗脳の類《たぐい》だ。ゲヘナの戦いでさえ見せなかった真の力を、俺を排除するために使う意味はなんだ。きみにとっては魔王より俺が脅威だと言うのか」

リュカの瞳が睨《ね》めつけるのは、シュンシュただひとりだ。デボイヤとゴーフはおそらく意思を誘導されている。シュンシュがこの作戦の中心だということはわかったが、彼の真意がリュカには読めない。ガルトマン家当主の彼が、大陸安寧の柱である四大公爵家に不和を起こすことを望むとは思えなかった。

「やはりそなたには〝冠〟の力が効かぬか。……ウルデウスの力の影響か、こざかしい」

「え？」

シュンシュが口走った言葉に、リュカはハッとした。

（ウルデウス？　遺跡に刻まれていたあの呪文のこと？　どうしてシュンシュが知ってるんだ？）

疑問に思ったが悠長に考えている暇はなく、リュカは彼をきつく見据えて対峙《たいじ》した。

「シュンシュ。ルーチェを返し、俺を解放しろ。きみが俺を敵視し陥れようとしているのはわかったけど、俺にだって守りたいものがたくさんあるんだ。きみの言いなりには絶対にならない」

リュカは腰帯に差してあった錫杖《しゃくじょう》を抜き、手に構える。話し合いで穏便に済ませたかったが、シュンシュにそのつもりはないだろう。真の力を使ってまで目的を果たそうとしているのだ。ならばリュカも真の力を使って渡り合うしかない。ルーチェも領地もリュカの自由も、好きになんかさせない。

「……」

シュンシュはしばらく口を噤《つぐ》んでいた。しばしの静寂が流れたが、やがて彼は目を伏せると軽く片手を上げた。それを合図に、部屋の壁に嵌《は》め込まれていた巨大な水晶に何かが映し出される。

「……レイナルド領……？」

それはリュカにとってよく見知った、南の領境付近のレイナルド領の風景だった。ワレンガ領と接しているそこは乾燥気候の草原地帯で、遊牧民たちのテントが点在している。ヤギやヒツジが草を食《は》んでいるのどかな光景。そこに——ずらりと並んだ大砲の姿が映った。

「っ‼　やめろ‼」

何が起こるのか気づき、リュカが叫んだときには遅かった。数十門の大砲が一斉に轟音を立て、家畜やテントや人々を吹き飛ばす。

音がやみ土煙が収まると、草原は無残な焼け野原になっていた。そこを悠々と乗り越えてレイナルド領へ進み入っていくのは、ワレンガ家が誇る重騎兵隊列だ。

あり得ない光景にリュカは頭の中が真っ白になった。直後、耐え難い怒りに目を血走らせデボイヤに掴みかかる。

「ふざけるな！　これが同じ獣人のすることか！　なんの罪もない人たちを攻撃しやがって……！　お前らのほうが魔王よりずっとずっと残酷だ！」

リュカは神籬《ひもろぎ》を展開しようとした。もはや話し合い云々といっている場合ではない。相手は宣誓なしの武力攻撃に出たのだ。とにかく三人を抑えなければと判断したリュカが、デボイヤから手を離し錫杖《しゃくじょう》を構えたときだった。

「ぎゃぁあああん!!」

火のついたような赤子の泣き声に、リュカはゴーフを振り返った。

「忌々しいねえ、この大きな耳と尻尾《しっぽ》。神子のくせにどうしてキツネ族なんだろうねえ。そもそも本当に神の子なのか、じっくりと調べてみたいところだ」

「ルーチェ！」

なんとゴーフが蛇の尾でルーチェを締めあげていた。苦しそうに泣くルーチェの真っ赤な顔を、ゴーフは愉快そうに覗き込んでいる。

「ルーチェを放せ！」

「そういう台詞《せりふ》は、あなたが錫杖《しゃくじょう》を手放してから言うべきでは？」

神籬《ひもろぎ》を使おうとしていたのを見抜かれ、リュカは奥歯を噛みしめ錫杖《しゃくじょう》を投げ捨てる。その姿を見てゴーフはクスクスと笑い尾の力を緩めたが、ルーチェを放すことはしなかった。

「無駄な抵抗をするな。我らが封印されたところでワレンガの重騎兵隊にはすでに侵攻命令が出されている。そなたがこちらの言うことを素直に聞かぬ限り撤退命令は出されない。レイナルドの民が死に絶えないうちに心を決めろ」

こぶしを握りしめ怒りの形相を浮かべるリュカに、シュンシュが冷たく言い放つ。領地とルーチェを人質に取られ、今のリュカには抗《あらが》うことができない。焦燥と悔しさで全身に汗が滲《にじ》んだとき、大きな音を立てて部屋の扉が開いた。

「「リュカ様！」」

飛び込んできたのはヴァンとピートだった。その後ろでは騎士団たちがガルトマン家の騎士たちと戦っているのが見える。

「ヴァン！　ピート!!」

すかさずリュカに駆け寄ってくるふたりの指には、騎士の指輪が光っている。それを見て主《あるじ》のピンチを察し駆けつけてくれたのだろう。

ヴァンとピートは前後でリュカを挟んで立ち、剣を構える。そしてゴーフに捕らえられているルーチェと、水晶に映るレイナルド領をそれぞれ目にして驚愕に顔を歪めた。

「なぜゴーフ様がルーチェ様にそのようなことを！」

「おい！　これレイナルド領とワレンガの重騎兵隊じゃねえのか!?　どうなってるんだ！」

ただ事ではないと察したふたりは声に緊張感を漲《みなぎ》らせる。

ふたりと騎士団が助けにきてくれたことにリュカは一瞬安堵《あんど》したが、次の瞬間には希望はもう潰《つい》えてしまった。

水晶の向こうで、ワレンガ隊の大砲が再び発射された。地面に響く音と共に住民たちのテントが燃え上がる。先程より進んだせいかテントの数が多く、市街地へ近づいているのが窺えた。

「やめろ！　これ以上攻撃するな！」

吠えるリュカの前後で、為す術もなく大砲を撃ち込まれる自領を目の当たりにしたヴァンとピートの顔が蒼白になる。部屋に入ってきた他の騎士たちも、何がなんだかわからないまま唖然《あぜん》とした。

「言ったはずだ。こちらの言うことを聞かぬ限り、重騎兵隊は進み続ける。さあ、どうする」

シュンシュの言葉に、騎士たちは察する。主《あるじ》は領地とルーチェを人質に取られ、何か要求を吞まされようとしているのだと。

それならばここでリュカを救い出したとしても、問題は解決しない。ヴァンとピートは目配せをし合って、ひとまずリュカの出方を待つ。

リュカは怒りで泣き出しそうになりながら歯を食いしばり、騎士たちに剣を収めるよう命じる。そして、影を宿した瞳で項垂《うなだ》れて口を開いた。

「……わかった。そちらの命令を受け入れる。だから今すぐ侵攻をやめて。これ以上誰も殺さないで……」

シュンシュが静かに頷《うなず》くと、部屋にガルトマン家の騎士たちが入ってきた。彼らはすかさずリュカの護衛騎士たちを拘束し、どこかへ連れていく。ヴァンとピートも憤怒をこらえた表情のまま拘束され、連れていかれてしまった。

残されたリュカには、シュンシュが手ずから手枷《てかせ》を嵌《は》めた。金で出来ている手枷《てかせ》には何やら文字が刻まれている。

（これって『トップオブビースト』の禁呪の迷宮の壁に彫ってあった呪文と同じだ。俺の魔力を封じようってことか）

魔法を封じられたリュカに反撃の余地はもうない。その姿を見て安心したのか、ゴーフがルーチェを抱き直してリュカに近づいた。

「うんうん、それが最善ですな。安心してください、神子殿は我々が丁重にお育ていたします」

舌をチロチロと出し目を細める彼の笑顔に、リュカはゾッとする。人懐っこく親しみやすいと思っていたゴーフの笑みが、今は途方もなく恐ろしい。

「……お願いだからルーチェに酷いことしないで。ルーチェはまだ何もわからない赤ちゃんなんだ。可哀想なことしないで、泣かせないで」

目の前のルーチェを助けてあげられないことが、リュカは苦しい。ルーチェはゴーフの腕の中でまだベソをかいている。頬に残る涙の跡が痛々しかった。

デボイヤは「侵攻を一旦停止。次の命令があるまで待機」と命令を伝言鳥に籠《こ》めると、それを空に向かって飛ばした。どうやら約束は守ってくれるようだ。

「我らは獣人族の当主。獣人をむやみに殺すのを好むわけではない。だが歯向かう民は敵だ。レイナルド領の民を狩るべき敵とするか守るべき獣人とするかは、お前次第だ」

振り返ってデボイヤはそう言った。その言葉を聞いてリュカは、三人のターゲットが自分のみであることを悟る。

（どうして俺をそんなに排除したがるんだろう。魔王と通じているから？）

思考を巡らせたが、どうも違うような気がした。デボイヤはともかく、シュンシュの言動からは魔王のことは後づけだと感じられる。

リュカは魔王とリュカの封印の準備が整うまで、ひとまずガルトマン邸の地下牢に閉じ込められることになった。騎士たちも同じく牢に拘束されるようだ。歯向かうような真似をすれば殺されかねないので、どうかおとなしくしていてくれよとリュカは願うしかなかった。


地下牢に閉じ込められて一日が過ぎた。とはいっても地下なので窓がなく昼夜も時間もわからないので、リュカの体感でしかないが。

（ルーチェ大丈夫かな……。ミルクだけじゃなく、ちゃんと離乳食ももらってるかな。お腹空かせてないといいな。夜泣きしてないかな。泣いたらちゃんと抱っこしてもらえてるといいけど）

色々なことが心配で、リュカは一睡もできなかった。特に無力なルーチェのことは、どんなに心配してもきりがない。これが親心というものだろうか。

（騎士団のみんなは無事かな。ヴァンもピートも賢いからむやみに歯向かって団員が傷つくような真似はしないはず……。ああ、でも俺のことを持ち出されたらふたりとも冷静じゃいられないかもしれない。どうか無事に解放されるのを落ち着いて待ってくれますように）

ルーチェに比べれば彼らは自分で自分の身を守ることができるとはいえ、やはり心配なことに変わりはない。それに領地だって本当に侵攻が止まっているのか気がかりだし、爆撃された地域の人たちも心配だ。リュカの留守中は叔母のサーサが指揮を執っているはずだが、彼女には負担が大きすぎるだろう。

（これからどうなっちゃうんだろう。俺はどうすればいいんだ。……自分にできることを考えなくっちゃ）

冷たい石畳の隅で、リュカは蹲《うずくま》って頭を抱える。不安ばかりが頭の中に渦巻くが、最善を目指して行動しなくてはと己に発破《はっぱ》をかけた。

（……シュンシュたちの第一の目的は俺の排除だ。だったら俺がおとなしくデモリエルと共に封印されれば、みんなを守れる？）

自分に問いかけてみたが、答えはノーだった。リュカがいなくなったレイナルド領は三家が分割するというのだ。当然領地内からは反発の声が出るに決まっている。下手をすれば内戦のような状況に陥りかねない。

第一そんなことになったら黄金麦穂団と白銀魔女団が絶対に黙っていない。たとえリュカが説得したとしても、彼らは機を窺ってリュカの解放と領地の奪還を実行するだろう。

（それに、悪いけど他の当主には俺の領民たちを預けたくないよ）

リュカは不服そうに眉を吊り上げる。

四大公爵家の領地は平和で統率が取れているが、レイナルド領が断トツで穏やかだ。大きな身分差や徴兵制度も重い税もなく、犯罪率も低い。これはリュカをはじめ代々レイナルド家当主の尽力の賜物だ。長年かけて築き上げた平和を、他の当主の手に易々と委ねたくはない。

そして何より委ねたくないのが、ルーチェだ。理由もなく我が子を手放せる親がどこにいようか。

(ゴーフは丁重に育てるなんて言ったけど、ルーチェを締めあげた奴が言う台詞《せりふ》じゃないよ！　赤ん坊に乱暴できる奴なんて、絶対絶対信用できない！)

思い出して怒りが込み上げてきたリュカは、枷を嵌《は》められたままの手で床をポカポカと殴った。

そして勢いよく立ち上がると、鼻息を荒くしてここから脱出しようと決意する。

(だいたいデモリエルと封印なんて、彼だって可哀想じゃないか。デモリエルはもう地上を襲わないって約束を守ってるのに。とんだとばっちりだ)

考えて、リュカはハッと閃《ひらめ》く。この窮地を乗り切るためにデモリエルに力を借りるべきかと。獣人族を圧倒する力の持ち主の彼なら、三家をこらしめることも難しくない。

地上の揉《も》め事に魔王の力を借りるのはよくないと思ってきたが、どうせこのままでは彼も巻き込まれるのだ。今回ばかりは協力してもらうのが正しいだろう。

(なんとかして伝言鳥を飛ばせないかな)

リュカは手に嵌《は》められている枷を外そうとモゾモゾと動かす。壁に打ちつけてみたり擦ってみたりしたが、やはり簡単には外れないようだ。

「ああ、もう！　魔法が使えない俺の役立たず！」

数時間ほど手枷《てかせ》と奮闘したあげく手首を赤くしただけのリュカは、焦りと己への苛立《いらだ》ちから盛大に嘆いた。――そのとき。

「……リュカ様、リュカ様」

囁《ささや》くような小さな声が、リュカの大きな耳にハッキリ届いた。

「誰？」

キョロキョロと辺りを見回し、すぐに声の出所がわかった。通気口だ。この部屋は地下にあるので窓はないが、代わりに天井近くの壁に小窓程度の大きさの通気口がある。

通気口を見上げていると、そこにふたつの目がパチパチと瞬きするのが見えた。

（誰かいる！）

「リュカ様、声を立てないで。僕は白銀魔女団のティッチです。リュカ様を助けにきました」

「ティッチ……」

名を呟《つぶや》き、リュカは彼のことを思い出す。追加補充した団員で、チンチラの獣人だ。リュカに負けじと小柄な体格だが、頭の回転が速く手先が器用なため補佐的な要因として入団させた。

「リュカ様ならこの通気口に体が通りますよね？　格子を壊しますのでちょっとお待ちください」

そう言うとティッチは通気口に嵌《は》めてある鉄の格子を、細い糸鋸《いとのこ》の刃でゴリゴリと削り始めた。時間はかかったが格子は次々と折れ、最後はティッチ自身の頑丈な前歯でガリガリと削り折った。

格子が外れると、ティッチは通気口からピョンと身軽に下りてくる。

「どうもありがとう！　きみすごいね！」

すっかり感心したリュカが目を輝かせて礼を告げると、ティッチは照れくさそうに頬を染めながら肩を竦《すく》めた。

「僕はただ団で一番小さいから通気口を通れただけです。脱出の手筈《てはず》を整えたのはピート団長とヴァン団長だし、糸鋸《いとのこ》を持ってたのはロイさんです」

「ロイが？」

「あの人すごいですよ。『どんなことがあるかわからないから』って色々な物を携帯してるんです。僕たちも手枷《てかせ》を嵌《は》められてたんですけど、ロイさんが細いピンでみんな開けちゃって」

ティッチは純粋に感激しているようだが、リュカは内心、それはピッキングというテクニックでは……と苦笑を零した。さすがスラム出身、生きる力がしなやかで強い。

（多種多様なのが白銀魔女団のいいところだな）

ロイやティッチを入団させてよかったと、リュカはしみじみ思う。

賢く手先が器用なティッチはロイに教わったというピッキングで、リュカの手枷《てかせ》も外してくれた。そしてリュカの体を通気口へ押し上げ、自らも手を引いてもらって通気口へ戻る。

「この通気口は騎士団が収容されている牢に繋がっています。一旦そちらへ出て、騎士団と合流してください。ピート団長とヴァン団長の指示で団員たちが脱出の手筈《てはず》を整えています」

狭い通気口を這うように進みながら、リュカの後ろでティッチが説明する。リュカは「わかった」と返事をしながら埃《ほこり》だらけの通気口を進む。ようやく騎士団たちの牢に辿《たど》り着いたときには、服も顔も尻尾《しっぽ》も汚れて真っ黒だった。

「リュカ様！」

通気口から顔を出したリュカを真っ先に迎えて体を抱き上げたのはヴァンだった。

「よかった、無事で……！　お怪我はありませんか？」

ヴァンはリュカを床に下ろすと、その場に跪《ひざまず》いて頬を両手で包み顔を覗き込んでくる。心の底から心配している彼の眼差しに、リュカはツンと鼻の奥が痛くなった。

「うん、大丈夫だよ。ヴァンも……きみたちも無事でよかった。助けを寄越してくれてありがとう」

大丈夫と聞いてヴァンは微《かす》かに顔を綻《ほころ》ばせると、持っていたハンカチでリュカの顔の汚れを拭いてくれた。いつもと変わらぬ彼の過保護さが、今は胸に沁みる。

団員が収容されていた牢はリュカの牢よりだいぶ広いが粗末だ。一時的な収容場所なのか、寝床もなければ水場すらなかった。

「あれ？　なんか少なくない？　っていうかピートは？」

牢を見回したリュカは団員の三分の一くらいがいないことに気づく。そもそもピートの姿が見えない。するとヴァンは声を潜《ひそ》めて言った。

「ピートと第二騎士団の数人は、脱出路とルーチェ様の行方を調査中です」

どうやらロイは牢の鍵まで開けたようだ。ピートとロイのスラム組を中心に偵察に向いている獣人を幾人か連れて、探りにいったらしい。

「頼もしいけど心配だな。無事に戻ってきてくれるといいけど」

「心配無用です。あれでもレイナルド家の騎士ですから、最低限自分の身を守るぐらいはできるでしょう」

ヴァンの言葉を聞いてその通りだとリュカは気を取り直す。心配ばかりしていてもしょうがない。今は仲間を信用して待つべきだ。

ピートたちが戻ってくるまでにできることをしようと、リュカは魔法で伝言鳥を作ることにした。ひとつは叔母のサーサ宛てに。攻撃された領境の民の救出を指示し、万が一の次の攻撃に備えて領民を避難させるよう命じる。そしてもうひとつは……

「聞こえる、デモリエル？　リュカだよ。今とても困っているんだ。きみの力を貸してほしい」

リュカはデモリエルに宛てて現状の説明と助けを求めた。そしてメッセージを封じ込めた伝言鳥を空中へ放つ。金色に輝く魔法の鳥は二、三度羽ばたくと、キラキラと残像を残して消えた。伝言鳥は魔力で出来ているので、地下からでも送ることができる。数分もすればデモリエルに届いて会話することができるだろう。

「これでよし」

ところが一分も経たないうちに伝言鳥は再び姿を現し、リュカの手に停まった。それを見てリュカは小首を傾《かし》げ、ヴァンは不思議そうに視線を向けた。

「もう返事が来たのですか？」

「違う。届かなかったんだ。何かが邪魔して、魔力がデモリエルのもとまで届かなかったみたい」

念のためもう一度試してみたが、結果は同じだった。リュカは伝言鳥を消すと、眉を顰《ひそ》めて溜息をついた。

「……デモリエルとの連絡手段を断たれた。多分、シュンシュの仕業だ。俺がデモリエルに助けを求めることを見越していたんだろうな」

地上からゲヘナへの入口はふたつある。ひとつはレイナルド邸の近くにあるワープゲート、もうひとつは火山の火口だ。おそらくどちらにも結界を張られたに違いない。

シュンシュの力がリュカやデモリエルを上回るとは思えないが、彼は魔力封じの腕輪を持っていたように用意周到だ。相手の魔力を打ち消す方法を他にも有しているのかもしれない。

厄介だな、とリュカは眉間に皺を寄せた。自分が他の三家当主より有利な点は魔力だ。それに対抗しうる力があるとなると、かなり不利になる。

(時間が経てば経つほどこちらの力に対抗手段を打たれる。一刻も早く動いて先手を取らなくちゃ)

デモリエルに協力を求める道は断たれた。リュカは残された手を考え、脱出してからどう動くかを考える。

そのとき、牢が静かに開く音が聞こえ、団員たちが小さくざわめく気配がした。

「……ピート！」

入口に注目すると、ガルトマン邸の警備兵の服を着たピートが中に入ってくるのが見えた。どうやら敵兵に化けて偵察してきたようだ。

「リュカ！」

リュカがいることに気づいたピートはすぐさま駆け寄ってきて抱きついた。力いっぱいの抱擁《ほうよう》を、リュカは嬉しく受け止める。

「無事だったか、よかった」

「うん。ピートも無事でよかった。危険を冒してまで偵察に行ってくれてありがとう」

ピートは皆に気づかれないよう、さりげなくリュカの額にキスをしてから体を離した。そして真剣な顔つきになると、懐《ふところ》から地図を取り出し床に広げた。

「逃走経路の計画を立ててきたぜ。少し遠回りになるが、この経路が一番警備が薄い。巡回の警備兵は、リュカ様の脱出のタイミングに合わせて団員たちがうまく撒《ま》く手筈《てはず》になっている。リュカ様はとにかく一目散に駆け抜けろ」

ピートがそう説明しながら地図の上を指でなぞる。その経路を、リュカは頭に叩き込んだ。皆が命懸けで協力してくれるのだ。絶対に失敗するわけにはいかない。

「それから」と前置きをして、ピートはもう一枚の地図を取り出した。

「ルーチェ様はここにいる。裏門近くの離れだ。この本邸からは距離があって、通気口や地下水路からの侵入はできない。おまけに警備が厳重ときてる。正面突破しかねえ。騒がれる前に警備の兵を全員やっちまうのが唯一の手段だ」

ルーチェの救出はなかなかの難関だった。ガルトマン邸の見取り図の中にポツンと建てられた離れは、まるで罠《わな》だ。少数で行けば多く構えている警備兵に捕まるし、大勢で行けば目立って救援を呼ばれる。抜け道も隠れ場もない。

（……警備を一網打尽にできるとすれば、魔法が使える俺だけだ。けど多分、シュンシュはそれを見越している。あの手枷《てかせ》のように何かしら魔力無効になる罠《わな》を張っておいて、俺をおびき出すつもりかもしれない）

リュカは頭を悩ませる。ルーチェ救出には一度態勢を立て直して出直すべきかもしれないが、一刻も早く助けてあげたい気持ちが勝る。どうするのが最善かリュカが葛藤していると。

「私が行きます。ルーチェ様を助け出したあとは裏門から脱出します。そこで合流を」

地図から顔を上げたヴァンがきっぱりと言いきった。見開いた目を向けたリュカに、ヴァンは「なぜそんなに驚く」と言いたげに淡々と返す。

「この中で数十人の敵兵を相手にできるのが、私の他にいますか？　さっきの伝言鳥を見るに、敵はリュカ様が来るのを見越して魔法への防御手段を備えているでしょう。ならば逆に剣で蹴散らしに行くのが最善」

一見傲慢にも聞こえるその台詞《せりふ》は、己の腕を冷静かつ客観的に知ったうえで、なお自信がなければ言えない。リュカは改めて第一騎士団団長である彼をつくづく格好いいと見惚《みと》れた。

「カッコつけやがって。死んでも失敗は許されねーんだぞ、わかってんのか」

「当然だ。無傷でルーチェ様を救い出す。お前こそ、リュカ様にかすり傷ひとつ負わせずに脱出させなければ許さんからな」

怪訝《けげん》な顔をしたピートだったが、煽《あお》り返してきたヴァンに「チッ」と舌打ちで答える。

ヴァンは副団長のベッセルに第一騎士団の指揮を任せると、リュカたちとの合流場所と集合時間を決めた。

「よし！　脱出及び、ルーチェ奪還作戦開始だ！」

仲間たちのおかげで今できる準備は整った。あとは実行に移すだけだ。

リュカはヴァンとピートの手を両手に握りしめる。

「必ず生きて……無傷で会おう。ルーチェも一緒に」

ふたりが頷《うなず》いたのを見届けたリュカは手を離し、決意をこめた強い眼差しで前を見据えた。


地下牢からの脱出はピートが先導し第二護衛騎士団が前衛を、第一護衛騎士団が後衛を固め、間にリュカを挟む形で進んだ。途中でルーチェ奪還に向かうヴァンが抜け、後衛はベッセルが引き継ぎ統率する。

ピートの作戦通り、警備兵はほとんどいなかった。ロイをはじめとする第二騎士団の数人が囮《おとり》になったり撹乱したりして、うまく撒《ま》いてくれたおかげだ。それでも敵の牙城である以上、敵兵と遭遇してしまったときには団員たちが速やかに処分してくれた。

しかしどんなに入念に計画したところで、大人数の脱出はリスクが大きい。

地下水路から屋敷の水場を通り裏口へ抜けようとしたところで、大勢の敵に囲まれてしまった。それもただの警備兵ではない、ガルトマン家が誇る精鋭部隊・翼神団《よくしんだん》だ。

「馬鹿め。我らが脱出を警戒していないとでも思ったか」

ワシ族を中心とした猛禽類の獣人で形成された翼神団は、言うまでもなく強力な部隊だ。翼を使った縦横無尽の動きに、飛び抜けた動体視力。装備している鉤爪や鉄の鞭《むち》は攻撃力が高く、一撃で容易《たやす》く肉を引き裂く。

「リュカ様を守れ！」

ピートの命令で白銀魔女団と黄金麦穂団が、リュカを中心にした隊形で敵に向かう。リュカも魔法で応戦しようとするがやはり対策されており、向こうは魔法を反射する盾を幾人かが持っていた。ただでさえ混戦しているのに、攻撃魔法を跳ね返されたら味方が巻き添えになってしまう。

（くそっ、こんなとこでモタモタしてる暇はないのに！　早くレイナルド領に戻らなくっちゃ、またワレンガ軍の攻撃が始まっちゃう……！）

もどかしくてたまらないが、今のリュカには味方に回復魔法をかけることしかできない。過ぎていく時間に焦りを感じ、奥歯を噛みしめたときだった。

「お行きください、リュカ様！　ピート団長！　ここは第一騎士団にお任せを！」

ベッセルがそう叫んだ。驚いているリュカとピートに向かって、ベッセルは敵を斬り伏せながら大声で言う。

「我らインセングリム家はレイナルド家の盾になるために生まれてきたも同然！　ここは命に代えても食い止めます、ですからリュカ様は一秒でも早く領地へ戻り領民を救ってください！　あなたにしかできないことです！」

若き騎士の激励にリュカは胸が熱くなった。ピートと素早く目配せをすると彼は頷《うなず》き、第二騎士団を前衛から引かせリュカを囲ませた。それとほぼ同時に第一騎士団が前衛に躍り出る。

「第一騎士団、僕を中心に鶴翼《かくよく》の陣を展開！　敵にリュカ様を追わせるな、絶対に食い止めろ！」

ベッセルの指示で第一騎士団の団員たちが素早く陣を敷く。オオカミ族はもともと群れで戦うことを得意とした獣人だ。リーダーの指示が的確なら、戦力は二倍にも三倍にも上がる。

「ベッセル！　黄金麦穂団！　あとは頼んだ！　……死なないでよ！」

リュカは第二騎士団に囲まれながら、翼神団との戦いから抜け出す。

背後からは金属のぶつかり合う音がする。敵は翼を持っているのに上空から追ってこないということは、ベッセルたちがすべて阻《はば》んでいるということだ。

（さすが黄金麦穂団、きみたちはレイナルド家の誇りだ）

命懸けで戦ってくれている騎士たちに感謝しながら、リュカはガルトマン邸の裏口まで駆け抜けた。


一方その頃、ルーチェの奪還に向かったヴァンも獅子奮迅《ししふんじん》の戦いぶりを見せていた。

「ひッ、……え、援軍を……！」

「呼ばせるわけがなかろう」

堂々と正面の入口から入り二十人以上いた警備の兵を斬り伏せたヴァンを前に、残っていた兵が青ざめながら逃げ出そうとする。しかしヴァンは容赦なく斬り捨てると、廊下の一番奥にある扉を勢いよく蹴り飛ばした。

「あ、わ、わ……、く、来るな！　来たらこの赤ん坊を殺すぞ！」

部屋にいたのはルーチェの面倒をみるよう命じられたであろう従者だけだった。武装はしていないが手にペンを持ち、ベッドで寝ているルーチェに振り下ろそうとしている。

「神子を人質に取ろうとするとは馬鹿なのか？　それでは本末転倒もいいところだ」

呆れた声でそう言って、ヴァンは剣をひと振りした。従者は声を出す間もなく喉を切られ絶命し、その場に倒れる。静まり返った小さな建物の中で、聞こえるのはルーチェがふにゃふにゃとグズる声だけだ。

ヴァンは部屋にあったテーブルクロスで血に汚れた手を拭いてから、ルーチェを抱き上げる。

「お迎えにきました、ルーチェ様。さあ、リュカ様がお待ちです。参りましょう」

よく見知った者に抱かれて安心したのかルーチェはグズるのをやめると、おとなしく抱っこされてヴァンの肩にしがみついた。

「レイナルド邸に戻ったらお食事にしましょう。きっと昨夜はろくなものを召し上がってないのでしょう？　料理人に栄養価の高い離乳食を作らせますから、残さず召し上がってください」

建物の中にはヴァンとルーチェ以外、生きている者はいない。飛び散った血と羽が舞う廊下を、ヴァンはルーチェを抱いてあやしながら悠々と歩いていった。


「ヴァン！　ルーチェ！」

裏門を出たところで待機していたリュカは、ルーチェを抱いてやってきたヴァンの姿が見えると駆け寄っていった。

「ふたりとも、無事でよかった！」

「リュカ様も、ご無事で何より」

ヴァンは血まみれだが、負傷している様子はない。もちろんルーチェも元気だ。互いに約束通り傷ひとつなく合流できたことに、リュカは安堵《あんど》する。

ヴァンからルーチェを受け取ったリュカは、小さくて温かい体をギュウッと抱きしめた。たった一日ぶりの再会なのに、ミルクの匂いが懐かしく感じる。

「ルーチェ、ルーチェ……！　ごめんね、いっぱい怖い思いをさせちゃったね」

リュカは滲《にじ》んだ涙を拭《ぬぐ》うと、いつものようにルーチェをおんぶ紐で背中に括《くく》りつけた。相変わらず法衣《ほうい》姿とは不釣り合いだが、リュカにはこの重みがとてもしっくりくる。ルーチェもご機嫌に笑った。

「さて、急いでレイナルド邸へ戻らないとね」

追手は第一騎士団が食い止めてくれている。それ以外にもガルトマン邸内では、警備の兵を撹乱してくれた第二騎士団の何人かがまだ残っている状況だ。彼らの無事が気になるが、一刻も早くレイナルド領へ戻らなくては意味がない。彼らの勇気を無駄にしてはいけない。

リュカたちはガルトマン邸を離れると、人目のつかない森に入った。そこでリュカは再びサーサに伝言鳥を飛ばしてから、地面に魔法陣を描き始める。

「来るときに使ったワープゲートは使えない。シュンシュがもう兵を配備してるだろうからね。だから、ここに新しいワープゲートを作る。急ごしらえだから不安定だけど、俺たちが一回通るくらいならなんとかなるはず」

ワープゲートを繋ぐには互いの目的地から魔力を送り合わなくてはならない。リュカはその協力を仰ぐため、サーサに伝言鳥を飛ばしたのだ。彼女はリュカより遥かに魔力は劣るが、それでも最もレイナルドの本家に近い血筋だ。魔法使いの中でトップクラスの能力を持っている。

魔法陣を描き終えると、ちょうど伝言鳥が帰ってきた。差し出したリュカの手に乗り、サーサの声で喋り出す。これは伝言鳥の持つ通話機能の様なものだ。

「リュカ様、ご無事で何よりです！　早く戻ってきてくださいませ、こちらはリュカ様がいなくて混乱が続いています。大臣や常備軍の騎士たちが懸命に対応にあたっておりますが、やはり私には荷が重すぎです！　ああ、どうかどうか早く」

「落ち着いて、叔母様。すぐに戻りますから。それより魔法陣の準備はできましたか？　できたら三十秒後に詠唱に入ります」

サーサはすっかりパニックになっているようだ。あまり肝の据わっていない彼女にいつも有事の際の代理を務めさせることになってしまって悪いと思うが、今はそれどころではない。彼女のためにもリュカはワープゲート作成の準備をサクサクと進めた。

サーサが魔法陣を描き終えているのを確認して、リュカは適当な木の枝を拾うとそれを両手でかざして呪文を詠唱する。いつもの錫杖《しゃくじょう》は捕まった際にガルトマン邸に置いてきてしまったのだ。木の枝なんてなんの役にも立たないが、集中するのに意識を向ける印くらいにはなる。

「――天地に神留坐《かむづまりま》す、神漏獣《かむろしし》の命《みこと》以て。諸々の禍事罪穢《まがことつみけが》れ祓《はら》い清めることの由《よし》を、天と地と獣の神等《たち》共に――」

伝言鳥の向こうのサーサと声を合わせ、呪文を唱える。

本来ならワープゲートの作成は大掛かりなものだ。大地を清めることから始まり、神の力を高めるため祠《ほこら》を作った後、そこに魔法陣を描く。魔法使いが数人がかりで詠唱し、さらにワープゲートを固定させるため他の魔法使いが魔力を注ぎ込んでやっと使い物になるのだ。

たったふたりで即興で作るなど無謀もいいところだが、そこはレイナルド家のナンバーワンとナンバーツーだ。レイナルド当主と傍系の意地で無理やりにでも成し遂げてみせる。

「――神漏獣《かむろしし》の命《みこと》以て、未知なる道を開き給え！」

呪文を唱え終えると同時に魔法陣が眩い光を放ち、目の前にぽっかりと口を開けた異空間が現れる。異空間は安定せず時々霞んだり揺れ動いているが、向こうにレイナルド領の景色が見えた。一応は成功だ。

「みんな急いで、消えちゃうかもしれないから」

リュカが率先してワープゲートをくぐり、ヴァンとピート、団員たちが恐々とあとに続く。

不安定ではあったが途中で消えるようなことはなく、全員が無事にワープゲートの向こう――レイナルド邸の庭に足をつけられた。自分の領地に帰ることができた安心感で、リュカは涙ぐみそうになる。

「リュカ様！」

姿を現したリュカのもとに、サーサや屋敷の使用人や騎士、大臣らが集まってきた。彼らが無事で思わず顔が綻《ほころ》んだが、呑気に再会を喜んでいる場合ではない。リュカは気を引き締めると、領民の無事とワレンガ軍の侵攻状況を尋ねた。

「領境の民たちの避難は済んでおります。今のところ攻撃はやんでいますが、ワレンガ軍は北に向かって進んでいる状況です。あと一時間もすれば街に辿《たど》り着いてしまうでしょう」

「わかった。……ワレンガ軍の攻撃に備え、レイナルド家の秘術を使う。街を境に、領土全体に結界を張る」

そう答えて、リュカは屋敷内へと向かった。『レイナルド家の秘術』という言葉にほとんどの者は不思議そうな顔をしていたが、ヴァンとピート、それにサーサは心配そうに眉根を寄せた。

「おい、それってアレだろ。魔力全部ぶち込むっていう……大丈夫なのかよ」

小声で尋ねたピートに、ヴァンも同意のように頷《うなず》きリュカを案じる。

「確かに有効な手立てではありますが、リュカ様への負担が大きすぎます。今使うのは危険では」

「そうですとも！　たった今ワープゲートを作るのに膨大な魔力を消費したばかりじゃございませんか！　いくらリュカ様とはいえ、結界を張るには魔力が足りません！」

ついにはサーサにまで止められて、リュカは苦笑いをしながら三人を振り返った。

「大丈夫、俺に作戦があるんだ。ただ、みんなにお願いしたいことがあるんだけど……予備の錫《しゃく》杖《じょう》と、テレスの蜂蜜酒を取ってきてくれない？」

「「「は？」」」

レイナルド家の秘術である結界とは、その名の通り領地全体を強力な魔法で覆《おお》うシールドのことだ。万が一の有事のための魔法だが、尋常ではない魔力を使用する。そのため代々の当主は少量ずつ、けれど延々と結界用の魔力を屋敷の地下深くに蓄えてきた。非常に貴重なこの力は当主と当主継承権保持者、それから当主の側近しか知らない。

しかし結界の魔力自体は蓄えられているものの、それを発動するにも膨大な魔力が必要になる。その目安は当主の全魔力だ。

たった今ワープゲートを創り出したリュカは、かなりの魔力を消耗している。それに昨日から寝ていないうえ修羅場を潜ってきたのもあって、体もだいぶ疲れている。失敗すれば反動が大きく、リュカは無事では済まないだろう。ヴァンとピートとサーサが心配するのも当然だ。

けれど、リュカには勝算があった。

結界を発動させるための地下室へ入ったリュカは、深呼吸して集中力を高める。すると駆けてくる足音が近づき、予備の錫杖《しゃくじょう》を持ったサーサと、クマ印の蜂蜜酒を持ったヴァンとピートが部屋に入ってきた。

「どうもありがとう。それじゃ術を発動させるから、部屋から出ててくれる？」

錫杖《しゃくじょう》と蜂蜜酒を受け取ってリュカはニッコリ微笑む。三人は不安と「なんでこんなときに蜂蜜酒？」という怪訝《けげん》さを混ぜた表情をしていたが、リュカはルーチェを預けると有無を言わさず三人を追い出して部屋の扉を閉めた。

そしてひとりになったことを確かめると、蜂蜜酒の栓を抜き一気にそれを喉へ流し込む！

「～～っ、かぁ～ッ！　効く～!!」

リュカはやけっぱちになって酒を呷《あお》ったわけではない。テレスのくれたクマ印の蜂蜜酒、これは『トップオブビースト』における体力魔力全回復のレアアイテムなのだ。

リュカは疲れきっていた体にみるみる力が湧き、半分以下になっていた魔力が全回復するのを感じる。体がカッカと熱いのは回復による血行の促進なのか、それともアルコールのせいなのか。レアアイテムをくれたテレスに心の中で感謝し、飲み干した瓶を投げ捨てる。

「よおっし！　やるぞ！」

リュカは部屋の中央に立つと、そのど真ん中に勢いよく錫杖《しゃくじょう》を突き刺した。そして全魔力を錫《しゃく》杖《じょう》を通し地下へと送り込む。

「神漏獣《かむろしし》の命《みこと》以て、レイナルドの地を守り給え！　鎮安守護《ちんあんしゅご》！」

閃光となった魔力が錫杖《しゃくじょう》を通してバチバチと弾け、目も眩むほどの光が部屋を覆《おお》う。それはあっという間に屋敷を、首都を、領地全体を包み、魔力の膜となってレイナルド領を覆《おお》った。

「……っ、すげえ……」

「これが結界〝鎮安守護《ちんあんしゅご》〟……。凄《すさ》まじい威力だ……」

淡く光る膜が遥か彼方まで空一面を覆《おお》っているのを窓から見て、ピートとヴァンは息を呑んだ。小さくて愛らしい姿をしていても、リュカはやはりレイナルド家当主なのだということをつくづく思い知らされる。

部屋から出てきたリュカは、今度こそ満身創痍《まんしんそうい》だった。体力はあるが、魔力が空っぽだ。眩暈《めまい》がして極度の貧血のような体調だが、休んでいるわけにはいかない。

「うまくいったみたいだね、よかった。これで他の公爵家が攻めてきても入れないから安心だ……」

ふらついているリュカの体を、ヴァンとピートが咄嗟《とっさ》に支える。

「大丈夫ですか？　寝室へ行って少し休みましょう」

しかしリュカは青ざめた顔をしながらも頭を横に振った。

「結界を張ったからって終わりじゃない。きっと向こうは結界をかいくぐる方法を編み出してくる。根本的な解決をしなきゃ、このままじゃジリ貧だ」

「根本的な解決？　あいつら全員ぶっ潰し返すってことか？」

「いや、もっと根本を探る。……虚空の神殿へ行く。色々気になることがあるんだ」

「虚空の神殿？」

なぜここで虚空の神殿が出てくるのかわからないヴァンとピートは、不思議そうに瞬きを繰り返す。リュカは懐《ふところ》から遺跡の欠片《かけら》を取り出すと、そこに刻まれている文字をジッと見つめた。

リュカを警戒するシュンシュ。シュンシュの真の力。虚空の神殿と共鳴するレイナルド家の魔力。

『この世界にとって意味のあることとしてるのは、レイナルド家だけ』というデモリエルの言葉。

——そして『ウルデウス』。

一見バラバラに思えるそれらはすべて繫がっている気がする。その鍵は間違いなく、虚空の神殿だ。

「行こう。真実はきっと虚空の神殿にある」

見つけた真実が必ずしも現状を打破できるかはわからない。けれどリュカは確かに感じるのだ、遺跡の欠片《かけら》が自分を導いていると。

最大の危機を迎えた今、リュカは己に流れる魔力の導きを信じるしかなかった。

第五章　あなたに捧ぐ血の狂宴

ガルトマン邸で戦っていた騎士たちも、ワープゲートを通り全員が戻ってきた。レイナルド領に結界が張られたのを見てリュカが逃げ切ったことを悟ったのか、シュンシュが警備の兵と翼神団を引き揚げたそうだ。大怪我を負ってしまった者もいたが、皆なんとか生きている。

リュカはサーサと魔法を使える者に騎士らの手当てとワープゲートの消去を頼むと、ヴァンとピートだけを連れて虚空の神殿へ向かうことにした。騎士団を連れていかないのは、虚空の神殿までは自領を通っていけるので危険はないと判断したからだ。

団員たちには、万が一に備えてルーチェと結界室の死守を頼んできた。結界室の中央には錫杖《しゃくじょう》が刺さったままになっている。地下の魔力を吸い上げて魔法の膜に変換する役割を担っているので、これを抜かれると結界が解けてしまうのだ。それだけは防がなければならない。

レイナルド邸から虚空の神殿までは馬を飛ばしても一ヶ月近くかかる。しかし馬に回復魔法をかければ休憩を取る必要がないので半月で到着するだろう。

そう計算していたリュカだったが……目論見《もくろみ》は外れ、魔力は数日たっても戻らなかった。

レイナルド邸を発《た》って一週間目の夜。三人は馬を休ませるため水辺に立ち寄り、そこで野宿をすることにした。

「なかなか回復しないなあ……。一気に回復して一気に放出させるなんて初めてだったから、体がびっくりしちゃったのかな」

焚き火の前で、リュカは自分の小さな手のひらを見つめる。緊急事態だというのに、いつもより魔力の回復が遅いのがもどかしい。このままでは魔力が戻る前に虚空の神殿へ着いてしまいそうだ。

（こんなときなのに魔法も使えない、デモリエルの力も借りられない。……俺って役立たずで嫌になるよ）

焦燥からか、つい自分を責めてしまう。即席でワープゲートを作ったり領地に結界を張ったりしても、リュカはまだまだ足りないと感じる。もっと確実に民たちを守る力が欲しい、誰にも脅かされない平和を今すぐ築きたいと願うのは強欲だろうか。

未熟な手を思わず握り込んだとき、ポンと肩を叩かれた。

「思い詰めるな。もっと仲間を、民を信用しろ。ことは重大だが、すべてお前ひとりで背負うものではない。もし魔力が回復しなかったとしても、あと二十日足らずで着く。何かあったとしてもそれぐらいの間、騎士団も民たちも踏ん張ってくれるさ」

隣に腰を下ろしたヴァンが、リュカの肩を抱いてそう励ます。

昔から『もっと当主らしくしろ』と叱咤《しった》してきた彼が、当主として背負いすぎるなと肩の荷を下ろしてくれている。そのことにリュカは深い安堵《あんど》を覚え、強張《こわば》っていた体の力が抜けた気がした。

「ほんとにあんたは自己犠牲が好きだよな。俺は前に言ったぜ、自分を大事にするのは悪いことじゃねえって。もし何もできなくったって、あんたは生きてるだけで領民の希望なんだよ。だから何よりもあんたは自分を大切にしろ。リュカが生きて前を向くだけで、その意思は必ず伝わって継ぐ者が現れる。安心しろ」

逆隣りに座ったピートが、リュカの頭をクシャクシャと撫《な》でる。

ピートはいつだってリュカの存在を強く肯定してくれる。当主リュカに人生を救われた彼の言葉は重い。ときには民の総意のようにさえ感じる。

無力さを感じていた心が和らぎ、リュカは焚火に照らされた顔を微笑ませた。

「ふたりとも、ありがとう。俺ちょっと焦りすぎてたみたいだ」

照れくさそうに笑って肩を竦《すく》めると、ヴァンとピートの顔も綻《ほころ》んだ。

「俺さ、きみたちのこともみんなのことも本当に大好きだから、守りたくて夢中になっちゃうんだ。俺は当主に生まれたけど……みんながそばにいるのも慕われるのも、当たり前だとはこれっぽっちも思ってない。すごくすごく恵まれてることなんだ。だから絶対に失いたくないし、リュカとしての人生を後悔のないものにしたくて……」

揺れるオレンジ色の炎を見つめながら、リュカは前世の自分を思い出す。

十六年焦《こ》がれ続けても手に入れられなかった親友、友達、仲間との日々。今こうしてヴァンとピートがそばにいて心から思い遣ってくれることも、本音を語り合えることも、騎士団員たちと無邪気に盛り上がれることも、彼らが身を挺《てい》して自分を守ってくれることも。前世では叶わなかったリュカにとって、すべてが尊い宝物に思えるのだ。

「俺、頑張るよ。もう思い詰めたりしないけど、でもやっぱり頑張りたい。自分のことも大切にする。だって、みんなとまたいっぱい笑い合いたいもん。それがリュカ・ド・レイナルドとして生まれてきた意味なんだ」

遠い何かに思いを馳せるように語ったリュカに、ヴァンとピートは一瞬真顔になってから、少しぎこちなく笑った。

「おいおい、なんだよ。まるで恵まれてなかった人生まで知ってるような言い草じゃねえか」

「……達観したような言葉だな。二十歳そこそこなど、まだ人生の序盤じゃないか。自分の人生を俯瞰《ふかん》で見るには早いぞ」

笑顔の奥に驚きを隠しているふたりを見て、語りすぎてしまったなとリュカは反省する。

けれどいつかふたりには話したいと思う、浅草琉夏という少年のことを。孤独を埋められなかった彼を悼《いた》んでもらえたなら、リュカは琉夏の魂も抱えた自分をきっともっと好きになれるに違いない。

「そろそろ寝ようかな。魔力を回復させるためにもいっぱい休まなくちゃね！」

気を取り直してリュカはパッと立ち上がった。そして馬に積んである毛布を持ってくると、焚き火の近くに横たわってくるまる。ヴァンとピートはさりげなく、毛布の小山の隣に座り直した。

「見張りは私たちに任せてゆっくり休め」

「おやすみ。楽しい夢でも見ろよ」

ふたりの手が毛布越しにポンポンと背を叩く。その心地よさに安堵《あんど》してリュカが目を閉じようとしたときだった。

――パリン。と、遥か上空で何かが割れる音がした。

「え」

最初に音を捉えたのはリュカだった。毛布から顔を出し空を見上げる。ヴァンとピートもつられて顔を上げ、三人は揃って目を見開いた。

「……っ‼　逃げろリュカ！」

そう叫んだのは、ヴァンだったかピートだったか。それともふたり同時か。

夜空を覆《おお》う結界に小さく入った亀裂。そこから真っ直ぐに、燃え盛る竜が落ちてくる。いや、リュカを目指して直滑降してくる。

「ゴーフ‼」

その恐ろしい竜をリュカは知っていた。ゲヘナの戦いで見た、ヴェリシェレン家当主ゴーフの真の姿だ。

口を開けたゴーフの鋭い牙が目の前に迫りくる。間一髪でヴァンがリュカの体を突き飛ばし、ピートが咄嗟《とっさ》にゴーフの眼を狙って剣を突き立てた。しかし竜はものともせず再び空へ舞い上がると、今度は上空から業火を噴き出す。

「下がって！」

立ち上がったリュカがすかさず魔法でシールドを張ったが、錫杖《しゃくじょう》もなく魔力も足りないそれはあまりにも脆《もろ》い。ゴーフの真の姿の前では意味もなく、シールドは粉々に砕かれリュカの体は業火に焼かれながら吹き飛ばされた。

「うわぁああっ!!」

「「リュカ!!」」

竜の業火をもろに受けたうえ、勢い余って飛ばされたリュカは地面に強く打ちつけられた。体も法衣《ほうい》も、焼かれた煤《すす》と泥で真っ黒になっている。

黒く小さな塊になったリュカは、ピクリとも動かない。ヴァンとピートは顔を蒼白にして、ゴーフを睨みつけ剣を強く握った。

「ヘビ野郎……ぶっ殺す!!」

ピートが斬りかかるが、ゴーフは巨大な体躯にもかかわらず素早く避け、再びリュカへと向かってきた。ゴーフが口を開けてリュカを咥えようとしているのを見て、ヴァンは敵の目的がリュカの連れ去りだと気づき咄嗟《とっさ》に腕を伸ばす。

「リュカ!」

ゴーフはリュカの脚にしがみついたヴァンごと巨大な口に咥えた。そして飛び去ろうと体を翻《ひるがえ》したところを、ピートが尾の根に剣を深く突き刺す。

「連れていかせねえぞ!」

ゴーフは口にリュカとヴァンを咥え、尾にピートが握っている剣が刺さったまま飛翔した。ものすごい速さで息もできないほどの風の中でも、ヴァンもピートも決して手を離さない。

リュカは意識を失ったまま、空を行く竜に攫《さら》われていった。

「レイナルド家の鎮安守護《ちんあんしゅご》は確かに強力だよ。大砲の玉も万の兵士も通さない。けど、さすがに当主の真の力には敵わないいんだよねえ、残念ながら。まあリュカ殿も私が直接迎えにくるとは想定外だったんだろうけど」

獣人の姿に戻ったゴーフは、そう言ってクスクスと笑った。彼はさっきから楽しくてたまらない様子だ。

リュカを攫《さら》ったゴーフはヴェリシェレン領の屋敷へ戻ってきた。ゴーフ自身に転移魔法がかけられていたようで半日足らずで屋敷には着いたが、ずっと腕力だけで滑空に耐えていたヴァンとピートは腕も体力も限界だった。屋敷に到着したところですぐヴェリシェレン家の兵士に捕らえられてしまい、意識のないリュカもどこかへ連れ去られてしまった。

ヴァンとピートはすぐに殺されるかと思いきや、石造りの巨大な建物へ連れていかれ、なぜか体力を回復させる薬湯を飲まされた。そこは円形の広場をぐるりと三階建ての観覧席が囲んでいる構造で、広場に放置されたヴァンとピートはまるで見世物である。

意味のわからない状況にふたりが警戒していたとき、最上階の観覧席にゴーフが現れたのだ。それはそれは上機嫌な様子で。

「おい！　リュカをどこにやった!!」

広場の中央からピートが叫ぶ。その声は筒状になっている観覧席に反響して木霊《こだま》した。

「薬湯を飲んだとはいえ元気がいいねえ。さすがはレイナルド家の騎士だ」

ゴーフは睨みつけてくるヴァンとピートに満足そうに目を細め、観覧席にある一番豪華な椅子に脚を組んで座った。

「聞いたよ、ガルトマン家の翼神団をほぼ壊滅させたんだって？　素晴らしい。四大公爵家の抱える騎士団はどこも精鋭揃いで甲乙つけがたいと思っていたが、レイナルド家が一歩秀でていたようだ。黄金麦穂団と白銀魔女団、きっとこの大陸一の騎士団だろうね。素直に称えさせてもらうよ」

パチパチと手を打つゴーフに、今度はヴァンが低く唸《うな》るように問う。

「リュカ様はどこだと聞いているんだ。殺されたくなければ早くお連れしろ」

ふたりに強烈な殺意を向けられているにもかかわらず、ゴーフはマイペースに喋り続ける。

「それで、だ。僕は知りたいんだよねえ。伝統あるオオカミ騎士団の黄金麦穂団団長と、腕自慢を集めた白銀魔女団のハイエナ団長。いったいどちらが大陸一の騎士なのか」

「「……」」

広場に響くゴーフの言葉に、ヴァンとピートは段々と彼の企みが見えてきた。この状況で体力を回復させ帯刀させたままにしておかれたのも、広場を観覧する形状のこの建物の意味も。

「両団長殿。ぜひとも戦って、殺し合ってほしい」

瞳の奥に残酷な光を宿し、ゴーフはニコリと微笑む。

ヴァンとピートは理解した。この異常なヘビ当主はリュカの側近騎士同士の殺し合いが見たいのだと——このコロッセオで。

ゴーフが指をパチンと鳴らすと、客席の奥から従者が数人がかりで何かを運んでくる。

それは、担架に乗せられたリュカだった。リュカは死んでいるかのようにぐったりしている。顔や手はところどころ赤黒く、火傷か血かわからない。法衣《ほうい》はボロボロに焼け焦《こ》げ泥まみれで、見るも無残だった。

「「リュカ!!」」

目を瞠《みは》るふたりの前で、リュカの体が観覧席にある柱に吊り上げられていく。後手で縛られ柱に磔《はりつけ》にされたリュカは、まるで処刑される罪人だ。

柱に近づいていったゴーフは蛇の尾を伸ばし、項垂《うなだ》れているリュカの頬を撫《な》でる。そして広場のほうを振り返って言った。

「心配しないでいい、まだ息がある。まあ、シュンシュ殿には殺すよう言われたんだけどね。でも僕は殺すつもりはないよ。だってリュカ殿は、まだまだ僕を楽しませてくれそうだからね」

ヴァンはギリギリと奥歯を噛みしめる。憤怒と殺意で呼吸が乱れ、手は剣の柄《つか》にかかっていた。

「……貴様らが何を企んでいても関係ない。早くリュカ様を解放しろ」

そんな彼の怒りさえ楽しむように、ゴーフは肩を竦《すく》めて笑った。

「そう焦りなさんな。シュンシュ殿はねえ、とにかくリュカ殿が嫌い……違うな、怖いんだよ。魔王を懐柔し神子を授かったリュカ殿が、我ら三家を出し抜いて大陸を支配するのではないかと恐れてる。だから、とにかくリュカ殿を排除したいんだ。デボイヤ殿も、まあ似たようなものかな。あの方は正義感が強くて負けず嫌いだから、リュカ殿が魔王と通じてたことがよっぽど許せないみたいでね」

滔々と喋り続けるゴーフに顔を向けたまま、ピートは視線だけを動かし辺りを窺う。なんとかしてリュカを助けたいが、あまりにも状況が悪い。敵の手がリュカに掛かっている状態では下手に動けず、怒りと焦燥が募るばかりだった。

「けど、この僕は違う。僕はリュカ殿に対して恐怖もないし嫌ってもいない。むしろ次々と面白いことをしでかす彼が大好きさ」

ゴーフは興奮が抑えきれないとばかりに熱い息を吐き出し、舌なめずりをしながら尾の先で優しくリュカの頬を撫《な》で回す。

「だから、ぜひ両団長殿には殺し合っていただきたいんだよねえ。どちらが大陸一の騎士なのか興味深いし、リュカ殿が目覚めたとき片方が死んでいたらどんな顔をするか。ああ、考えただけで愉快だ」

悪趣味極まりないゴーフの話に、彼の従者でさえ顔を青ざめさせる。ヴェリシェレン領の民は残酷な気質をしているというのは有名な話だが、ゴーフは殊更だ。四大公爵家の当主であるリュカの命さえ弄《もてあそ》ぶ主《あるじ》の姿に従者まで戸惑いを滲《にじ》ませている。

「勝負時間は十分としよう。それまでに勝負がつかなければ、残念だけどリュカ殿は殺すよ。じゃなきゃお前たちは本気でやり合わないだろう？　代わりに勝負に勝った方は、手当てをしてリュカ殿のもとへ帰してあげよう。ああ、もちろん勝負に勝つというのは相手の息の根を完全に止めることだからね。それ以外はなんでもありのルール無制限だ」

リュカが磔《はりつけ》になった柱の隣に、巨大な砂時計が置かれた。ヴァンとピートはしばらく黙ったまま観覧席を見上げていたが、やがてゆっくりと口角を持ち上げて牙を覗かせた。

「……は、ハハハ、ハハハハッ！　おもしれえこと考えるな、ヘビ野郎。感謝するぜ。こいつとはいい加減に決着をつけなきゃなんねーと思ってたんだ。ちょうどいい」

「まったくだ。このチンピラを駆除する機会を与えてくれたことに感謝する。……ピート。悪く思うな、私は本気でお前を殺す。リュカ様と共に生きるのはこの私だ」

「そっくりそのまま返すぜ。あんたとリュカを共有するのにはもう、うんざりしてたんだ。リュカを俺だけのものにする。だからテメーは死ね」

ひとかけらの躊躇《ちゅうちょ》も見せずに剣を抜いたふたりに、ゴーフは目を丸くする。

「おや。やる気満々だね。仲間とやり合うことにちょっとは怯むかと思ったけど」

その言葉に、ヴァンもピートも揃って振り返り嘲笑を浮かべた。

「それを期待していたのなら人選ミスだ。私はリュカ様のためなら誰だって殺す。ためらったことなどない」

「俺はな、リュカさえいりゃこの世界が滅んだって構わねえんだよ。むしろ邪魔するやつは全員ぶっ殺す。さあ、とっとと始めようぜ」

ギラギラと殺意に目を輝かせながら笑うふたりを見て、ゴーフは密かに背を戦慄《わなな》かせた。

「なるほど、強いはずだ。きみたちの忠誠心は常軌を逸している。……いや、忠誠を超えた愚かな感情かな、それは」

ボソボソと独《ひと》り言《ご》ちるとゴーフは巨大な砂時計に手をかけ、それをクルリとひっくり返した。

「面白い！　さあ僕を存分に楽しませてくれ！　試合開始だ！」

口角を上げ牙を覗かせながらゴーフが大声で叫ぶ。それを合図にヴァンとピートはほぼ同時に地面を蹴って、相手へ向かっていった。

コロッセオにはギィン、ギィンと剣が激しくぶつかり合う音が響く。動きが早すぎて、ゴーフ以外のヴェリシェレン家従者には剣の残像と刃が散らす火花しか見えない。

容赦なく斬りかかるヴァンの華麗な刃を、ピートが紙一重の動きで交わす。隙を見てピートはナイフを投げ撹乱しようとするが、それはヴァンのひと振りに阻《はば》まれた。

「小細工が通用するか、馬鹿め」

逆にナイフを投げたことでできてしまった隙を突かれ、ピートの左の前腕にヴァンの剣が掠《かす》る。

「チッ」

自分の腕から鮮血が飛び散ったのを見てピートが舌打ちをした。ヴァンはさらに隙を突こうと攻めるが、ピートは持ち前の身軽さで地面を蹴ると、そのまま空中で一回転してヴァンを飛び越え後ろをとった。

すかさず振り返ったヴァンだったが同時に腹に蹴りを受け、体がくの字に曲がる。

「がはッ……」

せり上がってきた胃液にむせそうになるが、ヴァンは堪えて脚を踏ん張らせると、すぐに剣を構え直した。

「時間がねえんだ、早く死ねよ」

「貴様こそおとなしく死ね」

肩で息をするふたりの顔には汗が滲《にじ》む。かつての団長対決とは違う、全身全霊をかけた本気の勝負だ。リュカの命がかかってる以上、ふたりにためらいはない。

ヴァンとピート、性格も育ちも何もかも正反対のふたりだが、たったひとつだけ共通している。それは他の何を差し置いてでも、リュカが絶対であるということだ。

ヴァンもピートも人生の半分以上をリュカに捧げて生きてきた。そして、これからも捧げると決めている。そんなふたりがリュカの命を救うために刃をぶつけ合うのだ。手加減のない熾烈《しれつ》な殺し合いになるのは当然だった。

「リュカ様は……リュカは生きねばならない方だ。あの方はこの世界で誰よりも正しく強い。何があっても救わねばならない。そして共に生き、支え守るのはこの私だ！」

「知るか。俺はリュカのそばで生きるって決めたんだよ。あいつがやりたいことは全部やらせて、あいつが守りたいもんは一緒に守ってやるんだ。だから俺とリュカが生きるんだよ！」

砂時計の砂はもう半分以上が下に落ちている。

ヴァンとピートの戦い方はそれぞれ違っていたが、総合的な戦闘力はほぼ互角だった。全力でぶつかり合うふたりはどちらも深手を負っており、ヴァンは左目を負傷し塞がれ、ピートの左腕は血を流しすぎて動かない状態だ。

「ほおら、リュカ殿、見ているかい？　きみを助けようときみの大切な騎士が殺し合っているよ、泣けるじゃあないか。健気《けなげ》だねえ、愚かだねえ。どちらが生き残ったとしても、あれはもう騎士として使い物にならないよ。ああ、はやくリュカ殿に目を覚ましてほしいなあ。この結末を見てきみはどんな顔をするんだろうねえ」

最高の見世物を前に、ゴーフはすっかり興奮状態だ。頬を紅潮させ、口もとが緩むのを抑えきれない。そのとき。

「……や、め………」

吊るされ項垂《うなだ》れていたリュカの口元が、微《かす》かに動く。

か細い声が吐き出されたのと、ほぼ同時だった。ボロボロのふたりが互いに剣を腹に刺すかたちで相打ちとなり、広場の真ん中に倒れたのは。

コロッセオは静まり返り、倒れたふたりの周りには血溜まりが広がっていく。

「おや。死んだかな？」

動かなくなったふたりを見ながらゴーフが椅子から立ち上がったとき、ちょうど砂時計の砂がすべて下に落ちた。

「いやあ、お見事！　じつに素晴らしい試合だった。楽しませてもらったよ。両団長に心からの感謝を」

ゴーフは上機嫌で手をパチパチと叩き、感嘆の言葉を吐く。そして従者にヴァンとピートの死体をゴミとして捨てるよう指示すると、リュカを振り返って微笑んだ。

「おめでとうございます、リュカ殿。あなたの命は助かりましたよ、あなたの素晴らしい護衛騎士のおかげでね。どうぞふたりの死に、己を責めて罪深さを味わってください。それが僕の新しい娯楽になるからね」

　リュカは柱から下ろされ、再び従者の手によって運ばれていった。ゴーフは誰もいなくなった広場を一瞥《いちべつ》し、「ああ、楽しかった！」とさっぱりした声をあげてから、コロッセオを後にした。


「……生きているか？」

「……てめえ如きにやられるワケねえだろ。そっちこそ死んだんじゃなかったのかよ」

「自惚《うぬぼ》れるな、貴様なんかに私がやれるものか。……とどめを指したと思ったのに、まったく害虫並みの生命力だな」

「ふざけんな、てめえこそハラワタ抉《えぐ》ってやったのに死に損ないやがって」

「ふん。たとえ心臓を抉《えぐ》られようとリュカを助けるまでは死ぬものか。それより生きて動けるなら手を貸せ、リュカの救出にいくぞ」

「わかってる。リュカの救出が先決だ。それがすんだらハラワタ刻み直してやるよ」

「お前の体から血がなくなってくたばる方が早いだろうがな」

　ヴェリシェレン邸の地下にあるゴミ捨て場は、雑多なゴミが床を埋め尽くしている。暖炉の灰、割れた陶器、ぼろきれ、そして大量の腐った生ごみ。

　悪臭が漂う山に放り投げられたふたりの騎士は、血にまみれ土気色の顔をしていて生きているようには見えない。しかし、血が止まらなかろうと傷口からはらわたが見えていようと、ふたりはまだ生きているのだ。執念を命の炎にくべて。

「行くぞ」

「ああ」

死に損ないの騎士は立ち上がる。リュカを救いにいくために。さっきまで本気で殺し合った相手と、手を組み協力することも厭《いと》わない。

それはただひとつ、彼らの信念が共通しているから。

——すべては、リュカのために。

命も誇りも魂も、彼らは捧ぐ。そのために何度だって地獄へ落ち、そして這い上がり続けるのだ。

第六章　騎士の本懐

「困ったね。少し治療が遅かったかもしれない」

全身に包帯を巻かれ寝台に横たわるリュカを眺めながら、ゴーフは顎《あご》に手をあてて呟《つぶや》く。

「ほぼ仮死状態です。目覚める可能性は三……二割といったとこでしょうか」

白いローブを着たアザラシ獣人の男が言う。彼はヴェリシェレン領で一番の医者だが、手の施しようがないリュカを前に肩を落とし首を横に振るしかなかった。

「医療の力ではこれ以上どうにもなりません。強力な回復魔法なら、或いは……」

「ははは。その強力な回復魔法の使い手が彼なんだよねえ。残念だ、これは詰みってやつだな」

残念という言葉とは裏腹にゴーフは呑気に笑って、横たわっているリュカの頭を撫《な》でる。

「もうちょっとリュカ殿で遊びたかったんだけどなあ。ふたりの騎士も死んでしまったし、もうレイナルド家はおしまいだな。あとはシュンシュ殿が神子を攫《さら》って、デボイヤ殿が領地に攻め込めば、ジ・エンドだ。あっけなかったねえ」

ゴーフの手が宥《なだ》めるようにリュカの頭を撫《な》で、髪を撫《な》で、耳を撫《な》でてから離れる。そしてクルリと背を向けると、退屈そうに欠伸《あくび》をひとつ零した。

「いかがいたします？」

そう問いかけた医師に、ゴーフは振り向かないままヒラヒラと手を振る。

「旧棟に運んで引き続き治療と看病を。無理だと思うけど、まあやるだけやってみてくれ」

ゴーフが部屋から去ると医師は助手らと共にリュカを担架に乗せて運んだ。少年にしか見えないあどけない顔が半分以上包帯で覆《おお》われているのを見つめ、医師は眉根を寄せて小さく呟《つぶや》く。

「……哀れな。四大公爵家当主ともあろうお方が、お気の毒に」


大陸の北東に位置するヴェリシェレン領は夏が短く冬が長い。一年の半分以上が雪に覆《おお》われ、夏の暑さを迎えていたガルトマン領とは対照的にこの時期でも雪が積もっている。

建築文化はレイナルド領と近く、ヴェリシェレン邸も西欧の宮殿に近い。違いを強いてあげるなら、玉ねぎ型の屋根があるかないかぐらいだ。

敷地内には広大な棟がふたつ建っているが、見るからに築年数が違っていた。敷地の奥側にある古びた棟に、医師たちの手でリュカが運ばれていく。

「三交代でリュカ様の看病にあたりなさい。必ずひとりはついていて、異常があればすぐに知らせるように」

医師は助手たちにそう告げて、旧棟の一階にある一番広い部屋にリュカを運んだ。

新棟が建てられてから旧棟はほとんど使われておらず、ほぼ物置と化している。閑散とした建物の中でリュカの部屋だけに暖炉が焚かれ、医師の助手と従者がひとりずつ看病にあたった。

外は冬季の終わりを惜しむように雪が降っており、冷気を防ぐため窓には厚いカーテンが閉められている。

そのカーテンの隙間から、部屋の中を窺うふたつの目があった。

「……やっぱ旧棟で正解だったみてえだな」

「ああ。旧棟なら警備が手薄で助かる」

外から室内を覗き見て、そう会話しているのはヴァンとピートだ。

ふたりは地下にあるゴミ捨て場からなんとか這い上がったあと、旧棟の煙突から煙が出ているのを見つけた。リュカの護衛で何度かヴェリシェレン邸を訪れたことがある彼らは、旧棟が今は使われていないことを知っている。無用になっている旧棟に火が焚かれたことに気づいたふたりはそこにリュカが運び込まれた可能性を考え、様子を窺いにきたのだった。

ヴァンとピートはしばらく黙ったまま窓の中を見つめる。遠目にしか見えないが、リュカは包帯を巻かれた状態でベッドに横たわっているようだ。看病をしているらしき者も近くにいるが、リュカはまったく動いている様子がない。ヴァンとピートは揃って顔をしかめた。

「……生きてる……よな?」

緊張を帯びた声でピートが言う。

「……当然だ。縁起でもないことを言うな」

答えるヴァンの顔にひとすじの汗が伝った。

〝もしも〟など考えたくはないが、すでに手遅れだったら——頭を一瞬よぎる不安に、彼らの鼓動が乱れ視界が揺れる。

「行くぞ。このまま窓から突っ込む」

不安を振り切るように、ヴァンが即座に侵入の構えをとった。

「俺の方が身が軽い。リュカは俺が抱えて逃げるから、あんたは中のふたりをやれ」

ピートも余計なことを考えないように、窓を蹴り飛ばす体勢になる。ふたりは視線を交わして頷《うなず》き合うと、息を合わせて厚いガラス窓を思いっきり蹴破った。

「な、なんだなんだ⁉」

幸い部屋にいたのは非戦闘員のようで、帯刀すらしていない。驚いて逃げ出そうとする彼らをヴァンは剣の鞘《さや》で殴り気を失わせると、素早く手足を縛りあげた。

「リュカ！」

その間、ピートはベッドへ駆けつけリュカを抱き上げる。顔も体も包帯だらけのリュカは目を開けることはなく、口からは弱々しい呼吸しか聞こえない。体温も低く、ただでさえ軽い体が今は一段と軽く感じられた。

あまりにも痛々しいリュカの姿に、ピートは目の奥が熱くなる。抱き上げる腕に力が籠《こ》もり、リュカの頭に鼻先を擦りつけた。

「迎えにきてやったぞ。帰ろう、レイナルド領へ」

囁《ささや》くように告げた声に返事はない。ピートはきつく唇を嚙みしめると顔を上げ、リュカをしっかりと抱え窓からひらりと飛び出した。

侍従たちを縛り終えたヴァンも、すぐにその後を追う。

ふたりは警備の兵を警戒して、屋敷の裏門から脱出した。ヴァンもピートも完全に死んだと思われているのだろう、思ったより警備が手薄なのは幸いだった。

ヴェリシェレン邸の敷地を出たあとは人目を避けるため山の中に移動した。ベッドから一緒に持ってきた毛布にリュカをくるみ、体温がこれ以上下がらないようにする。

「リュカ……」

ようやく足を止めてリュカの顔を見ることができたヴァンは、今にも泣き出しそうな声音で名を呼んだ。包帯に覆《おお》われた頬を震える手で撫《な》で、小さく「こんな目に遭わせて、すまない」と呟《つぶや》く。

ふたりは山を越えると、麓《ふもと》の農家から小型のソリとトナカイを一頭盗んだ。ただでさえ徒歩での逃亡は無謀なのに、雪の積もった道は足を取られる。雪に慣れていないヴァンとピートなら尚更だ。ソリにリュカを座らせ、ついでに頂戴した藁束《わらたば》で無理やり包む。ピートはその隣に座り、リュカが落ちないように支えた。

ヴァンは御者席《ぎょしゃ》に乗ってトナカイに繋いだ手綱を握る。ソリなど走らせたことはないが、やるしかない。ピートとの戦いで左目を負傷し、片目の視界だけで慣れぬトナカイを操らねばならなかったが、ソリはなんとかまっすぐに進んだ。

目的地はレイナルド領。リュカは虚空の神殿に行きたがっていたが、まずは怪我の治療と安全の確保が第一なのは言うまでもない。すべてを立て直し出直す必要があった。

しかし、ここからレイナルド領まではソリで進んだとしてひと月以上はかかる。

正直なところリュカはもちろん、負傷しているふたりの体力も持つか危ういところだ。ヴァンの腹の傷は無理やり自分で縫っただけだし、ピートの出血は止まらず腕と脇腹の服は血で染まっている。

途中で治療できるような場所があることを祈るしかなく、今はとにかく追手が来る前にヴェリシェレン邸から遠く離れることが先決だった。


日が沈むにつれ、辺りの風景は白と黒しかなくなっていく。

夜が近づけば近づくほど、雪はどんどん激しくなった。ピートはリュカを雪風から守るように抱きしめ、ヴァンは真っ白な視界に右目を凝らしながら必死にソリを進ませた。

ふたりの思いはただひとつ。死んでもリュカをレイナルド領へ連れて帰る、それだけだ。

しかし。ソリを三時間ほど走らせた辺りで、後方からトナカイの足音が複数聞こえてきた。振り返ったピートは白い景色の中に幾つかの影を見つけ、チッと舌打ちをする。

「追手が来やがった。ソリが二台……六人ってとこか。俺が食い止めるからあんたはこのままリュカを連れて突っ走れ」

「ひとりで食い止めきれるか？」

「当たり前だろ。やるしかねえ、意地でもやってみせる。だからあんたは絶対にリュカを助けろ。ヘマこいたらぶっ殺すからな」

そう言ってピートは上着を脱ぐと、リュカが落ちないように座席に縛りつけた。そして目を開けないリュカの唇に、そっと唇を重ねる。

「またあとでな」

切なげに目を細め、ピートは立ち上がる。勢いよく座席を蹴って、風に舞う雪と一緒に宙を飛んだ。

「ツオラァ!! かかってきやがれ! 白銀魔女団団長サマが相手してやんぜ!!」

ピートは猛《たけ》り叫びながら、敵に向かって駆け出し剣を抜く。

敵のソリはピートを避けきれず突っ込んでいき、駆け抜けた彼の剣によってトナカイを斬られ転倒した。二台のソリはまんまと機動力を失い、ひっくり返った車体からサーベルを手にしたヴェリシェレンの騎士がそれぞれ三人ずつ出てくる。

ピートは正面に立ち塞がると、居丈高《いたけだか》な笑みを浮かべた。左腕はとっくに血を失い、指一本動かない。斬られた脇腹はきつく包帯を巻いているものの血が流れ続け、今も白い雪に赤い染みを点々と作っている。

もう随分と血を流した。正直なところ、立っているのもやっとだ。けれどピートは剣の柄《つか》を握りしめると、強く雪を蹴って敵陣へと突っ込んでいった。

白銀の世界で、鮮血が舞い、散っていく。

吹雪のせいか、それとももう頭にまで血が巡らないのか。白くぼやける視界の中でピートは思う。

(ああ、早くリュカを抱きてーなあ。あの小っちゃくてあったかくていい匂いがする体を抱きしめて、舐めて、挿れてひとつになって。あー滅茶苦茶に抱きてえ。そんでいっぱいキスして、笑い合って――)

「――好きだよ、リュカ」

赤く染まった雪に寝そべり、ピートは空に向かって手を伸ばす。絶え間なく雪が落ちてくる空は一面の闇だったが、かざした右手の甲には太陽が輝いていた。

満足そうに口角を上げ、ピートは目を閉じた。かざした太陽が、ゆっくりと沈んでいく。

雪原は静寂に包まれる。呼吸の音さえ、聞こえない。

降り積もる雪はすべてを覆《おお》い隠し、そこに戦いがあったことさえ消し去るように白く埋め尽くした。

ピートと別れてから二日後。走りっぱなしのトナカイが動けなくなってしまい、ヴァンはソリを捨てリュカを背負って吹雪の中を歩き続けていた。

温暖な西へ向かっているはずなのに雪はやむどころかますます強くなり、行く手を惑わせる。

ヴァンはハイイロオオカミ獣人なので寒さには強いが、さすがに豪雪の中を歩くのは酷く体力を消耗した。しかも片目は見えず、腹の傷は開きっぱなしなのだ。昼も夜もなく歩き続け、普通ならいつ倒れてもおかしくない状態である。

もう怪我の痛みなどとっくに麻痺《まひ》している。雪に埋もれながら歩く足も感覚がない。睫毛《まつげ》が凍り、呼吸するたびに肺が痛いほど冷える。それでもヴァンは進むことを少しもためらいはしなかった。

「リュカ。安心しろ、もう少しでレイナルド領だ」

掠《かす》れた声で、ヴァンは背負ったリュカに声をかけ続ける。返事はなくとも聞こえているかもしれない。ならば不安がらせないようにと、話しかけ続けた。

背負ったリュカは硬く、温かくない。誰よりも知っているはずの体なのに、まるで別の何かのようだ。ヴァンは一刻も早くいつものリュカに戻してやりたくて足を急がせた。

「もうすぐだ。もうすぐでレイナルド領に着くぞ。だからシャンとしろ、領民に情けない姿を見せるな」

今まで何十回としてきたお説教は、リュカの耳に届いているだろうか。喉が貼りついて声がうまく出せない。

『もうすぐ』などと言ったが、ヴァンは自分が何日歩いているのかわからない。ただ西へ進み続ければ、希《こいねが》ってやまないレイナルド領に帰れると信じて進み続ける。

「リュカ……」

何も見えない真っ白な闇。やがてヴァンの足は動かなくなり、その場に倒れ込んだ。

ヴァンはそれでも足掻《あが》いた。リュカを背に乗せたまま腕だけで這って進んだ。体力も生命力も、もはや生き物の限界を超えて。

そのとき、少し先に建物らしき影が見えた。朦朧《もうろう》としていたヴァンの意識が覚醒し、右目を瞠《みは》る。

だがそれは、にわかには信じられない光景だった。

(……虚空の神殿……？)

吹雪の先に見えるのは、四本の円柱に支えられた小さな神殿だ。勇者の召喚やルーチェの誕生で何度か来たことがあるので、間違いない。

しかし方角と日数からいって、虚空の神殿に辿《たど》り着けるはずがなかった。あり得ない状況にヴァンは混乱し、幻覚だろうかと訝《いぶか》しむ。けれど今の状態ではどちらにしろ手詰まりだ、進むしかない。

（……神よ。どうかリュカ様をお救いください）

縋《すが》るように祈り、ヴァンは雪の上を這い続ける。痺れて紫色に腫れた手と腕を動かし、遅々としながらも気力だけで前に進んだ。

そうして背中のリュカに雪が積もるほど長い時間をかけて、ヴァンは虚空の神殿へ辿《たど》り着いた。幻覚でも夢でもなかった。

「リュカ……着いた、ぞ……」

声は枯れ、凍った唇は動かすこともできない。それでもなおリュカを励まし続け、ヴァンは最後の力を振り絞り祭壇へと向かう。

なぜ祭壇へ向かったのかわからない。もう考えることもできない。ただ最後の本能のようなものだった。誰かに導かれるように、レイナルド家の騎士としてリュカをここへ送り届けるのが使命のような気がした。

祭壇まで這い、リュカを背中から下ろす。丁寧に下ろしてやりたかったが、身を捩《よじ》って落とすような下ろし方をするのが精々だった。

ずっと背負っていたから、リュカの顔を久しぶりに見た気がする。髪は雪にまみれて凍り、包帯から覗く肌は青白い。大陸一美しい自慢の尻尾《しっぽ》はボサボサもいいところで、ヴァンは動かない顔で苦笑いを浮かべた。

「屋敷に帰ったら湯浴みの支度をしよう。髪も尻尾《しっぽ》も、綺麗に整えてもらえ。お前はレイナルド家の当主なのだからな」

ヴァンは聞こえない声で語り、動かない手でリュカの頬を撫《な》でる。

「お前は私がいないと駄目だな。……けど、私はお前がいないともっと駄目だ。だから何があっても生きてくれ。……私の、リュカ……」

金色の瞳が静かに光を失っていく。ずっとずっとリュカを映してきた瞳は、もう何も映さない――


命と引き換えに主《あるじ》をあるべき場所へ連れてきて、ふたりの騎士は大義を果たした。

その功績を報いるは、いにしえの主《あるじ》。

祭壇が淡く青い光に包まれる。それに共鳴するように、リュカの懐《ふところ》であの欠片《かけら》が光った。

リュカは深い深い地の底へ沈んでいく感覚を覚える。止まっていた命の機能が再び動き出し、周囲の景色が明るくなっていく。

ゆっくりと瞼《まぶた》を開いたリュカは風光明媚《ふうこうめいび》な大宮殿の庭にいた。優しい日差しが降り注ぎ、花に囲まれた庭に誰かが立っている。

白い耳と四つの白い尾。黄金色の瞳を持った柔和な面立ちのキツネ族の青年は、金の法衣《ほうい》を着て錫杖《しゃくじょう》を手に持っていた。

「……ウルデウス……？」

呟《つぶや》いたリュカの声に青年が微笑んで静かに頷《うなず》く。
リュカは直感で理解した。あのとき目覚めたのは彼だったのだと。
この目の前の青年こそが——初代レイナルド家当主・ウルデウスなのだと。

第七章　かみさまのものがたり

それは、今から三千と数百年ほど時を遡《さかのぼ》った物語。

とあるひとつの大陸は混沌《こんとん》に陥っていた。魔物と獣、本能しかないふたつの生き物は争い、尽きぬ戦いを繰り返していた。

あるとき大陸に大いなる意思が介入した。大いなる意思は一匹の美しい獣を選び、彼を自分の姿に似せて進化させた。

白い耳と四つの尾を持つ神・天狐《てんこ》――それが最初に誕生した獣人だ。

大いなる意思は彼に力を与えた。それは創る力、そして統べる力。

天狐《てんこ》は大陸に世界を創った。獣たちに知を与え、文明を生み、獣人世界を創り出した。さらに彼は獣人を統べ、魔物たちを退けることに成功した。

こうして大陸は平和となり、世界は獣人のものとなったのだった。

大陸の統治に成功した天狐《てんこ》は、大いなる意思から贈り物を受け取った。ひとつは〝ウルデウス〟という尊い名。もうひとつは三人の〝供〟である。

三人の〝供〟には役割があった。ひとり目は〝鉾《ほこ》〟、ウルデウスのために悪を裂き貫く力の持ち主。ふたり目は〝盾〟、ウルデウスを守り悪を退ける力の持ち主。そして三人目は〝冠〟、ウルデウスの威光を世界に知らしめる力の持ち主。

ウルデウスは彼らに名を与えた。〝鉾《ほこ》〟にはヴェリシェレン、〝盾〟にはワレンガ、〝冠〟にはガルトマンと。

世界を創り大陸を統べ鉾《ほこ》と盾と冠を従えたウルデウスを、人々は崇め讃える。ウルデウスは魔を退けた勇者であり、世界を創った創造神であり、そしてただひとりの王であった。


「……俺の知ってる歴史と違う」

眠りの中で真実の歴史を知り、リュカは呟《つぶや》いた。

大陸に伝わっているのは、神の遣わした勇者が四匹の獣に力を与えたという伝説だ。それが今の四大公爵家の始まりと言われている。

「本当は……ただひとりの王だったの……？」

リュカの目には在りし日の歴史が映り続ける。


ウルデウスの住む宮殿は秀麗で果てしなく広く、大陸の中央、まさに虚空の神殿の場所に位置していた。大勢の民に崇められ、微笑んで手を振るウルデウス。その後ろには三人の獣人——〝鉾《ほこ》〟と〝盾〟と〝冠〟が恭《うやうや》しく控えている。

大いなる意思によって選ばれたウルデウスには、特別な命が授けられていた。それは悠久。彼は老いることもなければ、病むことも肉体が傷ついて死ぬこともない。

ウルデウスは生き続けた。世界に秩序と安寧をもたらし、人々に平和と安らぎを与えて。

獣人たちはただひとりの王を崇め慕いながら、文化を発展させていく。しかし人口が増え知能が発達するにつれて、問題も頻出するようになっていった。多くの富を欲する者、弱者を虐《しいた》げる者、誰より優れていると誇示したがる者。中にはウルデウスの偉業を否定する者まで。

人々の思想が多種多様になっていく中、それでもウルデウスは民のために尽くし、ときには厳しい態度を見せながらも王であり続けた。

そうして三百年が経った頃、世界に変革が訪れる。


「駄目だ、そんなのは認められない！」

ウルデウスは机を両手でバン！　と叩いて、勢いよく立ち上がる。若々しい柔和な面立ちが、今ばかりは眉を吊り上げ厳しい表情を浮かべていた。

机を挟んで相対するのは、背に鷲の翼を持った黒髪の男だ。冷たい印象を与える整った顔の額には、第三の目が開眼している。ウルデウスに叱咤《しった》されたにもかかわらず、彼は無表情のまま黙り込んでいた。

「民は皆平等だ。力や特技の差はあれど、そこに優劣などない。支配じゃない、支え合い助け合って生きるのが獣人社会なんだ」

ウルデウスは力説し、最後に悲し気に眉根を寄せて首を横に振った。

「階級制度なんて必要ない。私はすべての民を平等に愛している。私の創った世界では、強き者も弱き者も皆平等だ」

その言葉を聞いて有翼の男は冷静な表情を微《かす》かに崩し、片方の口角を上げた。

「平等に愛している……ですか」

彼の笑みに嘲《あざけ》りを感じて、ウルデウスはムッとして問い返す。

「何がおかしい」

「私の目には、レンダとパラベナは特別なご寵愛を受けているように映りますが」

次の瞬間、ウルデウスは再び強く机を叩いた。有翼の男は表情を変えなかったが、周囲にいた側近たちは気まずそうに目を泳がせた。

無言のまま強く睨みつけるウルデウスに、有翼の男は一礼をして執務室を出ていく。ウルデウスはしばらく険しい顔のまま立っていたが、やがて脱力したように椅子に座ると眉間の皺を揉《も》みながら首を横に振った。


その日の夜。

「失礼いたします。本日の巡回警備が終了いたしましたので、ご報告に参りました」

ふたりの騎士がウルデウスの執務室を訪れた。ひとりはレンダという名のオオカミ獣人、もうひとりはパラベナという名のマングース獣人だ。ウルデウスには三人の〝供〟の他に、百人を超える従者がいる。レンダとパラベナはそのうちのふたりで、主に宮殿と近隣の町の平和を守る役目を司《つかさど》っている。

「ご苦労。何も問題はないね？」

巨大な水晶で市井の様子を窺っていたウルデウスは、振り返って目を細める。

「はい。宮殿も市街地も異常ありません」

「うん。では宿舎へお戻り。ゆっくり休むのだよ」

退室を促されたというのに、パラベナは無邪気に顔を綻《ほころ》ばせ、ポケットから出した包みを手にウルデウスへ近づいていく。

「ウルデウス様、ウルデウス様！　町で迷子を助けた礼に菓子をもらったのです。砂糖と果汁を煮詰めて固めた飴《あめ》というものだそうですよ、一緒に召しあがりませんか？」

包みから出てきたのは綺麗に色づいた小さな玉だ。パラベナはニコニコしながらひとつ摘まむと、それをウルデウスの口元へ持っていった。しかし。

「……やめましょう。誰かに見られたら、ウルデウス様にご迷惑がかかります」

飴《あめ》を差し出したパラベナの腕を掴んで、レンダが言った。刹那《せつな》パラベナは目をパチクリとしばたたかせたが、すぐに口をムッとへし曲げるとレンダの手を振り払った。

「なんだよ、あんな噂を気にしてるのか？　噂なんて気にしてよそよそしくなる方がウルデウス様に失礼だろ！」

「それはそうですが……。でも、僕たちのせいでご迷惑がかかるのはつらいです……」

機嫌を損ねて吠えるパラベナと、戸惑いながらもパラベナの手を離さないレンダを見て、ウルデウスは微《かす》かに眉根を寄せる。

おそらくふたりが問題にしている噂とは、昼間に有翼の男――ガルトマンが言ったことだ。

ウルデウスは民に慕われているが、レンダとパラベナは側近の中でも殊更敬愛の念を持っている。今年成年を迎えたふたりは体こそ大きくたくましいが、三百歳を超えるウルデウスから見れば、獣人は誰しも幼い子供だ。

レンダは物静かだが意志が強く、パラベナは明るく人懐っこい。ウルデウスはこのふたりが可愛くてたまらなかった。平等を語っていても、慕ってくれる者にはやはり愛着が湧いてしまう。扱いに差が出ないよう常に心掛けていたが、一緒にいるときの心からの笑顔は隠しようがなかったのかもしれない。

そんな心の機微を、〝供〟であるガルトマンには見抜かれていた。彼の発言は波紋を呼び、どうやらあっという間に宮殿中の噂になっているようだ。自分の不甲斐なさでレンダとパラベナに嫌な思いをさせ、ウルデウスは心苦しく思う。

「すまない。気をつけていたつもりだが、私は王としてお前たちに相応《ふさわ》しくない接し方をしていたようだ。悪いのは私だから、どうかお前たちは気に病まないでおくれ」

すると、レンダとパラベナは驚いたように目を大きくして口を開いた。

「「ウルデウス様は悪くありません！」」

ふたりに声を揃えられ、今度はウルデウスのほうがびっくりしてしまう。ふたりはウルデウスの肩を左右それぞれ掴むと、噛みつきそうなほど顔を近づけて言った。

「ウルデウス様は何ひとつ間違っておりません。どうか……どうか謝らないでください」

「そうですよ！　それに俺たちだって悪くない、悪いのは全部ガルトマンのやつだ！　ウルデウス様を変な目で見やがって！」

必死に訴えてくるふたりにウルデウスは小さく吹き出し、「まあまあ」と体を押し返す。レンダは自分の不躾な行為をすぐに恥じて頭を下げたが、パラベナはまだ怒りが収まっていないようだった。

「俺、知ってます。ガルトマンが新しい身分制度をしつこくウルデウス様に提言してるって。ウルデウス様がそんな残酷な制度を採用するわけがないのに。ガルトマンのやつ、自分の思い通りにいかないからってウルデウス様の評判を落とそうとしてるんだ。〝冠〟のくせに能力を私怨《しえん》に使うなんて……王に対する背信行為だ！」

パラベナの言葉は的を射ていた。三百年前より代々王に仕え続けてきた〝冠〟の一族であるガルトマンだが、六代目である彼はどうもウルデウスの教えを疎ましく思っている節が見受けられた。〝冠〟の能力は王の威光を民に示す力だ。いわゆる伝道師である彼の言葉は、民に多大な影響を与える。ときに王の代弁者たり得る彼は最も王に忠実であるべき存在だが、その貴重な役割故に傲慢さが芽生えた。

獣人世界には格差がなく、神であり王であるウルデウス以外は皆平等だ。しかし驕《おご》ったガルトマンにはそれが耐えられなかった。非力でなんの役にも立たぬ弱者と、大いなる意思に冠として選ばれた一族が同等であることが許せなくなったのだ。

「パラベナ、そんなことを言ってはいけない。獣人は皆仲間だ。ときに意見がぶつかり合うことがあっても、陰で貶《けな》すような真似はいけない。それに噂だって、彼が力を使ったとは限らないだろう。私に関する噂はいつだって広まるのが早いものさ」

興奮しているパラベナを、ウルデウスは静かに宥《なだ》める。パラベナはガルトマンが冠の力を使って噂を広めたと思っているようだが、それこそ王に対する、そして大いなる意思に対する背信だ。尊い力をそんな下卑《げび》たことに使うわけがない。

パラベナは渋々と口を噤《つぐ》んだが、今度はレンダがおずおずと口を開いた。

「……しかし、ワレンガとヴェリシェレンも最近はガルトマンに同調していると聞きました。冠だけでなく鉾《ほこ》と盾までウルデウス様のお考えに刃向かうなんて……」

その噂もまた、真実であった。ワレンガもヴェリシェレンも王への敬意を忘れるような不届き者ではなかったが、どうもガルトマンに影響されているらしい。

（〝供〟の一族とは付き合いが長い。彼らなら私の意思を汲んでくれると、慢心していたかもしれないな。一度じっくり三人と話し合わねば）

ウルデウスは自らの行いを省みる。獣人の知性や文明が向上するに従って、個々の考え方も多種多様になってきた。もっと積極的にわかり合わねばならないのかもしれない。自分から歩み寄るのもやぶさかではないと思った。

心配そうな眼差しを向けてくるレンダとパラベナに、ウルデウスは安心させるように柔らかに微笑む。

「大丈夫。彼らは大いなる意思が選んだ、王に仕えるための〝供〟だ。私に刃向かおうなんて考えるわけがないさ。そもそも私に刃向かうことに、意味がない」

ウルデウスは不死だ。怪我もすぐに回復する。万が一彼らが暴力に訴えたところで無意味であることはわかりきっていた。

それ以前に、ウルデウスは神の力を有している。世界を創れるということは、世界を構築する組織を操れるということだ。火も水も風も土も、山も川も海も、雨も雷も風も、そして生命も。森羅《しんら》万象《ばんしょう》を操れる神に、いったいどうやって刃向かおうというのか。

「……けど」

まだ何か言いたそうなレンダに、ウルデウスは手を伸ばして頭を撫《な》でる。

「お前たちは優しい子だね。さあ、私の心配はもういいから宿舎へ帰ってお休み。明日も元気に務めに励むのだよ」

撫《な》でられたレンダははにかんだ表情を浮かべると、口を噤《つぐ》んで一礼した。それを見ていたパラベナが羨ましそうな顔をして身を屈《かが》める。ウルデウスは笑って彼の頭を撫《な》でると、再び差し出された飴《あめ》をひとつもらって口に含んだ。

「……おやすみなさいませ、ウルデウス様。明日もよい朝をお迎えになられますように」

「また明日もご挨拶《あいさつ》にきますね！　ウルデウス様、おやすみなさい！」

ふたりが部屋から出ていくのを、ウルデウスは目を細めて見送った。やはり彼らは愛らしい。

……いや、獣人すべてが愛らしい存在なのだ。彼らはウルデウスが創りし子供たちなのだから。

たとえ、どんな思想を持っていたとしても。

翌朝。レンダとパラベナはいつものように市街地へ巡回にいき、他の従者たちもそれぞれ持ち場で己の務めに就いた。ウルデウスも水晶を使い遠い山地に雨を降らすなど、大陸の平定に尽力していた。すると。

「ウルデウス様。昨日は申し訳ございませんでした」

ガルトマンが執務室へ謝罪にやってきた。昨日の不躾な発言を深く反省したのだという。神妙な様子で頭を下げる彼に、ウルデウスは微笑んで声をかけた。

「お前の罪を赦《ゆる》そう。誰にだって過ちはある。これからは己の立場を弁《わきま》えて私に仕えておくれ」

ウルデウスは彼の反省を嬉しく思った。やはり彼は〝供〟のひとりだ。刃向かうなどあり得ない。

「私が間違っておりました。階級制度などこの世界には不要だったのです。……しかし、力ある者とない者が真の平等を目指すことは必要でしょう。そこで〝鉾《ほこ》〟と〝盾〟、それから知に優れた者らで合議を行おうと思っております。ウルデウス様もお越しいただけますでしょうか」

「それはいい。是非皆の論議を聞かせてもらおう」

ウルデウスは快く頷《うなず》いた。ちょうど昨晩、ガルトマンらともっと話し合うべきだと反省したばかりだ。より彼らに歩み寄り、さらなる忠誠と絆を深めるいい機会だと内心喜んだ。

「ありがとうございます。ちょうどこれから皆集まるところです。どうぞご一緒に部屋へお越しください」

そう言ってガルトマンは、ウルデウスを神殿の奥にある一室に連れていく。広い部屋なので新年の謁見の待合室に使うなどしているが、普段は用がない。神殿の中央からも遠く、ほとんど誰も立ち入らない場所だ。

「なぜこんな場所で？」

「特に理由はございません。いささか人数が多いのと、大きな声を出しても周囲に聞こえない場所を選んだだけです」

「それはそれは、随分白熱した合議を想定しているんだな」

「いいえ、合議はすでにまとまっております。……叫ぶのはウルデウス様、あなたです。どうぞ遠慮なく、喉がかれるまで叫んでください」

「え？」

部屋に入り扉を閉められたウルデウスは、すぐさまその異様さに気づく。

宮殿の奥にある陰った部屋。その薄闇に染まった壁一面に、びっしりと文字が刻まれている。

「なんだ……これは……？」

見たことのない文字なのに、全身が粟立つような不気味さを感じた。いや、どこかで見たことがある気がする。遠い過去、記憶の中……そうだ、これは三百年前に見た――

「――魔族の文字……!?」

目を瞠《みは》ったウルデウスに、ガルトマンが口角を歪めて頷《うなず》く。

「覚えていらっしゃいましたか、さすがだ」

「どういうことだ！　いったい何を考えている!?」

彼が何か企んでいることを悟ったウルデウスは、腰に差していた錫杖《しゃくじょう》を手にし構える。明らかに友好的ではない彼の目つきに、神の力による攻撃も辞さないと覚悟した。すると。

「っ!? 放せ!!」

突然何者かに後ろから両手首を掴まれた。ウルデウスは咄嗟《とっさ》に小さな電撃を起こそうとするが、電撃どころか火花さえ起こらず混乱に陥る。

「ガハハ！ 脆弱ですなあ、ウルデウス様！ 森羅万象《しんらばんしょう》の力がないあなたなど、そこらのおなごと変わりない。いやあ、非力、非力！」

後ろから手首を掴んだのは、〝盾〟であるワレンガだった。ライオン族の逞しい腕で拘束され、キツネ族の華奢《きゃしゃ》なウルデウスは抵抗できない。

「……っ、なぜ！ なぜ、森羅万象《しんらばんしょう》の力が使えない!?」

顔を青ざめさせて身を捩《よじ》るウルデウスに、ガルトマンはクツクツと笑いながら答える。

「勤勉な私をお褒めください、ウルデウス様。私は研究したのです、あなたのその尊き力を封じる方法を。それは魔族の力でした。この世界であなたの力に適うものはありませんが、異なる世界から来た魔族の力なら対抗できるのです。私は三百年前の遺跡を調べ、僅かな手がかりから彼らの術を発見しました。これがその術です、あなたの森羅万象《しんらばんしょう》の力を封じる、『神封じ』とでも名づけましょうか」

ガルトマンの放つ言葉のひとつひとつが、ウルデウスの全身に冷たく染み渡っていく。こんな恐ろしいことが企まれていたなど信じられない。信じたくない。

「気でも触れたのか！　お前たちは私に最も忠実であるべき存在だろう！　それをこんな魔族の力を使い、私の力を封じるなど……！　目を覚ませ！」

なおも抵抗を続けようとするウルデウスに人影が近づいてくる。目を三日月形に細め顔を覗き込んでくるのは、〝鉾《ほこ》〟のヴェリシェレンだ。

「ああ〜お気の毒です、ウルデウス様！　あなたのこんな惨めな姿、見たくありませんでしたぁ！　でも仕方ないですね、これはあなたの頑なな態度が招いた結果。もっと私たちの言葉に耳を傾けてくだされば、こんな酷いことをしなくて済んだのに、ね」

ウルデウスは奥歯をギリッと噛みしめる。先ほどガルトマンが口にした『階級制度は間違っていた』などというのは詭弁《きべん》らしい。彼らは自分たちの要求を通すために脅迫しようとしているのだと、ウルデウスは思った。

「こんなことをしたって無駄だ。階級制度は認めない。それに森羅万象《しんらばんしょう》の力を封じたところで、私は不死だ。痛みにも屈しない。この部屋さえ出れば森羅万象《しんらばんしょう》の力だって戻る。浅はかな奸計《かんけい》で王を陥れようなど、愚か者め！」

ウルデウスの言葉を聞いた三人が弾かれるように笑った。

「やっぱりウルデウス様は最高ですぅ。三百年も生きているのに心が穢《けが》れていない。ああ〜私たちがこれからあなたにどんな酷いことをするかなんて、想像もつかないのでしょうねぇ！」

「ガハハハ！　いやあ、愉快だ！　弱き者は正義を語ることもできない、それをこれから身を以て教えてあげましょう！」

「ウルデウス様。ここまで入念に準備を進めてきた私たちがそんな手抜かりをするとでも？　あなたは私たちを見くびりすぎている。神に引く弓の準備は、もうできているのですよ」

そのときウルデウスはようやく気がついた。部屋には他に十人近い男たちがいることに。

「彼らは私の考えに賛同してくれた者、或いは——あなたのご寵愛を欲している者たちです」

さっきからガルトマンたちが喋る言葉を、ウルデウスはうまく呑み込めない。なのに体がガクガクと勝手に震え、手からは錫杖《しゃくじょう》が滑り落ちた。

「……も、目的は私に階級制度を認めさせることか？　だったら話し合えばいい。じっくり時間をかければ……」

震える声で訴えるウルデウスの言葉を、ガルトマンが「いいえ」と遮る。

「もう階級制度はいいのです、それは私が創りますから」

「……？　どういう意味だ」

「要求が変わったということです。……その話は後にいたしましょう。今はどう言ったところで、あなたは首を縦に振らないでしょうから。交渉はあなたの心を折った後で、することにいたします」

意味がわからず、質問を重ねようとしたときだった。ガルトマンが短剣でウルデウスの法衣《ほうい》を襟もとから切り裂いた。

「なっ……！」

衝撃と恐怖でウルデウスは息を呑む。部屋にいる誰も彼もが、醜悪な笑みを浮かべていた。

「死ぬこともなく、傷つけることも叶わず、痛みにも屈しない相手の心を折る方法をご存知ですか？　お優しいあなたにはわからないでしょうね。――凌辱《りょうじょく》です」

次の瞬間、無数の手が自分に向かって襲い掛かってくるのをウルデウスの目は見た。

「これから無力なあなたを犯し辱め、尊厳を粉々に砕いてさしあげます。尊く気高いウルデウス様。さあ、あなたの愛すべき獣人たちに存分に穢《けが》されてください」

悲痛な王の絶叫が、神殿の奥深くに響く。

ウルデウスは初めて獣人の持つ真の悪意を知った。生きる者に潜《ひそ》む歪んだ悦びを知った。そして気が触れそうになるほどの羞恥も憤怒も超えて、三百年で初めて「絶望」というものを知った。


王の心を砕くための宴は、日没まで続いた。

もう十分だった。ウルデウスは自分が不死で今すぐ死ねないことを呪ったし、自分が王であることすら憎んだ。

三百年――三百年も彼は自分が生み出した獣人たちを愛し信じ続けてきたのだ。その思いが裏切られ、世界で誰より清らかで高潔な肉体を蹂躙《じゅうりん》されるおぞましさは、王といえど……いや、王だからこそ耐えられない。

すべての民がこんな悪徳な心を持っているわけではないと理解していても、もうどうでもよかった。ウルデウスは自分は二度と民を愛さないだろうと、朦朧《もうろう》とする意識の中で思った。

「ほら、お立ちください」

ウルデウスは汚れた体のまま新しい法衣《ほうい》を着せられ、ワレンガとヴェリシェレンに両腕を支えられて無理やり立たされた。そして用意された水晶の前で、全獣人に向かって宣言させられる。

「これから……この世界は、四人の当主によって統治する……。ガルトマンとワレンガとヴェリシェレンには、四等分の領地と……私の……力を分け与え……領地の統治は各々に委ねる……」

まるで操り人形のように、ウルデウスは喋った。瞳は生気を失くし虚ろで、呂律《ろれつ》も回っていない。おまけに酷く怯《おび》えた表情で、民たちは驚きと共に訝《いぶか》しむしかなかった。……しかし。

「王の宣言である。これより大陸はガルトマン家、ワレンガ家、ヴェリシェレン家、そして新たにレイナルド家と名乗ることにしたウルデウスの四家が公平な力を持ち統治する」

〝冠〟の力を持ったガルトマンが高らかにそう伝えると、民たちは信じ受け入れた。

これこそが〝冠〟の力の真骨頂である。冠の言葉はすべての獣人に深く影響を及ぼす。彼自身の言葉に力は僅かにしか宿らないが、それが王の代弁ならば威力は絶大だ。信仰心の深い民ほど影響を受け、素直に従う。

……それが王の本音ではなかったとしても。

新たな国の成り立ちに湧く民たちを見て、ガルトマンは微笑んだ。普段ほとんど表情を変えない彼が喜色満面になった。己の望む世界を己の力と謀略で成し遂げた、達成感に満ちた笑顔だった。

「こんなのおかしい！　ウルデウス様は創造神でただひとりの王なのに、なぜ急にこんなことになるんだ⁉」

大声で嘆きながら、パラベナが廊下を歩く。それを咎《とが》めるようにレンダが強く腕を掴まえた。

「どこへ行く気ですか？」

「ウルデウス様のところに決まってるんだろう！　本当のことを聞きにいくんだ！」

「やめてください。ウルデウス様はずっと体調を崩して寝込まれているって、パラベナも知っているでしょう？」

「だからこそだ！　何もかもが変だ。四大公爵家の宣言をした日、いったい何があったんだ？　俺は……あのときのウルデウス様のお言葉が信じられない！　信じたいのに、信じなきゃいけないのに、頭でわかっていても受け入れられない！　お前だってそうだろう、レンダ！」

目に涙を浮かべて吠えるパラベナに、レンダは困惑せざるを得なかった。彼もまた、まったく同じ心持ちだったからだ。

こんなことは初めてだった。冠を通した王の言葉はいつだって胸に響き、民を思うウルデウスの気持ちが伝わって素直に信じることができたのに。今回ばかりはまったく胸に沁み入らなくて、信じたい気持ちとの間で葛藤している。

口を噤《つぐ》んでしまったレンダの腕を、今度はパラベナが掴まえて歩き出した。

「行こう、ウルデウス様のところへ。不敬でも背信でも構わない。俺はウルデウス様の本当のお気持ちが知りたい。……神でも王でもなく、ひとりの心ある者としての」

レンダはもう、パラベナを止めなかった。掴まれていた手はほどいたが、共にウルデウスの寝室へと足を進めた。

四大公爵家の宣言をした日から三日が経っていたが、ウルデウスは誰とも会わずにずっと寝室に篭《こ》もっている。大陸を四分割する話し合いや作業は早急《さっきゅう》に進んでいるのに、彼は関与せず蚊帳《かや》の外状態だ。

案の定寝室には鍵がかけられていたが、パラベナは扉を繰り返し叩き叫び続けた。

「ウルデウス様！　パラベナです！　開けてください、何があったんですか！」

ドンドンとうるさく扉を叩き続けるパラベナの手を止めて、レンダは落ち着いた声で訴える。

「……ウルデウス様、レンダです。ここを開けていただけませんか。不敬は承知ですが、僕たちはあなたの本当のお気持ちが知りたいのです。大陸を四大公爵家に統治させるのは、本当にウルデウス様がお決めになったことですか？　あの日からあなたが床に伏せているのはなぜですか？　僕たちは……ウルデウス様のお言葉を信じたいのに、どうしても信じられないのです。どうか本当のお心をお教えください……」

それでも扉は開かず、レンダとパラベナは顔を見合わせて悲し気に眉根を寄せた。やはり王の言葉を信じなかった自分たちが間違っていたのかと、ふたり揃って肩を落としかけたときだった。

「……王の言葉を……冠の言葉を……信じなかったのか……？」

ところどころ掠《かす》れたか細い声が、扉の向こうから聞こえた。レンダとパラベナは目を見開き、扉に縋《すが》りつくようにして話しかける。

「ウルデウス様！　俺はあのときのお言葉が、どうしても信じられないんです！　だってあのときのあなたは普通じゃなかった、まるで悪夢を見ているみたいに朦朧《もうろう》としていて……いくら冠の声を通そうと、ウルデウス様の本音とは思えなかった！」

「……僕も同じです。冠の言葉は王の言葉なのに、信じることができず……」

そのとき、カチャリと開錠する音が聞こえた。さらに目を瞠《みは》るふたりの前で扉がゆっくりと動く。

微《かす》かに開いた隙間から、怯《おび》えるような瞳が涙を流しながらこちらを見ていた。

「……お前たちは私の本当の声を……聞いてくれるのか……」

徐々に開かれていく扉の向こうに、ウルデウスがいる。その姿を見て、レンダとパラベナは刹那《せつな》呼吸が止まった。

ただひとりの尊い者である象徴、純白の耳と尾は、どこにでもいるキツネ獣人のような黄金色になり、四つの尾もひとつになっていた。いつだって慈愛に満ちていた優しい面立ちはやつれて生気を失くし、立っているだけで光を放つような尊い姿はまるで病人のように弱々しい。

ウルデウスは止められない涙を、幼子のように手で拭《ぬぐ》い続けている。

哀れとしか言いようのないその姿に、レンダとパラベナは声も出せず立ち尽くしていた。

「何が……あったのですか……」

しばらくしてようやく話しかけられたのはレンダだった。体が震えるのを必死にこらえ、ウルデウスの前に跪《ひざまず》いて顔を見上げた。

「な、なんで……っ、ウルデウス様、何が……っ」

パラベナは込み上がってくる涙を抑えきれなかった。誰より敬愛していた人の変わり果てた姿に激しく動揺して、感情がぐちゃぐちゃになる。

ふたりは震えながらも、おずおずと手を伸ばした。溢れて止まらないウルデウスの涙を、拭《ぬぐ》おうとする。

ウルデウスは一瞬ビクリと体を強張《こわば》らせたが、その手が優しく頬と目尻から雫《しずく》を拭《ぬぐ》ったのを感じて目をしばたたかせる。そしてますます涙を溢れさせると、誰にも憚《はばか》ることなく声をあげて泣いた。

神でも王でもなくなったウルデウスはこの日、生まれて初めて慟哭《どうこく》し——慰める手の温かさを知った。

ウルデウスは大いなる意思から授かった力を奪われていた。

〝冠〟の力で四大公爵家を宣言させたとて、ウルデウスが神の力を取り戻せば敵うはずがない。ガルトマンらは当然その力を欲した。

ウルデウスの授かった力は本人の意志次第で譲渡ができる。あのときのウルデウスに、それを拒める気概などあるはずがなかった。

ガルトマンとワレンガとヴェリシェレンは、平等に神の力を有した。そして、ガルトマンは真っ赤な翼を持つ神鳥に、ワレンガは巨大な獅子に、ヴェリシェレンは燃え盛る翼竜と、それぞれ尊き姿を手に入れた。かつてウルデウスが持っていたものよりは劣るが、森羅万象《しんらばんしょう》の力も、統べる力も手に入れた。

さらに永遠の命さえも奪われ、ウルデウス含む四人は悠久ではなく長寿の存在となった。

何もかもを奪われたウルデウスは、もう神でも王でもなくひとりの獣人だ。この世界でただひとりの尊き存在は力を失くし尊厳を砕かれ、慈しみの愛も信じる心も失くした。弱々しい凡庸なキツネ獣人と化した彼は、ただただ悲しみに溺れ続けた。

ときには自ら命を絶とうとさえした彼を懸命に支え励まし、守り続けたのは――ふたりの従者だった。

それは長く苦しい時間だった。

ふたりの従者は人前に出られなくなったウルデウスの代わりに、彼の務めのすべてを担った。

力を奪われたうえ冠の力で宣言されてしまった以上、もう大陸を四大公爵家が統治することは覆《くつがえ》せない。それならばせめてウルデウスが……レイナルド家が不利な状況に追い込まれないよう、レンダとパラベナは三人の公爵と渡り合った。さらにふたりはウルデウスを慕う者たちが惑わぬよう、レイナルド家の領民になることを勧め、領地の統治に努めた。

そして何より、ふたりは片時もウルデウスのそばを離れなかった。片方が所用のときは必ずもう片方が残り、ウルデウスをひとりにはしなかった。そうして、深く傷つき二度と民を愛せないと思ったウルデウスがふたりに笑みを見せたのは、二十年近いときが流れてからだった。

献身的な従者ふたりのおかげで少しずつ活力を取り戻したウルデウスは、自分の中に僅かに森羅《しんら》万象《ばんしょう》の力が残っていることに気づいた。それはとてもささやかなものだったけれど、己が創った世界が確かに応えてくれる尊い力だった。そして、小さな小さな己の世界でのみ、かつての姿と力を取り戻せるようにもなり、彼はそれを――神の降りる場所――〝神籬《ひもろぎ》〟と名づけた。

それから三十年後、ウルデウスは己の力と領地を信頼できる同族の青年に託し、静かに息を引き取った。長寿の命を手放したのは、ふたりの従者と同じように人生を終えたかったからだという。

棺に納められた彼の死に顔は、とても安らかだった。それは神でも王でもなく、愛を知ったただひとりの獣人の顔だった。

――ときは流れ、世界は安寧を築きながらも変化をもたらしていく。

長い時間の中で、ガルトマン家、ワレンガ家、ヴェリシェレン家から森羅万象《しんらばんしょう》の力が消えた。もとより彼らの創った世界ではないのだから、力が定着しないのも自明の理である。尊き姿も、長寿の命も同じだ。

結局彼らに残ったのは、本来の〝冠〟〝盾〟〝鉾《ほこ》〟の力であり、それを使うときのみ尊き姿を発露できた。

それでも、一度曲げられてしまった歴史は変えられない。

いつしか、大陸の成り立ちは四大公爵家の物語にとって代わられた。宮殿は度重なる水害による地形の変化によって埋もれ、人々は正しい物語を忘れていく。神の名と共に。

――ウルデウス。それは歪んだ歴史に消された神の名前。

真実の歴史を知り、リュカは呆然とした。言葉にならない感情が渦巻くのに眉ひとつ動かせず、ただ両の瞳から涙が溢れ続けた。

涙に濡れる頬を、柔らかな手が包む。とてもとても懐かしくて、優しい手だった。

「リュカ。私の力を継いだ子。よく私の名を呼び目覚めさせてくれた、感謝する」

「……ウルデウス……様」

リュカの大きな瞳にウルデウスの姿が映る。金色の眼に白い耳と四つの尾を持った、尊い姿。

リュカは自分の命が湧きたつのを覚える。受け継がれてきたレイナルド家の力は彼のものなのだと、全身全霊で感じ入った。

デモリエルが『還りたがってる』と言っていた意味がわかった。どうしてあの欠片《かけら》が懐かしさを催したのかも。リュカの魔力も、神殿が帯びた魔力も、もとは全部ウルデウスのものなのだ。

リュカも手を伸ばし、ウルデウスの頬に触れた。目を閉じると、ふたりの体を魔力が循環するのを感じる。

「ウルデウス様。俺は……悔しいです。あいつらはウルデウス様からすべてを奪ったのに……今また俺から奪おうとしている。大切な人たちも、領土も、ルーチェも、全部！」

リュカはようやく胸の内を吐き出した。ウルデウスの物語を見ているとき、自分の過去ではないのにまるで自分が体験しているようで、何度叫んで暴れ出したくなったことか。

過去の物語が終わったというのに、悲しみも怒りもこれっぽっちも癒えない。それどころか屈辱的な歴史が繰り返されようとしていることに、猛烈な悔しさが湧いてくる。卑劣なシュンシュたちも、無力な自分も許せない。

泣き叫ぶリュカに、ウルデウスは切なげに微笑みかけてそっと額を重ねた。

「リュカ。お前は私の魂によく似ているね。私の力が……そなたたちの言う『魔力』が、心地よいと謳《うた》っている。……きっとお前なら、私の力の器に足り得るだろう」

触れ合っている額を中心に、循環している魔力が大きくなっていく。リュカは自分の中が白く染まっていくのを感じた。いつの間にか尾が四本に増え、耳と共に白くなっている。

「お前を助けてあげよう。だから私の願いを叶えておくれ。創り統べる力を、正しき道に。どうかこの世界をあるべき姿に」

リュカは眩い光に包まれた。ウルデウスの意識と魔力が流れ込んできて、彼の魂とひとつに重なる。考えずともわかった、この身に森羅万象《しんらばんしょう》の力と悠久の命が宿ったことが。

分け与えたとて、神の力は神のものだ。森羅万象《しんらばんしょう》の力はガルトマンらには定着せず、長い年月をかけて自然に還った。そして自然に還ったということは、再び創造神のものになったということだ。

ウルデウスの眠る魂に宿っていた力が、すべてリュカに注ぎ込まれていく。

「ウルデウス様……」

やがてウルデウスの魂と力が完全に同化すると、リュカの体から光が消えた。同時に、ゆっくりと夢が覚めていく。

微笑んだウルデウスの姿を最後に瞼《まぶた》の裏に残し、夢の世界は霧のように消えていった。

第八章　天翔《あまかけ》る流星

「……う、……」

　目を覚ましたリュカは、虚空の神殿の祭壇に倒れていた。

「……ここ、どこ……？」

　野営中にゴーフに襲われてからの記憶がない。ずっと意識を失っていたせいだ。

　翼竜の炎の直撃を食らったはずなのに、体のどこにも痛みはなく火傷の形跡もなかった。それどころか顔も体も汚れてすらおらず、法衣《ほうい》はまるで新品だ。腰帯には錫杖《しゃくじょう》まで携帯している。

「どういうこと？　錫杖《しゃくじょう》は屋敷に置いてきたはずだけど」

　上体を起こしたリュカは、ふとお尻に違和感を覚えた。座っている面がやけにフワフワすると思い手を伸ばしてみると、なんと尻尾《しっぽ》が四つに増えている。振り返って見て、それが純白なことに気づいた。

「天狐《てんこ》になってる……。そうか、ウルデウス様の力か」

　立ち上がったリュカは、言い表せないような万能感を覚えた。まるで世界のあらゆるものがリュカに語りかけ、味方だと訴えているみたいだ。

「……これが、創造神の感じる世界……」

自分の中に受け継がれた森羅万象《しんらばんしょう》の力を、意識せざるを得ない。世界はリュカに優しかったが、人知を超えた力が少しだけ怖い気もした。

「ここは……虚空の神殿だ。誰が俺をここへ連れてきたんだろう？　っていうかヴァンとピートはどこだろ……」

辺りを見回しながら祭壇を降りていったリュカは、すぐ足元に誰かが倒れているのを見つけた。そして目を凝らした末に、全身の血が凍りつきそうなほどの衝撃を受ける。

「……っ、ヴァン!!」

倒れていたのはヴァンだった。リュカは慌てて駆けつけ、必死に体を揺り動かす。

「ヴァン！　しっかりしてヴァン!!」

しかし返事がないどころか、彼の口元からは呼吸の気配すらない。体はまるで凍ってしまったかのように硬く冷たかった。

リュカの心臓が狂ったように早鐘を打つ。考えたくない事態に頭が自然と思考を拒んだが、現実からは目を逸《そ》らせない。あまりに絶望的な状況に呼吸さえままならず、胸をギュッと押さえたときだった。

「……」

リュカは思い出す。自分が悠久の命を授かったことを。そして神の力は己の意思で、分け与えることが可能だということを。

氷のように冷たくなっているヴァンの頭を両腕で抱えると、リュカは震えながら顔を近づけた。

生命を感じられない青い肌。片目は包帯に覆《おお》われており、もう片方の閉じられた瞼《まぶた》の縁では長い睫《まつ》毛《げ》が凍って霜を宿している。腹から滲《にじ》んでいる血はもう固まっており、命尽きた理由もいつまで生きていたかも何もわからない。それでも、ただひとつわかるのは――

「ヴァンがここまで俺を連れてきてくれたんだね。……ありがとう」

リュカは涙を浮かべたまま目を細め、ヴァンの唇にそっと唇を重ねた。自分の中で無限に湧き出る生命を分け与えるよう意識して。

それはとても不思議な感覚だった。与えているはずなのに、唇からヴァンの生命が流れ込んでくる気がする。泣きたくなるような愛おしさが胸に溢れるのは、彼の魂に刻まれた想いだろうか。

やがてヴァンと自分の生命が混じり合うのを感じて、リュカは唇を離した。

ヴァンの顔はすでに血色を取り戻していた。頬が徐々に温かくなっていくのが手に伝わり、リュカは鼻をすすってから安堵《あんど》の溜息を吐く。

「ヴァン……」

小さく呼びかけると、彼の閉じている瞼《まぶた》が微《かす》かに動いた。そして金色の眼がゆっくりと開かれ、大粒の涙を零すリュカを映し出す。

「……リュ、カ……」

「おかえり……ヴァン」

ヴァンは何度か瞬きを繰り返した。左目の包帯が邪魔だと思ったのか、自分の手で掴んで外す。負傷していたはずの左目も光を取り戻し、右目と同じようにリュカを映した。

「……生きてる。リュカも、私も……」

リュカから一瞬も視線を外すことなくヴァンは起き上がり、そのままそっと腕に抱きしめた。夢じゃないことを確かめるようにリュカの背中や頭に触れ、やがて現実だと確信を持つと腕に力が籠《こ》もった。

「リュカ！　リュカ……リュカ……！」

「ヴァン、ありがとう。命を懸けて俺を助けて、ここまで運んでくれたんだね。ありがとう。本当にありがとう……」

ふたりは互いが生きていることを全身で感じようと、力いっぱい抱きしめ合った。十年以上そばにいて、何度も体を重ね合った存在。誰よりもよく知ったぬくもりが、匂いが、存在が、こんなにも懐かしい。

やがて体をほどいたふたりは、見つめ合ってから唇を重ねた。リュカははにかみ、自分の目尻に残っていた涙を手の甲でグイグイと拭《ぬぐ》った。そんなリュカを見てヴァンも穏やかに微笑み、最後に頬に軽く口づける。

「リュカが助けてくれたのだろう？　自分でも一度は命が尽きたのを感じた。それからは何も覚えていないが、お前が抱きしめてくれて目が覚めた。なんだかとても信じられない気持ちだが……」

そこで言葉を一度切り、ヴァンはリュカの白い耳と尾、金色の瞳に視線をやった。そして眩しそうに、少しだけ目を眇《すが》める。

「……それがレイナルド家当主の真の姿なのか？」

ヴァンは自分に起きた奇跡が、リュカの天狐《てんこ》の姿と関係していると思ったようだ。リュカは切なげな笑みを浮かべ小さく首を横に振った。

「ちょっと違う。確かにこれはレイナルド家当主の真の姿なんだけど、それ以前に哀しい神様の姿なんだ。大いなる意思がくれた尊い姿。ウルデウス様は俺にそれを託してくれた」

「……ウルデウス様？　誰だ、それは」

キョトンとするヴァンに、リュカは眉尻を下げて笑うと「あとでちゃんと話す！」と言って立ち上がった。そして背筋を伸ばし錫杖《しゃくじょう》を手に持ち、ヴァンを振り返って聞いた。

「ピートは？」

ヴァンはハッとした表情を浮かべ、慌てて立ち上がる。それから手短に何があったかを話し、ピートが敵を足止めするため残ったことを告げた。

話を聞いているうちに、リュカの表情がみるみる険しくなる。

「リュカ……大丈夫か」

今までに見せたことがないくらいの激しい怒りを浮かべるリュカに、ヴァンは気圧《けお》されるほどの畏怖を感じた。愛らしい瞳は怒りのあまり、金色の中に炎のような朱色を滲《にじ》ませている。

「ピートを助けにいく」

そう言ってリュカは身を翻《ひるがえ》し、出口へ向かって歩いていった。ヴァンもすぐそのあとについていく。

神殿の外は初夏の夕暮れだった。辺りは青々とした芝生が覆《おお》い、雪などどこにもない。

ヴァンは倒れる前の記憶を必死に辿《たど》った。確かに雪の中で虚空の神殿を見つけたと思ったが、あれは幻だったのだろうか。不思議に思ったが天狐《てんこ》になったリュカの姿を見ていると、なんとなく腑《ふ》に落ちた。

「……ウルデウス……」

小さくその名を呟《つぶや》いてみる。リュカは哀しい神様だと言っていた。もしかしたらその神様が、リュカをここへ呼んだのかもしれない。

「ヴァンは先にレイナルド領へ戻ってて」

空を見上げてリュカが言った言葉に、思案に耽《ふけ》っていたヴァンはハッとする。

「待て、私も行く。お前を守るのが私の役目だ」

咄嗟《とっさ》に言い返したヴァンに、リュカは安心させるように笑いかけた。

「大丈夫。必ず戻るから。……まだ慣れないから、ヴァンと一緒にうまく飛べる自信がないんだ」

「え？」

どういうことかとヴァンが問い返す前に、リュカはまっすぐに空を仰ぎ天に向かって唱えた。

「飛翔」

呟《つぶや》いたその二文字が、リュカの体を光に変えて天へ昇らせる。

一瞬の出来事だった。ヴァンは目を瞠《みは》ったまま呆然としている。リュカの体は煌めく星になり、夜空を翔けていってしまった。

レイナルド家の当主が受け継ぐ魔法の中には、浮遊はあっても飛翔はなかった。あれば便利なのにとリュカが何度か嘆いていたが、ヴァンはどうして飛翔の魔法がなかったかを理解した。これは神の力を借りる魔法なんて生易しいものではない。神そのものが自在に天を翔けるための術《すべ》だ。

「リュカ……」

星の浮かび始めた空を仰ぎながら、ヴァンはリュカの身を案じる。彼がこれほどまでに強大な力を有してしまったことを、恐れずにはいられなかった。


大陸の空に眩い流星が翔ける。それは何千キロという距離を一瞬で駆け抜け、捜していた人物のもとへ寸分違わず降り立った。

「ピート……?」

リュカが着陸したのはどこまでも真っ白な雪原だった。

ピートの姿どころか人の気配さえなく、リュカは辺りを見回す。すると、色を失ってしまったかのような白銀の世界に、異質なものが埋もれていることに気づいた。

壊れたソリの破片、血のついたサーベル、死んでいるトナカイ、幾つもの敵の亡骸。そして――

リュカはピートの脇にしゃがみ込み、彼に降り積もっている雪を小さな手で必死に払った。

「ピート!!」

雪は彼の血を吸って赤くなり、純白と深紅の奇妙な美しさを見せている。あまりに残酷な美しさは、リュカの胸をショックと悲しみで引き裂いた。

「ごめん……来るのが遅くなってごめん、ピート。痛かったよね、冷たかったよね……」

リュカの両目からボロボロと大粒の涙が零れる。周囲の様子からも彼の傷跡からも、どれほど激しい戦いがあったのか一目瞭然だ。

ピートがここで命を捨ててまで敵を食い止めてくれたのだと思うと、言い尽くせない気持ちが溢れた。リュカは雪から掘り起こしたピートの頭を抱きかかえ、血だらけの顔に頬を擦り寄せる。

「ピート、ありがとう……大好きだよ」

頬に触れるピートの顔は氷のように冷たい。彼を何日もこの冷たい雪の下で待たせてしまったことを、心から申し訳なく思う。

「みんなで一緒に、レイナルド領へ帰ろう」

そう告げて、リュカはピートと唇を重ねた。ヴァンのときと同じだ。悠久の命を分け与える。

ふたりの生命が混じり合うのを感じそっと唇を離すと、蒼白だった頬に赤みが差していた。リュカはさらに込みあがってくる涙を拭《ぬぐ》いながら、血で汚れていたピートの顔を自分の袖で拭いてあげた。

「……。……リュカ……」

閉じられていた双眸《そうぼう》がうっすらと開く。リュカが泣きながら笑みを向ければ、ピートの口角も僅かに持ち上がった。

「……キス、もっかい」

掠《かす》れた声でピートが言う。リュカは肩を竦《すく》めて「あははっ」と笑うと、優しく唇を重ね合わせた。

「ここ天国か？　俺はてっきり地獄行きだと思ってたけど、リュカがいるんなら天国なんだろうな」

「残念、天国じゃないよ。でも地獄でもない。ピートも俺も生きてるんだよ」

ずっと雪に埋もれていたせいで回復に時間がかかるのだろうか、ピートは体を起こさず手だけを持ち上げて目元に触れてきた。

「ちょっと見ない間に派手になったな。でもよく似合ってる」

どうやらリュカの金眼と白い耳のことを言っているようだ。天狐《てんこ》の姿を『派手』で済ませるあたり、ピートらしいなとリュカは笑ってしまった。

——そのときだった。東の空から燃え盛る一匹の翼竜が近づいてきたのは。

ゴーフはリュカたちの目前までやってくると、変身を解かず着陸する。その背に乗っていたシュンシュとデボイヤが地面に降り立ち、リュカの前に対峙《たいじ》した。

「リュカ……！」

ピートはまだ力の入らない体で立ち上がり、リュカを背にかばおうとした。しかしリュカは彼の腕を優しく引き、「大丈夫」と穏やかな表情で頷《うなず》いて見せる。

「生きていたとは行幸ですなあ。あの大怪我で死に損ないの騎士に連れ出されて、てっきり雪原で野垂れ死んでいるかと。いやあさすがはリュカ殿だ、面白い！」

竜の姿のまま、ゴーフはパチパチと手を打つ。けれど面白がっているのはゴーフだけで、デボイヤとシュンシュは険しい顔をしていた。

「先ほどの流星はやはりリュカ殿だったのか。しかもそれは真の姿……？」

「……まさか……」

一番慄《おのの》いているのはシュンシュだ。リュカは今なら、どうして彼がレイナルド家を異常に警戒していたのかがわかる。

「シュンシュ。お前は知っていたんだな、本当の歴史を。この大陸が四大公爵家によって成ったものではなく、レイナルド家が……ウルデウス様が創ったということを。そしてその尊い力をお前らの祖先が奪ったということも！」

身分に固執しウルデウスを陥れたのはガルトマンだ。ワレンガとヴェリシェレンは彼に同意した部分はあれど、それがすべてではなかったかもしれない。しかし〝冠〟の力によってウルデウスへの反発心を煽《あお》られ、凶行に加担したのだ。

おそらく今回も同じだろう。魔王の懐柔や神子を授かったリュカを見て、再びレイナルド家が一大勢力になるのを恐れたシュンシュは、〝冠〟の力でデボイヤの支配欲やゴーフの享楽主義を利用してリュカへの加害欲を煽《あお》ったのだ。

すべての黒幕はガルトマンであり、シュンシュだ。だがレイナルド領を襲ったデボイヤも、ヴァンとピートに惨《むご》いことをしたゴーフも、許せない。

三人を前にして、リュカは抑えきれない怒りが込み上げてくる。自分自身の怒りの中に、ウルデウスの怒りも潜《ひそ》んでいるのがわかる。

「許せない、許せない！　俺の大切な人たちを傷つけたお前らを、俺は絶対に許さない！」

リュカの怒りに同調して空気が揺れる。地響きが起き突風が吹き出したのを見て、シュンシュは顔を引きつらせると真の姿である炎の鳥へと変身した。

「ゴーフ殿！　デボイヤ殿！　リュカは危険だ、すぐに始末を！」

第三の目を開きシュンシュが叫ぶと、ゴーフは翼竜の姿で、デボイヤも巨大な獅子に姿を変えてリュカに襲い掛かった。

「リュカ!!」

竜と獅子の爪が同時にリュカに迫るのを見て、ピートが叫ぶ。しかしリュカは焦りも動きもしない。

なんとリュカはそれを手で受け止めると、虫でも払うかのように腕を振ってふたりを弾き飛ばした。ゴーフとデボイヤの爪は、まるで強い毒にでも触れたように変色して溶けていっている。

「なんだこれは……!?」

「そのような細腕で我らを撥《は》ねつけただと!?」

爪だけでなくふたりの手はみるみる溶けていき、手首まで達すると同時に変身が解けた。人型に戻ったゴーフとデボイヤは尚も溶け続ける手首を掴んで、驚愕と痛みに悶絶《もんぜつ》している。

「驕《おご》るな。〝鉾《ほこ》〟も〝盾〟も王のために授けられた道具。道具如きが主《あるじ》を傷つけられると思うか」

地響きはますます強くなる。晴れていた夕空は厚く黒い雲に覆《おお》われ、雷鳴を轟《とどろ》かせ始めた。

ゴーフたちが苦しむ様子を見て勝ち目がないと思ったのか、シュンシュは翼を羽ばたかせ逃げ去ろうとした。

彼の翼は猛禽類の強さを持つ。一瞬で空高く舞い上がったシュンシュだったが――

「――いかずち」

リュカの唇が呟《つぶや》くと、天は八本の稲妻をシュンシュめがけて落とした。怪鳥のような鳴き声をあげ、変身の解けたシュンシュが空から落ちてくる。

地面に埋まる勢いで落ちてきたシュンシュは、いかずちに焼かれ絶命しているように見えた。その凄《すさ》まじい有様を目の当たりにして、ゴーフとデボイヤの顔が引きつる。

「お……お赦《ゆる》しを……」

ふたりの体に流れる血が思い出させる。かつて蹂躙《じゅうりん》した神の本当の恐ろしさを。世界を創りし者への敬意を忘れることの愚かさを。

しかしもう遅い。非道の限りを尽くして神を貶《おとし》め続けた彼らへの怒りを、リュカは抑えることができない。

「……赦《ゆる》すものか。赦《ゆる》してなるものか！　この身に刻まれた屈辱を、三千年間忘れたことなどない！　創造神への恩恵を忘れ愚かな謀略に走りこの尊い魂を穢《けが》したお前らのことを、私は絶対に赦《ゆる》しなどしない!!」

リュカは声の限り吠えた。大地はもはや地響きに留まらず揺れ動き、風も天も唸《うな》りをあげ続けている。強風と地震でピートは立つことすらままならないのに、リュカは微動だにしていない。空では雷鳴が絶え間なく轟《とどろ》き、遠くの山からマグマが噴き出るのが見えた。

「リュカ……」

リュカの怒りに呼応する世界を前に、ピートは本能的な恐怖を覚えた。尻尾《しっぽ》が膨らみ、勝手に歯がカチカチと鳴る。

ピートには目の前の人物がリュカに見えない。姿かたちはリュカなのに、誰か違う人物が重なって見えた。

「消えろ！　お前らも、お前らの血を持つ者も、偽の歴史もすべてなくなるがいい!!」

金色の眼は破壊の衝動に染まっている。リュカはもう、気持ちも魔力もコントロールすることができなかった。怒りのあまりウルデウスと意識が融合しすぎて、自分がリュカなのかウルデウスなのか区別がつかない。

晴らせなかったウルデウスの恨みも、強大な森羅万象《しんらばんしょう》の力も、リュカ自身の怒りも、すべてが混ざり合って小さな体から溢れ出ていく。憎しみに濁った瞳には人々も世界も何もかもが醜悪で消すべき存在に映った。

錫杖《しゃくじょう》を握り直したリュカが、その手を天に向かって掲げる。雲に覆《おお》われた空が不気味に白く光り出したときだった。

「リュカ!!」

ピートが吹きつける突風に抗《あらが》いながら、リュカを背中から抱きしめた。

「駄目だ。……あんたこの世界を滅茶苦茶にしちまうつもりかよ。そんなのおかしいだろ。あんた言ったじゃねえか、レイナルドの民が大事だって。守りたいんだろ？　守るためにここまで来たんじゃねえのかよ。今ここで全部滅茶苦茶にしちまったら、あんたは絶対後悔する。……後悔しない生き方するんだろ、リュカ・ド・レイナルドは」

リュカは自分の背に重なったピートの体から、脈打つ心音を感じた。重なった生命の音がまるで子守歌のように、体の中で暴れまわっていた魔力を抑えてくれる。怒りで真っ白になっていた思考が少しずつ落ち着きを取り戻し、同時に突風や地震や雷鳴も収まっていった。

力の抜けた手から錫杖《しゃくじょう》が落ちる。リュカがゆっくり振り向くと、ピートが安堵《あんど》したように眉尻を下げて笑いかけてきた。

「……ピート、俺……」

「落ち着いたか？」

「俺……とんでもないことをしちゃうところだった……」

己の犯した行為に、リュカは青ざめて震える。授かったばかりとはいえ、世界を滅ぼしかねない森羅万象《しんらばんしょう》という力を暴走させてしまった自分が恐ろしい。ピートが止めてくれなかったら彼まで失いかねなかったと思うと、恐怖と自責の念で涙が滲《にじ》んだ。

そんなリュカに、ピートはグシャグシャと頭を撫《な》でて言う。

「大丈夫だ。よくわかんねーけど、あんたがその力を使うときには俺がそばにいて止めてやる。言ったろ、ひとりで背負うな。それに……あんたは自分のためじゃなく、誰かのために怒ってやってたんだろ。なら大丈夫だよ。あんたは優しいいつものリュカだ」

頼もしくて暖かい手が心に沁みる。リュカは頷《うなず》いて涙を拭《ぬぐ》うと、振り返ってゴーフたちを見た。

ゴーフとデボイヤは片腕を失くし、息も絶え絶えだ。シュンシュはもはや生死がわからない。

リュカは深呼吸すると、彼らを一瞥《いちべつ》して口を開いた。

「〝冠〟の影響があったとはいえ、大陸の平和を乱したきみたちに当主の資格はないと思う。領地も力も、きみたちの先祖がウルデウス様から奪ったものは全部返してもらうよ」

それだけ言い残し、リュカは身を翻《ひるがえ》した。

この判断が甘いのか厳しいのか、リュカ自身にもわからない。けれど、心は穏やかだ。きっとウルデウスも納得してくれたのだろうと思うことにした。

リュカはゴーフらに背を向けるとピートの手を握り、彼を見上げて微笑みかける。

「帰ろう。ヴァンが待ってる」

いつもと変わらない、小さくて優しい当主。その姿にピートは心の底から安堵《あんど》し、リュカの体をヒョイと両腕で抱き上げた。

「派手なことして疲れたろ。ほら、抱いていってやるよ」

「えっ！　ちょっ、恥ずかし……まあ、いっか。誰も見ていないし」

自分と同じ命を宿した厚い胸に、リュカは身を預ける。

(温かい……ピートも俺も、生きてるんだ)

改めてそのことを痛感し、嬉しさに頬が熱くなった。

ピートが、ヴァンが、命を燃やし尽くしてくれたから奇跡は起きた。リュカは思う、この身に宿った神の力は自分ひとりのものではないと。リュカを愛したふたりの想いも共に宿っているのだ。

(……愛してる。俺たち三人はずっと一緒に生きていくんだ)

瞼《まぶた》を閉じ感動を噛みしめていると、雪をザクザクと踏みしめながらピートが明るい声で尋ねてきた。

「ところであんた、ずっと尻尾《しっぽ》増えたまんまか？　ヤるとき少し邪魔だな」

「えっ。今心配するとこ、そこ？」

リュカはピートと顔を見合わせ、クスクスと笑い合う。

ふたりの頭上には、満天の星が輝いている。それは三千年前と変わらない、美しい夜空だった。

第九章　古くて新しい物語の始まり

「お腹すいたぁ～……」

　いつものレイナルド邸のいつもの執務室。机の前で大量の書類に囲まれているリュカは、グーグーとお腹を鳴らしながら書類にサインしていく。

「王たる者が情けない声を出さないでください。この急ぎの書類の決裁が終わったら、お食事をお持ちしますから」

「この書類って……まだ百枚近くあるじゃんか。終わる頃にはお腹と背中がくっついちゃうよ、ヴァンの意地悪」

　拗ねて唇を尖《とが》らせれば、書類の整理を手伝っていたヴァンが呆れた溜息をつく。

「本当にあなたは大陸の王たる自覚がない。子供みたいにいじけた顔をして。……ウルデウス様もお嘆きになるでしょうね」

「ならないよ、ウルデウス様は優しいもん」

　頬を膨らませながらも黙々とサインを続けるリュカを横目に、ヴァンは作業の手をいったん止めると扉へ向かった。

「お食事の用意をしてきます。その代わり、書類の決済ちゃんと進めておいてくださいよ」

口では厳しいことを言いつつもなんだかんだ優しいヴァンに、リュカはにっこり顔を綻《ほころ》ばせる。

「ありがと！」

そしてヴァンが出ていったのとほぼ入れ替わりで、ピートが部屋に入ってきた。その両腕には山のような書類が抱えられている。

「ガルトマン領とヴェリシェレン領とワレンガ領の区画整理事業の計画書をまとめてきたぜ。それから領境の復興報告書も。どっちも明日までにサインくれってよ」

机の上に新たに積み上げられた書類の束に、リュカは白目をむく。なんだか以前にもこんなことがあった気がするのはデジャヴだろうか。

椅子の背に凭《もた》れかかり死にかけているリュカを見て、ピートはおかしそうに笑うと両手で頬をグニグニと揉《も》んだ。

「気張れよ、王サマ。なんたって三千年ぶりの王国復興なんだからな。落ち着くまでは忙しいと思うけど、みんなあんたに期待してんだ。応えてやれよ、リュカ国王」

「う～……その呼ばれ方慣れないからやめて～」

ほっぺを手挟《たばさ》まれながら、リュカは恥ずかしそうに眉尻を下げる。さっきのヴァンもだが、王扱いされることにはどうもまだ慣れない。いずれ慣れなくてはと思うのだけど、敢えて強調されると恥ずかしくなってしまうのだ。

「王サマは王サマだろ。それとも神サマのほうがいいか？」

「それはもっと慣れないからやだ～」

ピートにほっぺを捏《こ》ねられじゃれ合っていると、執務室の隣にある寝室から「ふぇぇぇ〜」と元気な赤子の泣き声が聞こえた。

「王子サマがお昼寝からお目覚めか。ああ、リュカは座ってな。俺が抱いてきてやんよ」

ピートはサッとリュカから手を離すと寝室へ向かい、ベビーベッドからルーチェを抱いて戻ってきた。すぐに泣きやんだルーチェは大きな目をキラキラさせながら、リュカに向かって腕を伸ばす。

「ユア、ユア」

「おはよう、ルーチェ。おいで」

腕に抱いたルーチェは相変わらず小さい。けれど初めて会ったときに比べれば随分と大きくなった。

ルーチェは今月の末に一歳になる。最近ではヨチヨチと歩けるようになり、リュカを「ユア」と呼ぶようにもなった。ヴァンとピートは次に名前を呼んでもらえるのはどちらかと張り合い、内心ドキドキハラハラしているようだ。

「食事をお持ちしました……って、全然進んでいないじゃないか！」

トレーを持って戻ってきたヴァンが、さっきと変わっていないどころか書類が増えた机の上を見て嘆く。リュカは彼のお説教が始まる前に、ルーチェを抱いたままテーブルへさっさと移動した。

「腹が減っては戦ができぬって言うじゃない。まずはお腹を満たしてから頑張るよ」

「腹が減っては……？　なんだ、それは？」

初めて耳にする日本のことわざにヴァンは怪訝《けげん》な顔をしながらも、トレーをリュカの前に置く。

リュカはクロッシュを開け皿の料理を見ると「おいしそう〜！」と頬を染めた。

ランチは手早く食べられるサンドイッチで、リュカの大好きな肉のローストが甘辛いソースと一緒にたっぷり挟んである。やっぱりヴァンは俺をよくわかってくれてるなあとニコニコしながら、リュカはサンドイッチにかぶりついた。

「うーん、最高〜」

小さな口でおいしそうに頬張るリュカを、ヴァンもピートも目を細めて見つめる。膝に乗せられたルーチェはお皿に手を伸ばし、付け合わせのローストポテトをちゃっかりいただいていた。

朝から激務に追われていたリュカは、刹那《せつな》の休憩時間を満喫する。サンドイッチをペロリと食べ終え、食後の紅茶を味わう。冷たくひやされた紅茶が喉に心地よい。

窓の外に目を向ければ、青く濃い快晴の空に大きな入道雲が浮かんでいた。

季節は夏。四大公爵家の大陸統治が終わり、いにしえの神の名を冠した『ウルデウス王国』が建国され、三ケ月が経っていた。


リュカはウルデウスとの約束通り、世界をかつての正しい姿へと戻した。それは神でありただひとりの王が治める世界。

リュカは森羅万象《しんらばんしょう》の力を使い、世界の本当の成り立ちと、シュンシュたちがしてきた悪行を全獣人に説いた。そしてこれからはウルデウスの力を引き継いだ自分がすべての獣人の頂点に……トップオブビーストになると宣言した。

獣人たちは当然戸惑い、中には強い反発を見せる者もあった。しかし、そんなことは覚悟の上である。リュカはさらに続けた。

『突然こんな話をして、受け入れられない者も多いと思う。けど必ず、すべての獣人が今より幸せに暮らせる世界にしてみせるから。ウルデウス様を、俺を、新たな王を受け入れてほしい』

民の信頼を得るため、リュカが王として奮闘する日々が幕を開けた。

大陸全体はリュカが統治するものの、その下には四大公爵家を存続させた。もちろん当主らは一新し、新しい当主は各領地からリュカが信頼できる者を直々に選出した。

忌まわしい記憶が甦《よみがえ》る家名も変えたかったが、領民からすれば馴染み深いナショナルアイデンティティでもあるので、ガルトマン領、ヴェリシェレン領、ワレンガ領の名はそのまま残すことにした。

基本的に各領地の統治は当主らに任せる。ただし、厳しい格差については撤廃させた。これはすべての民は平等と唱え続けたウルデウスの意思を汲むものである。

本来なら貴族や庶民といった身分差もなくすべきだが、世界に浸透し社会を構築している仕組みをいきなり変えるのは難しい。時間をかけて取り組むべき課題だろう。

世界が王国になったとて、人々の暮らしに激的な変化はない。四つの公爵家は当主を代えて存続し、民は変わらず暮らしていくのだから。

ただし信仰は大きく変わった。今までの伝説は覆《くつがえ》され、世界は正しくウルデウスを崇めるようになった。虚空の神殿は正しい神を祀ったことで改めて聖地とされ、ウルデウスの力を継いだリュ力もまた敬われる存在となった。

だからといってリュカ自身は変わらない。相変わらず民が好きで、身分差を気にせず誰とでも接してはヴァンに叱られ、頑張り屋だけどピートに連れられて時々サボり、少々ビビりで不測の事態にはテンパったりもする。幼い見た目を気にし、もっとカッコよくなりたいな、と夢をみたりする。そしてヴァンとピートを心から愛し、ルーチェを溺愛する父親だ。

王になっても神の力を手に入れても、リュカは何ひとつ変わらない。

外見もそうだ。ウルデウスの力を引き継ぐと同時に天狐《てんこ》の姿になったリュカだったが、自分の意志で普通の姿に戻れることを発見した。天狐《てんこ》の姿は神々しいが、尻尾《しっぽ》が四つあるのは日常生活に向かない。座りにくいし着替えも大変である。神事などで民の前に出るときは天狐《てんこ》の姿になり、普段は普通のフェネックキツネ獣人の姿で暮らすことにした。

そしてリュカは王でありながら、レイナルド公爵家当主も兼任している。領地はサーサに任せたかったのだが、立て続けに当主代理役を担った彼女はすっかり白髪《しらが》が増えてしまった。リュカはこれ以上サーサに重責を負わせるのを気の毒に思い、当主を兼任することにしたのだった。

わかっていたこととはいえ、王と当主の兼任は忙しい。自領の監督だけでなく、これからは大陸すべてに目を配らなければならないのだ。ましてや今は王国を建国したばかりで、手探りな部分も多い。リュカは連日の激務に目を回している。

けれど、リュカには助けてくれる多くの仲間がいる。ヴァンもピートも、騎士団たちも、従者も、親類も、領民たちも。

善き領主であるリュカは大勢の民に慕われている。彼らの手を借りて、今度は善き王になる番だ。

反発の強かった他領……特にガルトマン領の民たちも、リュカの神聖な力や懸命に民に尽くそうとする姿を見て、少しずつ変わってきている。きっと世界はゆっくりと、けれど確実に王を受け入れていくだろう。

リュカを王とした新生ウルデウス王国は、まだ始まったばかり――


「――だからこんなに臭くなっちゃったんだ……」

デモリエルは膝の上に座らせたリュカに頬擦りしながらも、眉間に皺を寄せる。リュカにスリスリしたい気持ちと、嫌いな魔力を嗅ぎ続けなければならない気持ちとで葛藤し、不満そうに文句を垂れ流した。

「僕が知ってたらワシだのヘビだのライオンだのなんて、一瞬で消してあげたのに。そしたらリュカはこんな臭い魔力もらってこなくて済んだのに」

リュカはゲヘナへのゲートを開き直し、久々にデモリエルのところへ遊びにきていた。既存のゲートはやはりシュンシュが封じていたようで、地下深くにいたデモリエルは今回の事件に全く気づいていなかったらしい。

再会したデモリエルはリュカにひと目会うなり、強大な力を有していることに気づいた。そしてことの顛末《てんまつ》を聞いて、自分が助けてあげられなかったことや、リュカが臭い魔力を増やしてしまったことを心から悲しんだのであった。

「でもウルデウス様のことが知れたから、結果的にはよかったよ。世界を創った神様の無念を晴らせたなら――」

話し続けていたリュカは、彼が少し真剣な表情でスンスンと鼻を動かしていることに気づいた。そしてデモリエルはリュカの顎《あご》を手で掴み、自分のほうに振り向かせて言う。

「リュカ、一度死んだでしょ」

リュカはドキリとして目を見開いた。特に秘《かく》すことではないが、心配をかけたくないので黙っていた。まさか見抜かれるとは思わず、息を呑む。

「前と命の感じが違う。臭い魔力を混ぜて作り直してある。……それに変な欠け方してる。ものすごく強い命だけど、誰かに分け与えたせいで不完全になっちゃってる」

「……やっぱデモリエルはすごいね。全部わかっちゃうんだ」

魔力に敏感なデモリエルには、どうやらウルデウスからもらった新しい命までわかってしまうようだ。リュカは自分の胸にそっと手をあてる。

「神様の悠久の命をもらったんだ。でもヴァンとピートに分け与えたから、もう悠久じゃなくなっちゃったみたい。普通の……多分ちょっと長生きな命だよ」

デモリエルは眉を顰《ひそ》める。そしてフンと鼻を鳴らしてから、低い声で言った。

「そんなことはどうでもいいよ。リュカを殺したの、誰。ワシ？　ヘビ？　ライオン？　僕に殺し返させて」

デモリエルの中で血がマグマのように滾《たぎ》っていくのを感じる。静かに殺意を漲《みなぎ》らせるデモリエルの腕を、リュカは慌てて掴んだ。

「だ、駄目だよ！　あの三人はどちらにしろもう長くないというか……。大怪我をした身で一生地下牢から出られないんだ。デモリエルが手を下さなくても……死ぬより苦しい思いをしてるよ」

デモリエルは赤い目をギラつかせたが、リュカが宥《なだ》めるとやがて落ち着きを取り戻した。そして再び渋い顔をすると、リュカをギュッと抱きしめる。

「リュカが殺されたら、僕はこの世界を滅ぼすよ」

切なさの滲《にじ》む声色は、デモリエルが心からリュカを好きで大切に思っている証拠だ。少々……かなり過激な発言ではあるが、彼なりの愛情なのだと感じる。

「心配かけちゃってごめんね。でももう大丈夫だよ、俺もうんと強くなったから。簡単に死んだりしない」

「……もう勝手に死なないで」

グリグリと頭をこすりつけてくるデモリエルの想いに、リュカは胸が締めつけられる。

振り返ってみれば、彼は最初から助言してくれていた。もし彼が虚空の神殿や魔力のことを話さなかったら、リュカは危機を乗り超えられず生きていなかったかもしれない。

「ありがとう、デモリエル」

そう言うとリュカはデモリエルの腕からピョコンと抜け出し、床に立ってお尻を向けた。そして「大サービス」とウインクすると、その姿を天狐《てんこ》に変える。

「も……モフモフがマシマシに!?」

四つに増えたリュカの尻尾《しっぽ》に、デモリエルは目を輝かせる。大嫌いな臭いの充満する姿ではあるが、モフモフ四倍増の魅力には勝てなかった。歓喜に震える手で尻尾《しっぽ》を鷲掴《わしづか》み、ふわっふわの尻尾《しっぽ》の束に顔をうずめる。

「はわわわわわわわ……さ……最っ高…………」

魔王は恍惚《こうこつ》の表情を浮かべる。以前〝神籬《ひもろぎ》〟で触ったときには喜びを感じなかったが、今回は正真正銘リュカがサービスしてくれた尻尾《しっぽ》だ。その嬉しさと有難さが身に沁みる。

こうして久々の逢瀬《おうせ》でリュカと魔王は、ふわふわでモフモフで幸せいっぱいの温かい時間を過ごしたのだった。

数日後。リュカは忙しい公務の間を縫って、ヴァンとピートと共に虚空の神殿へやってきていた。

虚空の神殿の調査と発掘は、引き続き進めている。まごうことなき神が暮らした聖域だ、いつかは復元できたらとリュカは思う。

リュカは祭壇に花を手向《たむ》けると、ヴァンとピートと一緒に祈りを捧げた。それは神を敬う祈り、そしてウルウデスへの鎮魂の祈り。

礼拝が済むと、リュカは神殿を出てから話し始めた。

「……〝供〟に裏切られたウルデウス様はもう立ち直れないくらい心がボロボロになって、二度と民を愛せないと思ったんだって。けど、ふたりの従者がずっとずっと寄り添って、ウルデウス様を支え続けたんだ」

神殿を囲む草原に風が吹き抜ける。野の花が揺れ、風が花びらを攫《さら》って空へと舞い上げた。

「ウルデウス様はおっしゃられたよ。『つらいこともあったけれど、私は幸せな最期を迎えられた』って。ふたりの従者が、王でも神でもなくなったウルデウス様に愛を教えたんだ」

晴れ晴れとした顔で空を見上げ、リュカはふたりを振り返る。

「それが、レイナルド家当主がふたりの側近騎士を持つようになった始まりだよ」

ヴァンとピートは微《かす》かに目を見開き、それから揃って口角を上げた。

「……光栄だな。我々は崇高な愛の従者の遺志を継ぎし者というわけか」

「そんな話聞かされたら、意地でも側近騎士になった自分を褒めてやりたくなるぜ」

リュカはふたりと顔を見合わせ、クスクスと笑う。そして小さな体で腕を思いきり広げると、ふたりをまとめて抱きしめた。

「愛してるよ。俺たちは命を分け合ったんだ。絶対に離さない……離れない」

ヴァンとピートも、リュカの体を抱きしめ返す。

リュカの中に宿る神聖な魔力が、今日はいつもより温かい気がした。

第十章　平和と予兆と恋しい執着

朝晩は随分と涼しくなってきた、ある秋の午後。

「むーすーんーで、ひーらーいーて、手をー打ってーむーすんで♪」

「うーしゅんでー♪」

リュカは執務室のソファーに座り、ルーチェと遊んでいた。

手遊び歌は脳の発達にいい影響を与えると学者が言っていた。リュカはルーチェと向かい合い、歌いながら手を握ったり開いたりする。それを懸命に真似するルーチェが可愛くて、目尻が下がる。

しかし、その光景を見てもっと目尻を下げている者がいた。

「……ッ、かわ……っ」

今日の分の嘆願書を届けにきたヴァンは、可愛すぎる存在がふたりで手遊び歌をしている光景に胸を撃ち抜かれ、ひそかに悶絶《もんぜつ》している。

深呼吸をして冷静さを取り戻すと、ヴァンは何事もなかったかのように部屋に進み入りリュカに声をかけた。

「リュカ様、本日の嘆願書をお持ちしました。お目通しください」

「はーい」

リュカは手遊び歌をもう一曲歌い終えると、ルーチェを抱っこして執務机へやってきた。

国王兼当主の毎日は相変わらず多忙だ。しかし、だからといって育児を疎かにしたくない。リュカは公務の間の僅かな隙間時間を見つけては、ルーチェと遊ぶようにしている。

「えーっと、今日の嘆願書は五件か。税金関係が二件、開発の権利関係が一件、福祉関係が一件……これは早急《さっきゅう》に対応が必要だな。それから……あれ？　これってこないだ解決したんじゃ」

片手にルーチェを抱きながら書類をめくっていたリュカは、最後の一枚に目をとめる。ヴァンは頷《うなず》いて、思案するように顎《あご》に手をあてた。

「先週と同じ北の山地から地鳴りの件です。規模は小さくなっていますが、未だに一部地域で続いているようですね」

レイナルド領の最北にある山間部の村から、地鳴りが続くので調査してほしいと嘆願されたのは先週のことだった。リュカが調査したところ近くの火山が噴火の予兆を見せていたので、森羅万《しんらばん》象《しょう》の力を使って抑えたばかりだ。それで無事に解決したはずだったのにまだ地鳴りが続いているとのことで、リュカは首を捻《ひね》る。

「ええと、北の山地は、と……」

ルーチェをヴァンに預けると、リュカは部屋に設置してあるモニターの如く巨大な水晶に向かって魔力を籠《こ》めた。水晶はまるで衛星撮影のように空から大陸を映し出し、目的の北部へズームインしていく。

これはかつてウルデウスが使っていた手法だ。森羅万象《しんらばんしょう》の力があれば、世界を水晶に映し俯瞰《ふかん》で見ることができる。ウルデウスは水晶を通して雨を降らせたり風を起こしたりしていたが、今のリュカにそれはまだできない。力が足りないのではなく、操作の問題だ。大きな力を細かく使いこなすには、もっと練習が必要らしい。

「あった。……うーん、やっぱり火山は完全に静まってるなあ。他に活動期に入ってる火山はこの辺りにないし。何が原因なんだろう？」

映像を近づけたり遠ざけたりしてみても原因がわからない。リュカは何度も小首を傾《かし》げたあと水晶の魔力を切ると、ヴァンを振り返って言った。

「仕方ない。現地に直接行ってみよう」

北の山地にはワープゲートと馬車を使い五日ほどかかる。リュカは黄金麦穂団と白銀魔女団を連れて、馬車で北の山地までやってきた。

飛翔の魔法を使えば大陸中どこへでも一瞬で着くのだが、実は先週リュカはそれで大失敗してしまったのだ。

北の山地まで飛翔魔法で単身飛んでいったリュカだったが、目的地点から大きく離れた場所へ着地してしまった。理由は簡単、上空からでは遠いうえ飛翔速度が速すぎて目が追いつかなかったからだ。

ピートを迎えにいったときは彼の気配を求めて飛んだのでぴったりに着地できたが、場所を頼りに着陸するには目視しかない。あいにく猛禽類ではないリュカにそれは難しかった。

しかも誤って山中に着陸したリュカは野生のクマに追われ、崖から転がり、サルにたかられ、散々な目に遭ったのだ。なんとか目的地に辿《たど》り着いたときはボロボロで、顛末《てんまつ》を知ったヴァンからは『信じられない』と嘆かれ、ピートからは爆笑される始末である。

そんな理由から、動体視力を鍛えるまで飛翔の魔法は否応なしに封印となった。ヴァンとピートの気配なら寸分違わず追えそうだが、あまりに限定的である。今のところ実用には足りず、リュカの移動は以前と変わらず馬車である。

そうして馬車に揺られること五日間。問題の山地までやってきたリュカ一行は、さっそく現地の調査を始めた。すると、西側を調べていたピートが鼻をスンスンさせながら、リュカのもとへ来て言った。

「……なんかさっきから変な臭いがしねーか？」

「変な臭い？」

動物の死骸でもあるのだろうかとリュカが辺りを嗅いだとき、同じく西側を調べていた白銀魔女団の団員たちがざわざわとし始めた。

「何があった」

尋ねたピートに、ロイが焦った様子で駆け寄ってくる。

「リュカ様！　ピート団長！　なんか地面がめちゃくちゃあったかいっス！　地面の下にマグマでも流れてるんじゃ……」

その言葉に団員たちがギョッと顔をひきつらせた。まさか活動を抑えたはずの火山が、浅い地中でマグマを滾《たぎ》らせているのだろうか。

危険かもしれないと思ったリュカは、団員たちを山から退避させようとする。そのとき。

「うわーーーっ!!」

西側から団員の悲鳴が響いた。

「どうした!?」

ピートは慌てて声のしたほうへ駆けていく。リュカとロイもすぐにそのあとを追う。地中からマグマが噴き出したのだろうかとリュカはハラハラし、手に錫杖《しゃくじょう》を握りしめた。……しかし、駆けつけた場所で目にしたのは思ってもいない光景だった。

なんと、岩の亀裂から勢いよく噴き出しているのは、マグマではなく熱水ではないか。辺りには湯気が立ち込め、硫黄の匂いが漂っている。

「……もしかして、温泉?」

リュカはポカンとして噴水のように飛び出している熱水を見つめた。初めて見たが、おそらく間欠泉というものだろう。近くの岩の隙間からも次々に湯が噴き上がり、辺りはあっという間に水浸しになってしまった。湯は熱く、団員たちは「アチチ」と言いながらその場を離れる。

「地鳴りの正体はこれかあ」

リュカはホッと胸を撫《な》で下ろした。原因が判明したことも、マグマなどの危険がないことにも安《あん》堵《ど》する。

「地下の空洞に溜まっていた地下水が、先日の火山のマグマで温められて噴き出したんだ。地脈を読んでみたけど、地下水は多くなかった。多分明日には止まるよ」

さっそく山間部の住人に説明すると彼らは安心し、リュカたちに感謝して心尽くしでもてなしてくれた。

ワープゲートを使ったとはいえ五日ほど野営をしてここまで旅してきたのだ。リュカも団員もありがたく厚意を受け、その晩は全員が温かい寝床で眠れた。


翌日。

「うわー、すごーい！」

間欠泉の様子を見にいったリュカは、目を大きく開いて声をあげた。

熱水の噴き上げはすっかり止まり、間欠泉を囲う岩場には小さな泉ができていた。ほどよい温度に冷め、ホカホカと湯気をたてるそれは、まさに露天温泉そのものだ。

リュカは目を輝かせる。前世では体が弱く旅行ができなかった琉夏は、日本に生まれながら一度も温泉に入ることができなかった。まさかこんな形でチャンスが訪れるなんて思ってもいなかった。これはもう絶対に入るしかない。

「湯加減もちょうどいいし、岩場だから泥も混じってなくて綺麗だ。ねえ、みんなで入ろうよ！」

リュカのその発言に、団員たちがザワッとどよめいた。

温泉を知らない者たちは不思議そうな表情を浮かべ、一方で知っている者の多くは顔を輝かせた。

レイナルド領に温泉文化はないが、活火山の多いヴェリシェレン領の一部には温泉があるので知識だけある者も多い。野外に天然で沸いた湯に入るというなんとも面白そうな体験に、彼らは胸を弾ませた。しかし中には衛生面の不安や野外での入浴に抵抗があって、困惑している者もいる。

そして密かに赤面しているのは、温泉を知っているうえでリュカが『みんなで入ろう』と言い出したことに、うっかりドキドキしてしまった不埒《ふらち》な者たちだ。

リュカの恋人である両団長も一瞬不埒《ふらち》な考えが浮かんだが、すぐさま表情を厳しく引きしめた。

「駄目です」

「駄目だ」

にべもなくヴァンとピートから却下されて、リュカは不満を顔に出す。

「どうして？　温泉は体にいいんだよ。みんな山越えの旅をして疲れてるだろうし、体を休めていこうよ。衛生面が気になるなら俺が魔法でお湯を浄化するから」

「ならば団員には許可しましょう。だがリュカ様は駄目です。王たるお方が野外で全裸になるなどあり得ない。立場をお考えください」

「えぇっ！　俺だけハブるの？　目の前にホカホカの温泉が広がってるのに？　みんなが楽しそうに入ってるのを俺は見てるだけ？　そんなの酷くない？」

「リュカ様にゃわりーけど、今回ばかりは俺もヴァンに同意だ。どーしてもっつーなら時間をずらしてひとりで入れ。見張りはしててやるから」

「ピートまで⁉　ひとりで入ったって面白くないよぉ。大きいお風呂でみんなで裸の付き合いをするから楽しいんじゃん」

頑として譲らないヴァンとピートに、リュカは涙目になってくる。前世で修学旅行にも行ったことがない琉夏は、大浴場での裸の付き合いも憧れだ。目の前にいくつもの夢がかなうチャンスが広がっているのに、あきらめるなどできない。

すると、目を潤ませて駄々を捏《こ》ねるリュカの前に思わぬ援軍が現れた。

「ケチだなあ、ピート団長。ちょっとくらいいいと思うけど。リュカ様だけハブなんて可哀相じゃん」

三人のやりとりを見ていたロイが口を挟むと、ピートは不愉快そうに睨みつけて「てめーは黙ってろ」と一喝する。しかし、さらなる援軍が登場した。

「……僕も、リュカ様だけ仲間はずれにするのはお気の毒だと思います。一族は結束が大事だと兄上もよくおっしゃっているじゃないですか。リュカ様とは血の繋がりはなくとも、我ら団員の頂点に立たれるお方なのだから一族も同然でしょう？　これはリュカ様と団員の結束を深めるよい機会だと思います」

堅物な弟のまさかの参戦に、ヴァンは目を剥《む》いて驚く。ベッセルはある意味ヴァンより融通《ゆうずう》の利かない性格のはずなのに、あまりにも意外な持論だった。

「ベッセル、お前何を言って……」

説教をしかけたヴァンが、ふと口を噤《つぐ》む。そして弟がチラチラとリュカに送る視線に気づくと、ほの暗い目をして言った。

「……ベッセル。貴様まさか、不埒《ふらち》なことを考えてるんじゃなかろうな」

兄の低く殺気立った声に、ベッセルは驚きすぎて肩が跳ねる。

「なっなんてことを言うんですか、兄上は！　僕はただ……こんなに入りたがってるのに許してもらえないリュカ様が可哀相で……」

数ヶ月前にガルトマン領に行ってから、どうもベッセルはリュカ贔屓《びいき》になったようだ。以前から忠誠心は高かったが、最近はそれだけでなく何かと肩を持ちたがる。兄とは別の角度で過保護だ。

「これはリュカ様の側近騎士としての判断だ、ベッセルは口を挟むんじゃない！」

「横暴です、兄上！　リュカ様のご意思も尊重すべきです！」

「ロイもしゃしゃり出てきて勝手言ってんじゃねえぞ。外野はすっこんでろ」

「ピート団長、心せっまぁ。そんなんじゃリュカ様に愛想つかされますよ～」

四人がギャアギャアと吠え合うのを、リュカはおろおろとしながら見ていた。気持ち的にはロイとベッセルの援軍はありがたいが、喧嘩になってしまっては困る。すると。

「あの～。折衷案、っていうのはいかがでしょう？」

四人の喧嘩を見かねた他の団員が、おずおずと声をかけてきた。その手には、畳まれた厚手の布が載っていた。

みんなと一緒に温泉に入りたいリュカと、人前で裸になることを許さないヴァンとピートの争いは、湯あみ着という賢人の道具で解決に至った。

「ふわぁあ～気持ちいい～」

前世今世合わせて初めての温泉体験に、リュカは魂が抜けそうな愉悦の声をあげる。

北の山間部はレイナルド邸のある首都よりも平均気温が低い。紅葉に染まった山並み、秋特有の高い空、仄《ほの》かに冬の香りがするひんやりとした外気。まさに温泉にうってつけの景色と気候だ。

リュカは心から露天温泉のよさを堪能し、顔を輝かせる。けれど何より嬉しいのは。

「リュカ様、気持ちいいっスね～！　俺も温泉初めてだけど超サイコー！」

「湧き水に直接入るなんて少し抵抗があったけど……これは素晴らしいですね。勉強になりました」

「うんうん、だよね～」

初めて体験する仲間との裸の付き合いに、リュカは顔が綻《ほころ》びっぱなしだ。

大浴場の文化というのが古今東西《ここんとうざい》で育まれてきた理由がわかる気がする。裸になることで、身分や立場といった煩わしいものまで脱ぎ捨てた気分になるのかもしれない。団員たちも普段より気さくで距離がずっと近い気がした。

温泉に興味津々な者や、おっかなびっくりな者も含めて、団員のほとんどが温泉に浸かった。潔癖ゆえにどうしても湯に浸かりたくない者もいたが、無理強いはしない。ちなみにヴァンもそのひとりである。

山中に湧き出た広い温泉に、筋骨隆々《きんこつりゅうりゅう》の騎士たちがすっぽんぽんで集っているのはなかなか圧巻な光景だった。湯気に霞むその情景を、リュカは顎《あご》まで湯に浸かりながら眺める。

（さすが騎士団、みんなすごい筋肉だなあ。俺だけ貧弱でちょっと恥ずかしいけど……まあ、人に

は向き不向きがあるし）

　全裸厳禁のリュカ以外は皆全裸だ。ぶっとい二の腕や太もも、割れまくった腹筋と腹斜筋、パンパンに張った胸筋。老いも若きも鋼の筋肉を纏《まと》い、まるで筋肉の展覧会だ。

　……しかし、優勝は圧倒的に彼だな、とリュカは隣にいる人物を横目で窺う。

「おい、てめーら近いぞ、もうちょっとリュカ様から離れろ」

　潔癖なヴァンとは違い温泉に浸かったピートは、ずっとリュカに張りついている。団員が半径五十センチ以内に寄ってこようものなら、容赦なく威嚇した。少々やりすぎな気もするが、それでもリュカはピートと温泉に入れたことが嬉しい。

　ニコニコとしているリュカに気づき、ピートは「ご機嫌だな」と眉尻を下げて微笑む。

「ピートの裸は見慣れてるのに、なんかこうやって温泉に入ってると新鮮な感じがするよ。カッコいいね、ピートの体」

　リュカが潜《ひそ》めた声で告げると、彼は頬を赤くして珍しくうろたえた。

「ばっ……！　いきなり煽《あお》るんじゃねえよ！　勃っちまうだろうが」

「ちょっ、駄目だよこんなとこで勃たせちゃ！」

　ふたりはコソコソと顔を赤らめる。照れ笑いをするリュカに、ピートは視線を逸《そ》らして空を仰ぐと、まいったように溜息を吐いた。

「ったく、入るならふたりっきりで入りたいぜ。そうすりゃ遠慮なくヤれんのに」

「ピートはエッチだなあ。せっかくの温泉なんだからもっとお湯を堪能しなよ」

「あんたが真っ裸で隣にいるのに、そんな余裕あるかよ」

「裸じゃないよ。湯あみ着着てるじゃん」

「んなもん意味ねーよ」

リュカの着ている湯あみ着は即席で作ったものだ。厚手の生地を長い筒状にしただけで、体を布でくるんでいるのと大差ない。露出しているのは胸より上、腕と鎖骨ぐらいなものである。普段きっちり法衣《ほうい》を着込んでいることを考えれば腕が出ているのは珍しいが、それでも欲情するような露出だとは思えなかった。

「それよりさ、見て見て。ほら、クラゲ」

ピートの気を逸《そ》らそうと、リュカは濡れたタオルで空気を閉じ込めクラゲを作って遊ぶ。ピートは「なんだそりゃ」と苦笑しながらも、隙なく周囲を警戒した。

呑気なリュカはわかっていないが、華奢《きゃしゃ》な肩や腕の露出は劣情を煽《あお》るのに十分だった。おまけに火照った白い肌は艶《つや》っぽく桜色に染まり、うなじは汗に濡れている。ピート以外にも数人の団員がいけない情欲を抱いてしまっていることは明らかである。リュカをチラチラと見ていた団員たちは、隣にいるピートの眼光に跳ね返されて目を逸《そ》らすしかなかった。

そんなことは露知らず、リュカは他の団員たちと誰が一番大きなクラゲを作れるか夢中になっていた。

存分に温泉を満喫したリュカは、ホコホコに温まった顔をご機嫌に綻《ほころ》ばせていた。

「ヴァンも入ればよかったのに。滅茶苦茶気持ちよかったよ」

団員が山で採った果物を搾って作ってくれたジュースを飲みながら、リュカは馬車の前で待機していたヴァンに話しかける。

「よくあのようなものに入れますね……。水たまりと何が違うのか私にはわかりません」

仏頂面《ぶっちょうづら》のヴァンはツンケンとした態度で答えた。湯あみ着を着たとはいえリュカが反対を押し切って入浴したのが、彼は余程腹立たしいようだ。それでも過保護な心は変わることなく、ヴァンは馬車からタオルを取ってきてリュカの頭をワシャワシャと拭く。

「ほら、まだ髪が濡れているじゃないですか。山は空気が冷たいんだから風邪をひきますよ」

屋敷にいるときは、リュカの入浴時の髪や尻尾《しっぽ》の手入れは従者や理髪師・理尾師がする。旅中は自分でしなければならないのだけれど、昔から大抵はヴァンが世話を焼いてくれる。

「温泉に入るのも川で水浴びするのも、別に変わらないと思うけど」

おとなしく頭を拭かれ髪を櫛で梳かれながら、リュカが反論する。ヴァンは慣れた様子でテキパキと髪を整えると、今度はリュカの尻尾《しっぽ》を丁寧に拭き出した。

「それとこれとは別です。そもそも川は水を使うだけで全裸で浸かったりはしないでしょう」

「それはそうだけど」

「まったく、屋外で全裸になるなど野蛮な」

ぶつぶつと文句を言いながらヴァンがリュカの尻尾《しっぽ》を整えていると、村の住民の男がこちらへ向かってくるのが見えた。昨晩もてなしてくれた者のひとりだ。

「リュカ様。大変恐縮ですが、もう一度我々をお救いください……」

リュカに向かって深々と頭を下げた男は、酷く疲れた顔をしていた。何があったかわからないが、リュカはためらわず頷《うなず》く。民を救うのは王の役目だ。ましてや彼には昨日もてなしてもらった恩がある。救ってあげたいという気持ちが湧いた。

「大丈夫、俺に任せて」

リュカが男の肩を掴んで励ますと、彼は安心したように顔を明るくした。そして「お願いします！」とリュカの腕を引き、村へ駆けていく。ヴァンはそれを少し複雑そうなまなざしで見つめ、帰り支度をしていた他の団員たちに待機命令を出した。


——男の頼みは非常に難解、かつ庶民的であった。

「くたばっちまえ、この業突《ごうつ》く張《ば》りジジイ！」

「なんだと、この欲の皮の突っ張ったババアめ！」

リュカは問題の現場へ連れられてこられ、呆然と立ち尽くす。ハラハラとした顔の村人が集まって見つめている先は、一件の家屋だ。そこからはなんとも下品な罵り合いが響き、物を投げ合っているような破壊音まで聞こえる。

「……何？」

リュカがポカンとしながら村人の男に聞くと、彼はほとほと困り果てた様子で説明した。

「村長夫婦が朝食のパンの数を巡って喧嘩を始めちゃいまして……。こうなるともう我々では止められないんです。リュカ様、どうかふたりを宥《なだ》めていただけませんか？」

「……いや、ほっとけばそのうち仲直りするんじゃないの？」

「今までの傾向から言って、おとなしく仲直りするのは半々です。村長さんが嫁さんに追い出されて山に籠《こ》もっちゃうと厄介なんですよ、村の仕事が進まなくなっちゃって。ただでさえ火山騒ぎで村の冬支度が遅れてるのに。リュカ様、どうか我々を助けると思ってふたりの喧嘩を止めてくれませんか？」

「えぇ～……」

あまりにも想像外の頼みごとに、リュカは顔をしかめざるを得なかった。いったいどこの世界に夫婦喧嘩の仲裁を頼まれる王がいようか。あとからやってきたヴァンとピートも、とことん呆れた顔をしている。

「馬鹿げている、リュカ様をなんだと思っているんだ。時間の無駄です。リュカ様、もう発《た》ちましょう」

「そーそー。夫婦喧嘩なんか他人がいっちょ噛みするもんじゃねーぜ。帰ろーぜ、仕事溜まってんだろ」

リュカは頭を悩ませる。確かにふたりの言う通り、こんなことに構っている余裕はない。リュカはただでさえ多忙なのだ。しかし『こんなこと』で切り捨てていいものかというためらいも湧く。実際、村人たちは困っているのだ。困っている民を助けるのが王の役目ではないのだろうか。

「とりあえず……話せるだけ話してみるよ」

そう申し出たリュカに村人は喜び、ヴァンとピートは「はぁ？」と信じられないという表情を浮かべた。

単身でリュカが村長の家に乗り込むと、皿がフリスビーのように飛んできた。他にもコップやら花瓶やらがビュンビュン飛んでくるのを避けつつ、言い争っている村長夫婦に近づく。

「出てけ！　このスットコドッコイ！」

「お前が出てけ！　このトンチキ！」

ふたりは入ってきたリュカにも気づかないほど夢中で言い合い、手元の物を投げ合っている。村長夫婦はクズリ獣人だ。そのせいか夫婦喧嘩は非常に激しく、どちらも一歩も引かないのだという。

「あの、村長さん。奥さん。まずは落ち着いて話し合いを……」

当然リュカの声など届かない。何度声をかけても透明人間のようにスルーされるリュカは、業を煮やして大声で叫んだ。

「あの！　みんなが迷惑してるんで夫婦喧嘩もうやめて！」

村長夫婦はようやく小さなキツネが間に割って入ってきたことに気づき、一瞬キョトンとした。だが、それも刹那《せつな》。再び夫婦は睨み合いながら物を投げ始めた。

「えっ無視!?　俺、一応王様なんだけど!?」

さすがに仰天したリュカだったが、クズリ夫婦はブレない。

「たとえ王様だって、よその夫婦喧嘩に口出すもんじゃないよ！」

「王様が怖くて夫婦喧嘩やってられっかつーんだ！」

「ええええええ～～⁉」

リュカはかつてないほどの衝撃を受けた。森羅万象《しんらばんしょう》の力があったとて、ときに無力であることを早々に知ってしまった。

（う、ウルデウス様！　俺どうしたらいいんですか⁉）

……そうして六時間後。

半泣きになってリュカが説得したおかげか、はたまた単に夫婦が喧嘩に飽きたからか。事態は収束した。

リュカはある意味、魔王や公爵家を相手にしたときよりも疲れ果て、ラブラブになった村長夫婦に見送られて家から出てきた。とことん呆れた表情のヴァンとピートに出迎えられ、リュカは力なく笑う。

「言わんこっちゃねー。だからほっとけっつったんだよ」

「日が暮れかけている、もう今から山を下りるのは無理だな。村民が礼に宿を提供してくれるそうだ。もう一泊して明日の朝早くに発とう」

貴重な一日をまるっと無駄にしてしまった気がしないでもないが、リュカはいい人生勉強になったと思って、自分を慰めるしかなかった。

その日の夜。晩餐《ばんさん》を済ませ皆が明日の準備をしている中、リュカは宿をそっと抜け出し温泉へやってきた。

湯からはまだ湯気が立っていて、しゃがんで手を浸けてみると温かかった。

「リュカ様？」

声をかけられて振り返ると、ヴァンがこちらへ向かってくるところだった。湯から手を出し立ち上がったリュカに、ヴァンは怪訝《けげん》そうな表情を浮かべる。

「ひとりで勝手にこんなところへ来て、いったい何をしていたんですか？」

何も告げずに宿を出てきたことに、ヴァンは少し怒っているようだった。心配をかけてしまいリュカは反省する。

「ごめんね。温泉がちゃんと止まったか気になって」

湯が冷めないということは、新たな熱水が足されているということだ。噴き出すほどの量ではないが、まだ地下から少量ずつ漏れ出ているようだった。

それを聞いたヴァンがリュカの隣にしゃがみ、湯に手を浸けてみる。

「まだ温かいですね。見たところ湯が極端に増えている様子はないけれど……」

「うん。地脈を読んだ感じだともう地下水が枯れると思ったんだけど、ちょっとしぶとかったみたい。自然は難しいな。森羅万象《しんらばんしょう》の力を授かっても、ウルデウス様みたいにうまくはいかないや」

リュカは再びしゃがみ込んで、手で湯を弄《もてあそ》ぶ。飛翔魔法の件といい、まだまだ精進が必要だと痛感する。リュカの隣でヴァンも湯を手で弄《もてあそ》びながら、静かに口を開いた。

「……もともと魔法とはそういうものだっただろう。初めからうまくなんていかない。それは魔法の実施訓練で何度も泣いてきたお前が一番よく知ってるんじゃないのか。あきらめず、繰り返し挑戦すればいい。……大丈夫だ、リュカならできる。私がお前を、隣で支え続ける」

側近から友人へ、ヴァンの口調が変わる。それはいつかの昔、リュカに勇気をくれた言葉とよく似ていた。

誰よりもそばにいたからこそ言える励ましが、ヴァンにはある。リュカはギュウギュウと胸が苦しくなるのを感じながら、そっとヴァンのほうを振り向いた。

淡い月の光に縁どられたヴァンの横顔は綺麗だ。琥珀《こはく》色の瞳には長い睫毛《まつげ》が影を落としている。

「……いつもありがとう、ヴァン。……大好きだよ」

囁《ささや》くような声で礼を言い、リュカは顔を寄せる。気がついてこちらを向いたヴァンと、静かに唇が重なった。

「ん……」

浅く触れ合うだけのキスだったが、唇を離そうとするとヴァンの唇が追いかけてきて深く口づけられた。微《かす》かに開かれたリュカの唇の隙間を、ヴァンの舌が強引に割って入る。

舌をねぶられ、絡められ、最後に唇を甘噛みされて、ようやくリュカは解放された。見つめ合うふたりの頬は、どちらも赤く染まっている。

「リュカ……」

もう一度キスをしようとヴァンが顔を寄せたときだった。同じようにヴァンに近づこうとしたリュカは片手を岩場につけた。しかし湯に濡れていたそこは思いのほか滑り、バランスを崩したリュカはなんと水飛沫《みずしぶき》をあげて温泉の中へ転げ落ちてしまった。

「リュカ!?」

「ぷはぁっ！」

慌てて水面から顔を出したものの、リュカ自身も何が起きたのかよくわかっていない。やがて服ごと湯に浸かってしまっている自分がおかしくなって、じわじわと笑いが込み上げてくる。

「あははは っ、お、落っこっちゃった」

「笑い事じゃないだろう、まったく！」

ヴァンは眉を吊り上げたが、やがてリュカにつられたのか、いかめしい表情を崩して笑い出した。

「は、ははは っ。お前というやつは本当に……」

ヴァンがこんなふうに屈託なく笑うのはリュカの前だけだ。その最高の特権が嬉しくて、リュカはますます笑顔になる。

「もうずぶ濡れだし、全部脱いじゃお」

リュカは濡れて重たくなった服を法衣《ほうい》からブーツから下着まで全部脱いで岩にかけておくと、目を丸くしているヴァンの手を握った。

「一緒に入ろうよ。今なら他に誰もいないし、いいでしょ？」

あまりにも愛らしい甘美な誘いに、ヴァンの中の天秤が揺れ動く。野外で服を脱ぐことも、得体のしれない湯に入ることも、ヴァンの生理的な部分に反する。しかし月の下で雫《しずく》を纏《まと》い無邪気に笑う恋人の姿は、それすらも翻《ひるがえ》した。

服を一枚脱ぐたびに、ヴァンの中で道徳観と解放感がせめぎ合う。そしてとうとう全裸になった彼は意を決して湯に足を踏み入れると、膝まである湯をザブザブと掻き分けて進みリュカを抱きしめた。

「どう？　気持ちいいでしょ」

「……お前の肌のほうが気持ちいい」

冬の香りがする冷たい風の中、抱き合う肌は温かかった。互いに腕を回して抱き合い、隙間なく肌を密着させる。ヴァンのモノはもう上を向きかけていて、身長差のあるリュカの胸下にゴリゴリとあたった。

俯くとすぐ目の前にあるそれに、リュカは顔を近づけて口づけようとした。すると、驚きに目を見開いたヴァンが弾かれたように体を離す。

「なっ、何をしてるんだ!?」

「え？　押しつけてくるから、舐めてほしいのかと思って」

「そんなわけあるか！　あの恥知らずじゃあるまいし！」

ヴァンと肌を重ねるようになって一年半以上が経つが、彼はリュカに口淫させたことがない。ピートは早々にリュカに口でするこ とを教えたが、ヴァンは主《あるじ》でもあるリュカに己の欲望を咥えさせるなど言語道断《ごんごどうだん》という考えらしいのだ。

(散々抱いたり、ちんちん擦り合ったりしたのに、口だけは駄目ってよくわかんないこだわりだよな……)

リュカは密かにそう思うが、口には出さない。出せば主従について滾々《こんこん》とお説教が始まってしまいそうな気がする。しかし。

「そもそも王ともあろう身分で気軽にそういうことをするな。お前は娼夫じゃないんだぞ、自分の立場を考えろ」

結局始まってしまったお説教に、リュカは苦い顔をする。ムードが台無しだ。

「もー、わかりましたー。じゃあエライ王サマの俺はエッチなんかしないでおとなしく戻りますー」

「は？　待て！」

拗ねて湯から出ようとしたリュカを、ヴァンが慌てて後ろから抱きしめる。リュカはおとなしく彼の腕の中に納まった。

「性交自体が駄目だとは言ってないだろうが。私はお前に傅《かしず》かせるような真似をさせたくないだけだ。……私が奉仕するぶんには問題ない」

そう言ってヴァンは後ろからリュカのうなじに口づける。ビクビクと震える体を抱きしめて押さえ、雫《しずく》の伝う細い首に舌を這わせた。

「ん、んっ……」

首筋を吸ったり甘噛みしたりしながら、ヴァンの手がリュカの胸と臍《へそ》をまさぐる。乳首を指の腹でくすぐられ、臍《へそ》にグリグリと指を入れられ、リュカの下半身が疼き出す。

「は、……っ、あ、あ……」

ヴァンの唇が、だんだんと下りていく。首から肩へ、肩甲骨にも口づけてから背骨を舌でなぞる。

リュカはゾクゾクと体を戦慄《わなな》かせ、熱い息を絶え間なく零した。

そして彼の愛撫はついに尻尾《しっぽ》まで辿《たど》り着いた。敏感な尾の根を唇で食《は》まれて、リュカはひときわ高い嬌声をあげる。

「ひッ！　ぁあっ、そこ、駄目ッ！」

尻尾《しっぽ》の刺激が腰骨を伝わってジンジンと全身を痺れさせる。臍《へそ》や股間などの敏感な部分にも刺激が波及し、リュカの陰茎がピクンと勃ちあがった。

ヴァンは尻尾《しっぽ》から口を離すとリュカの脚を軽く開かせ、今度は尻の谷間に顔をうずめた。薄桃色の小さな窄《すぼ》まりに舌を伸ばし、ゆっくりと丁寧にそこをほぐしていく。

リュカには口淫を禁じるが、ヴァン自身はリュカの全身をくまなく愛撫するのが好きだ。陰茎を舐めることもあるが、彼は特にリュカの尻をよく愛撫する。受け入れてもらいたいという願望の表れなのだろうか。

「う……ん、んぁ、あぁっ……ん」

甘い愉悦が込み上げ、リュカは息を乱した。いつまで経ってもお尻の穴を舐められるのは恥ずかしいし、舐められて気持ちよくなる自分も恥ずかしい。けれどその羞恥がますます気持ちを昂らせ、体を敏感にしてしまう。

「あぁー……っ」

ヴァンは孔《あな》を舐めるだけでなく、舌をそこへ差し込む。ヌルヌルとした感触が中へ侵入してきた刺激に、リュカは背をしならせた。快感で脚が震える。もう立ったままの姿勢では苦しい。

膝が曲がってしまいくずおれそうになった体を、ヴァンが咄嗟《とっさ》に抱き支えた。

「も、だめ……。脚に力入んない……」

すっかり快感に溶けたリュカの顔を見て、ヴァンはゴクリと唾を飲み込んだ。潤んだ大きな瞳も、薄く開かれた唇も、乱れた呼吸さえも、何もかもが欲を煽《あお》ってくる。

「リュカ。ここに手を付け」

ヴァンはリュカの手を温泉の縁に掴ませると、そばに置いておいた自分の上着から軟膏の缶を取り出した。突き出した状態のリュカの尻の孔《あな》に軟膏を塗りつけ、屹立した自分のモノにもしっかり纏《まと》わせる。そして小さな白い尻を両手で鷲掴《わしづか》み、その中央にある窄《すぼ》まりにいきり立った剛直の先端をあてた。

「入れるぞ」

「うん……あっ、あぁぁーッ！」

硬く大きな異物が、直腸の道を抉《えぐ》るように開いて押し入ってくる。リュカは喉を仰《の》け反《ぞ》らせ喘《あえ》いだ。

……ところが、二、三度抽挿しただけでヴァンは腰を止めてしまった。不思議に思いリュカが振り返ると、彼は複雑そうな表情を浮かべて悩まし気に首を捻《ひね》っている。

「……どうかしたの？」

「いや、高さがどうも……」

リュカとヴァンの身長差は四十二センチもある。ベッドでするときはクッションなどを駆使して結合部の位置を調整するが、今は何もない。立ちバックで致すには、体勢にかなり無理があった。

だからといって野外の岩場では正常位も難しい。どうしたものかとリュカが考えていると、いったん雄茎を引き抜いたヴァンがリュカを向かい合わせに立たせ、太腿《もも》を抱えて抱き上げた。

「わ、わわわ」

「しっかり掴まってろ」

リュカは縋《すが》るようにヴァンの首に腕を回し、脚を彼の腰に巻きつけた。ヴァンは開脚状態になったリュカの尻の中央に、上向いた雄茎を突き立てる。

「ッ‼」

ズンと一気に深く突き入れられ、リュカは声にならない叫びをあげた。この体勢だと自重と開脚のせいで否応なしに深く刺さってしまう。

「深ぃ……っ、あぁあッ、やぁっ……！」

鋼の筋肉を持つヴァンにとって、小柄なリュカなどこれっぽっちも重くない。軽々と全身を抱き上げて立ったまま腰を揺するなど、全くの余裕であった。

「ひあッ、あ、や、ぁあっ！　これッ、奥まで届いちゃうぅっ」

涙目で喘《あえ》ぐリュカが可愛くて、ヴァンはますます激しく腰を突き上げる。苦しそうにハクハクと空気を求める口に噛みつくようなキスをして、ヴァンはリュカの中をガツガツと穿《うが》ち続けた。

「あッ、アッ、もう許して……！」

リュカは全身を震わせて射精した。それでもヴァンの動きは止まらない。うっかり彼の首にしがみついている腕から力が抜けると体がずり落ち、奥を深く突かれてしまう。イッたばかりなのに容赦なく奥を攻められて、リュカは強すぎる快感に泣きながらイヤイヤと首を横に振った。

「ヴァン、待って……っ、奥と前立腺ゴリゴリってぇ……あぁッ、く、苦しいからぁッ……！」

自制心が強い反面、一旦火がついてしまうと止められなくなるのがヴァンの困ったところだ。

「フーッ、フーッ」と獣のように息を荒らげ、目を血走らせている今の彼に、リュカの哀願は届かない。

「もっ……、ヴァンのばかぁっ、あぁーッ！」

射精の後も無慈悲に奥を突かれまくったリュカは、今度は潮を噴いてしまう。ピートに結腸を開発されて以来、リュカの体は奥を刺激されると潮を噴きやすくなってしまった。腿《もも》をガクガク震わせ、剛直の抽挿に合わせて潮を噴き出すリュカに、ヴァンはますます興奮しているようだった。

体力の限界を迎えたリュカの腕から力が抜けていくと、さすがに危ないと判断したのかヴァンは結合状態のままその場に座り込んだ。一旦休憩かとホッとしたリュカがヴァンの胸に凭《もた》れ掛かったのも束の間、彼はすぐに腰を動かし始める。

「えっ？　うそっ!?」

対面座位のまま湯の中で抽挿を始めたヴァンに、リュカは驚いて声をあげる。彼の大きな肉塊が出入りするたびに湯がお尻の中に入りそうで、リュカは焦った。

「や、やだ！　ヴァン待って、これお湯が……」

だが当然ヴァンは止まらない。ジャブジャブと湯を揺らしながら腰を動かし続ける。

「あッ、アッ、アッ」

喘《あえ》いで胸に縋《すが》りつくリュカの尻肉を開くように、ヴァンはがっしりと掴む。無意識に力の籠《こ》められている手は、きっとリュカの白い尻に赤い痕《あと》を残すだろう。

さらに尻肉を揉《も》み開きながら、ヴァンの指が結合部の縁を弄る。剛直に引き延ばされている皮膚と粘膜の境目をグニグニと指で押されると、ここで繋がっているのだと強く実感させられて新たな愉悦がせり上がってきた。

「う……だめ、それ……っ、あ、きもち……いぃ……ッ」

リュカは張りのある胸板に額を擦りつけて、呻くように喘《あえ》ぐ。ヴァンは息を乱しながらそこを執《しつ》拗《よう》に指で弄り、恍惚《こうこつ》とした表情で言った。

「……小さい。こんな小さい穴で私のものを咥え込んでるのか……」

その小さい穴に散々巨大なモノをねじり込んでおきながら、今更何を言っているのかとも思うが口に出すのも野暮である。

(小さいと思うならもうちょっと手加減して……)

リュカは密かに思ったが、リュカの小ささを改めて堪能し興奮しているヴァンにその願いは届かない。

「……お前を抱くまで、何度も想像した。どれほど美しい体なのか、どんな抱き心地なのかと。だが実際は思っていたよりずっと小さくて細くて……壊してしまいそうで怖くなるのに、壊れるほど抱かなくては気が済まない。リュカ、私はケダモノだ。誰より大切なお前を嬲《なぶ》り尽くす衝動に抗《あらが》えない」

荒い呼吸交じりに本音を吐露したヴァンは、リュカの肩口に噛みついた。オオカミの牙がプツリと皮膚に突き刺さる。

「いッ……！」

一瞬熱く燃えるような刺激のあと、ズキズキとした痛みにリュカは涙目になった。ヴァンの噛み癖はいつものことだが、今日はあまり加減できていないようだ。

牙を抜いたあとに滲《にじ》んできた血を、ヴァンが舌で舐め取る。興奮したのかリュカの中で剛直がさらに大きくなった。

尻から手を離したヴァンは、今度はリュカの脇腹を撫《な》でさする。浅く抽挿を再開しながら、手を脇腹から下腹まで滑らせていった。

「どうしてこんなに細いんだ、しっかり食べさせているのに。皮下脂肪がないせいで、腹に入ってる私の形までわかりそうだ」

肉体の構造的にさすがにそれはないはずだが、ヴァンはさぐるようにリュカの下腹を撫《な》でまわす。軽く腹を手で押されると、圧迫感で直腸に収まっている肉塊の存在を強く感じた。

「う……、そこ……」

「ここまで入ってるのか？」

「うん、いっぱいいっぱいだよ。苦しい……」

体が小さければ当然内臓も小さい。ヴァンの大きなそれはすべてうずめなくとも、リュカの直腸の奥まで届いている。

「……本当に小さいな」

呟《つぶや》いて、ヴァンはリュカの腰を掴むと抽挿を深く激しくした。大きく引き抜かれ一気に突き入れられるのを繰り返されるたびに、リュカは背をしならせて喘《あえ》いだ。

ヴァンはリュカに対し、誰よりも尊く気高くあってほしいと高い理想と尊敬の念を抱いている。しかしそれと同時に、はしたなく乱れ快楽に泣いて喘《あえ》ぐ姿に酷く興奮する。そしてまた、傷ひとつつけたくない過保護な気持ちと裏腹に、自分の手で壊し貪《むさぼ》りたい欲望が抑えきれない。

高貴と淫猥《いんわい》、庇護欲と破壊衝動。

リュカの騎士であり恋人であるヴァンの持つ、業《ごう》の深い欲望。二律背反に思えるそれは、じつは表裏一体なのかもしれない。

「リュカ、リュカ。私の小さなリュカ」

ヴァンはリュカの全部が欲しいのだ。高貴な笑顔も淫《みだ》らな泣き顔も全部。できることなら最期を迎えるときはリュカより一秒長く生きて、そのすべてを目に焼きつけてから逝きたいと願うほどに。

激しく穿《うが》ち続け吐精したヴァンは、今度はリュカの体の向きを変え、背後から挿入する。そしてしっかりと腿《もも》を抱えると、なんとそのまま立ち上がった。

「わぁああ！　これ、恥ずかし……！」

開脚状態で前向きに抱えられれば、恥ずかしい場所は赤裸々大公開である。他に誰もいないとはいえ、野外でこの恰好は解放感が過ぎる。

それでも容赦なく中を擦られて、リュカはもう何度目かもわからない尻イキをした。突かれるたびに潮を噴くさまは、体勢と相まってまるで幼児の排泄だ。恥ずかしくて顔を真っ赤に染めながら、リュカはベソベソと泣き喘《あえ》ぐ。

「やだ、やだ！　離してよぉ！　こんな恰好やだ……」

肩越しにリュカの痴態《ちたい》を眺めているヴァンは、最高にご満悦の様子だ。無意識に口角を歪め、嗜《し》虐《ぎゃく》的な笑みを浮かべる。

「はしたない姿だ。リュカ、私だけがお前のはしたなくて可愛い姿を知っている」

再びリュカの肩口に噛みついて、ヴァンは存分にリュカを堪能する。

それから彼が二回ほど射精を終えて冷静さを取り戻すのは、さらに一時間後のことだった。

当然リュカは体力が尽き、湯に沈みかける。抱かれすぎたのもあるが、温泉や湯気の中でしたせいですっかりのぼせてしまった。

ヴァンはそんな彼の体を自分の上着で包むと、腕に抱き上げて宿に戻った。そして目を回しているリュカに水分を与え部屋に運び込むと、いつものようにしっかり髪と尻尾《しっぽ》を拭いて綺麗に整えてあげたのだった。

翌日。ようやくリュカたちは一路帰国の途についた。

温泉はリュカの見立て通り、完全に止まり朝にはすっかり冷めていたので安心した。またいつか温泉に入りたいと思うリュカだったが、昨晩ヴァンに抱き潰され目が回るほどのぼせたことを思い出すと、やっぱりしばらくはもういいかという気持ちにもなるのだった。

温泉効果なのか、はたまた思う存分リュカを抱いたからなのか、今日のヴァンはやけに肌艶《つや》がいい。とてもスッキリとした顔をしている。

打って変わってピートは朝からムスッと不機嫌全開だ。

「温泉でヤるなら俺も呼べよ。俺も外で思いっきりリュカとヤりたかった」

リュカがヴァンに抱えられて帰ってきたのを見てすべてを察したピートは、すっかりやきもちを焼いている。温泉エッチはなかなかない機会なので羨ましかったようだ。

申し訳なさを感じつつ、三人でのプレイにならなくてよかったともリュカは思う。昨夜のエッチは解放感は素晴らしかったが、あまりにも疲れる。長時間の入浴による湯疲れに加え、岩場はやはりつらい。柔らかいベッドに体を預けられることがどれほど大切か身に沁みた。

そんなこんなで珍しい体験の思い出をいっぱい作ったリュカは、疲れた体を馬車に揺られてレイナルド邸へと帰っていくのであった。

一方、その頃のレイナルド邸ではひとりの変わった客人が訪れていた。

「ええと、こちらにリュカという子がいますよね？　黒髪で目が大きくて可愛らしい顔をした十二、三歳くらいの男の子です」

「は、はあ？」

詰め寄るように尋ねてきた客人に、対応にあたっていた侍従は思いっきり怪訝《けげん》な表情を浮かべた。

誰もが知る国王リュカを十二、三歳などと言い、あまつさえ『男の子』とのたまうなど、あまりに無礼、或いは無知だ。

「なんなんだ貴様は、国王様に向かって不敬だぞ」

侍従が強く言い返すと、客人は横長の瞳孔がある目を大きく見開いて驚いた様子を見せた。

「……本当に王様、なのですか？　あの子……リュカが」

とことん不審な反応を見せる客人に、侍従は当惑しながら屋敷から追い出そうとする。しかし客人はリュカに是が非でも会わせてくれと一歩も引かない。

「いったい貴様は何者なんだ？　名と身分を名乗れ！」

今度は侍従のほうから詰め寄ると、客人は「えっと」とモゴモゴとしながら自分の顔や頭の角を手で触った。それから少し考えたあげく、彼はまったく意味不明なことを言い出したのだ。

「僕は……カエデ。リュカに『兄が来た』と伝えてください」

学者のローブを着たカシミヤヤギ獣人は真剣な表情でそう言って、侍従をますます困惑させたのだった。

第十一章　琉夏とリュカ

北の山地から帰ってきたリュカは、さっそく侍従から奇妙な客人の報告を受けた。

「ヤギ獣人のくせにリュカ様の兄を名乗るなど、まったく不敬でわけがわからないやつです。そもそもリュカ様のことをよくわかっていない様子でした。この世界の獣人としてあり得ません、とんだ変人です」

侍従は客人の奇妙な言動を心底呆れ果てた様子で語ったが、リュカは驚きに目を見開いたまま固まっていた。

「で、そいつはどうしたんだ？」

「もちろん追い返しましたとも。二度と来るなと釘を刺しておきました」

「正解だ。万が一また来ても門を通さないように衛兵にも伝えておけ」

一緒に報告を聞いていたヴァンとピートは、またしてもリュカに変な男が寄ってきたとウンザリした。どこの世界にも変態はいるものだ。ただでさえ変態に目をつけられやすい容姿のリュカは、最近ではただひとりの王となったことで度の過ぎた熱烈な信者まで現れるようになった。側近騎士としてはいっそう気が抜けない。しかし。

「……そのヤギ獣人、なんて名乗ったって……？」

「確か『カエデ』と申しておりました。姓はわかりません」

「……っ!!」

リュカは顔色を変えた。驚きのあまり目は見開いたままで、手は小さく震えている。

「「……リュカ様？」」

リュカの普通ではない様子に、ヴァンとピートが眉根を寄せた。

「そのヤギ獣人に何かお心当たりでも？」

ヴァンが尋ねたが、リュカは何かを考え込んでいるようで答えない。

リュカは震える手をギュッと握りしめると、侍従に向かって顔を上げて言った。

「呼び戻して、その人を」


『カエデ』と名乗ったヤギ獣人の捜索は難航した。学者のローブを着ていたので学問か研究関係の職に就いているだろうと思われたが、カエデという名の学者はレイナルド領にはいなかったのだ。

他の公爵領にも捜査を広げてみたが同じだった。彼は姓を名乗らなかったので、手掛かりは学者のローブと『カエデ』という名前、そしてカシミヤヤギ獣人という情報しかない。こちらから捜すだけでなく、国中の大学や研究所に該当人物は申し出るようにと呼び掛けてみたが駄目だった。

必死に謎のヤギ獣人を捜すリュカをヴァンとピートは不思議に思ったが、リュカはその理由を述べようとはしなかった。

そして一ヶ月ほどが経ったある日のこと。ひとりのヤギ獣人が職場の上司に引っ張られてくる形でレイナルド邸の謁見室を訪れた。

「捜索のお触れを見て、こいつかと思い連れて参りました。本人は否定していますが、研究所でカシミヤヤギ獣人といえばこいつしかおりません」

「だから私は違いますってば。レイナルド邸に来たこともなければ、『カエデ』なんて名前でもないのに～」

そのヤギ獣人は名を『ギュズ』と言った。睡眠の研究をしている学者だという。

おかっぱ頭でなんともおっとりした感じの青年は、必死に自分ではないと首を横に振った。しかし確認にあたった侍従は彼の顔を見るなり、「ああ！　彼です、間違いありません！」と指をさして確信の声をあげた。

リュカは戸惑い、小首を傾《かし》げる。そして人払いをして謁見室にギュズとふたりだけになると、緊張した面持ちで尋ねた。

「……つかぬことをお伺いしますが……『浅草楓《あさくさかえで》』さん……ですか？」

ゴクリと唾を飲み込み、胸をドキドキさせながら返事を待つ。しかしギュズはまったく不可解といった様子で目をしばたたかせるだけだった。

「リュカ様、人違いです。私はしがないただの学者です。私は眠りという未知の世界に挑み続ける探究者で、今日も自作の睡眠導入剤を自分に投与し……ふぁ～あ」

リュカは緊張で額に汗まで掻いているというのに、ギュズはとんだマイペースだ。王との謁見中に大欠伸《あくび》をする者など初めてである。

リュカは激しく落胆し肩を落とした。もう『カエデ』と名乗った人物には会えないのだろうかとしょんぼりしたとき、バターン！と大きな音を立てて目の前でギュズが倒れてしまった。

「えっ!? え？ え？ だ、誰かー！ ちょっと誰か来てー！」

慌てたリュカが大声で人を呼ぶと、すぐにヴァンとピートが駆け込んできた。侍従とギュズを連れてきた職場の上司も続いて入ってくる。

「おやおや、何か病ですか？ ボンザール先生を呼びましょう」

侍従がレイナルド邸の侍医を呼びにいこうとすると、ギュズの上司が「ああ、大丈夫です」と手を引いて止めた。そして慣れた様子でヒョイとギュズを背負う。

「こいつは睡眠の研究者でして。自分を実験台にしてしょっちゅう睡眠薬を飲んで眠っちまうんです。今も寝てるだけなんで、どうぞご心配なく」

「え……それって大丈夫なの」

病気でないのはよかったが、睡眠薬の乱用はいかがなものかとリュカはこめかみに汗を流す。もっと自分の体を大事にするように、と世界中の研究所に通達したほうがいいかもしれない。

リュカは溜息をひとつ吐いて気持ちを切り替えると、ギュズを背負っている上司に微笑みかけた。

「今日はわざわざギュズを連れてきてくれてどうもありがとう。ギュズも……研究の途中だったんだろう？ 邪魔しちゃって悪かったね。背負って帰るのも大変だろうし、よかったら応接室で寝かせていくといいよ」

リュカは反省した。カエデと名乗った獣人に会いたくて、周りを振り回しすぎてしまったかもしれない。もうこのことはすっぱりあきらめて忘れようと思う。

(何かの間違いだったんだ。そんな奇跡あるわけない。……それにもし本物だったとしたら、お兄ちゃんまで死んでしまったということだ。そんな悲しいことなら、奇跡なんかないほうがいい)

そうしてリュカは未練を断ち切るように軽く頭を振ると、応接室までギュズと上司を案内してあげた。


「なあ、リュカ。いい加減に教えてくれてもいいんじゃねーの？」

執務室に戻ってきたリュカに、ピートがどこか不満そうな顔で言う。その隣でヴァンは眉間に皺を寄せ、黙って目を伏せていた。こちらはかなり怒ってそうだ。

ふたりが不機嫌な理由を、リュカはわかっている。カエデと名乗った謎の獣人に執着しすぎているからだ。しかもリュカはその理由を教えていない。ふたりが妙な勘繰《かんぐ》りをするのも、信頼されていないと感じて気を悪くするのも、当然だった。

しかし、リュカはその理由を語ることをためらう。なぜなら。

(……だって、「もしかしたら前世の兄かもしれない」なんて、どう伝えたらいいのさ)

リュカが謎の客人を捜し求めているのは、彼が前世の——浅草琉夏の兄、浅草楓かもしれないからだ。

琉夏には五歳年上の兄・楓がいた。成績も素行も優秀で、進学校で生徒会にまで所属していた彼は、琉夏にとって優しい兄だった。

楓は勉強や生徒会で多忙にもかかわらず、病院暮らしの琉夏のお見舞いに毎日のように来てくれていた。貯めたお小遣いで琉夏のためにゲームを買ってくれたり、図書館でたくさん本を借りてきてくれたり、色々なお喋りをしてくれたりと、愛情を込《こ》めて病気の弟の世界を広げてくれた。琉夏が一時退院したときには両親より喜び、片時も離れずにいたこともある。

琉夏は友達には恵まれなかったが、家族には大いに恵まれたと思う。優しい父母もだが、楓の存在は大きい。大好きな兄だった。

琉夏の手術が成功し、高校へ通えることになったときも一番喜び、そして過保護に心配してくれたのも兄だった。それなのにたった一年一緒に暮らしただけで琉夏は事故で亡くなってしまい――あんなに愛してくれたのに、お別れも言えずあっさり死んでしまったことを、リュカに転生してからもしばらく申し訳なく思っていた。父母や兄に会いたいと泣いた夜も数えきれない。

しかし前世の記憶は忘れなくとも、未練や寂しさは新しい人生が癒してくれる。十歳になる頃にはリュカはもう前世を思い出して泣くこともなくなったし、新しい人生を精いっぱい生きることに夢中になった。

それなのに、リュカになって二十二年。まさか今になって兄を名乗るものが現れるなんて、誰が思うだろうか。

カエデという名前を聞いた途端、静かに眠っていた前世への郷愁の念や家族への会いたさが一気に甦《よみがえ》った。信じられない思いと会いたい気持ちで頭がいっぱいになり、少し我を失っていたかもしれない。リュカは夢中でカエデと名乗った獣人を捜したが、この結末である。

ヴァンとピートに説明しなかったのは、カエデを捜すのに夢中で余裕がなかったのもあるが、もうひとつ大きな理由があった。それは、この世界には前世という概念が存在しないことだ。

リュカはいつかヴァンとピートに前世の自分のことを話したいと思っていた。だがウルデウスから森羅万象《しんらばんしょう》の力を引き継ぎ、王になって見識が広がってわかったのだ。この世界には『前世』という考えもなければ、言葉すらないことを。

それを知ったとき、リュカはたちまち自信を失くした。前世など本当にあるのだろうか、と。

自分では前世の記憶だと思っているが、それを裏づける根拠はない。ただの夢を勝手に生まれ変わる前の記憶だと思い込んでるだけかもしれない。悩んだ挙句リュカは、ふたりに前世の話をすることをやめた。

しかしカエデと名乗った獣人が本当に兄の楓ならば、自分の記憶は間違っていないことになる。

家族に会いたい思いと、前世が確かに存在する確証。そのふたつを求めてリュカはカエデを捜し求めたのだ。そして確証が得られるまでは、ヴァンとピートには琉夏の話は黙っておこうと思ったのだが……。

「なんだってその『カエデ』とかいう獣人に固執するんだよ。そいつを捜してるあんた、ちょっと普通じゃなかったぜ。ちゃんと話してくれねえと、あんまいい気分はしねーよ」

「……私が知る限り、お前に『カエデ』という知人はいなかったがな。大したものだ、私の目をかいくぐって親交を深めた者がいたとは」

いらぬ誤解を招きそうになりリュカは困惑する。確証がないまま前世なんて信じ難い話をするのは気が引けたけれど、ふたりを傷つけたくはない。こうなったら全部話そうとリュカは腹を括《くく》る。

「わかった、教えるよ。実は……」

リュカがふたりに向かって口を開きかけたときだった。

「琉夏！　いるんだろう、琉夏!?　僕だ、楓だ！」

部屋の外から大声が聞こえ、そのあとに侍従や衛兵らが咎《とが》める声が騒がしく響く。耳をピンと立てて驚いたリュカは、慌てて執務室から飛び出した。すると階段で大声をあげているギュズが、侍従や衛兵らに体を捕えられている光景が目に飛び込んできた。

「待って！　ギュズを離して！」

リュカは足がもつれそうになりながら、階段を駆け下りる。拘束を解かれたギュズはその場に立ち尽くし、駆けてきたリュカと見つめ合った。リュカは緊張で手に汗を搔きながら彼に問う。

「……やっぱり楓お兄ちゃん、なの……？」

ギュズの目が驚きに見開かれ、少しの後に泣き顔に変わっていった。

「本当に……琉夏、なのか……？」

リュカの瞳もみるみる潤んでいく。

泣きながら抱き合うふたりを、周囲の者たちは呆然としながら見つめるしかなかった。ヴァンとピートは咄嗟《とっさ》にふたりを引き離そうとしたが、嗚咽《おえつ》をあげるリュカを見て手が出せなくなってしまう。

リュカと楓は固く抱擁《ほうよう》したまましばらく泣き続け、ようやく涙が止まってから応接室でふたりきりになった。

「僕は生まれ変わったわけじゃなく、一時的にギュズさんの体を借りている状態なんだ」

ソファーでリュカと向かい合って座った楓はそう説明した。

なんでもある日、疲れて深い眠りに落ちたとき、この『トップオブビースト』の世界の夢を見たのだという。

夢の中で楓はギュズというヤギ獣人の学者になっていた。獣人世界に最初は戸惑ったが、どうせ夢だと思って過ごしていたところ、王になったリュカの姿を研究所の水晶で見て驚愕したそうだ。

リュカの顔立ちは十二、三歳ごろの琉夏によく似ている。もしかして琉夏かもしれないと思った楓は、居ても立ってもいられずレイナルド邸までやってきたというのが先月の話らしい。

しかし、楓にとってこの世界は夢だ。長くても三時間くらいで覚めてしまう。毎日この世界の夢を見ることはできないが、二度目にギュズになったときに楓は法則を見つけた。

「ギュズさんが睡眠薬を飲んで深い眠りについたときと、僕が肉体の疲労なんかで深く眠ったときのタイミングが重なると、僕は夢の中でギュズさんになれるみたいなんだ。理由はわからないけどね。ギュズさんの作った薬に不思議な効能があるのか、それとも……琉夏に会いたくて仕方ない僕に、神様がくれた奇跡なのかな」

その言葉を聞いて、リュカはまたしても涙ぐむ。楓が死んで転生したわけじゃないことにもホッとしたし、素晴らしい奇跡にも胸が熱くなった。

「お兄ちゃんにとってこれは夢でも、俺はすごくすごく嬉しいよ。会えて本当によかった」

今度はリュカが自分のことを話した。死んでから琉夏の記憶を持ったままこの『トップオブビースト』の世界に転生したことや、モブキャラだったはずなのに色々なことが起きて、今では王になったことなど。

「じゃあ琉夏はこの世界で二十二年も過ごしてきたんだ」

楓はなんとも驚いた様子で言った。

リュカは琉夏として死んでから二十二年の時を経ているが、楓の生きている日本ではまだ一年しか経っていないという。これにはリュカも驚いた。楓にとって琉夏の死は、まだ色あせない新鮮な悲しみなのだ。

「……お父さんとお母さんはどうしてる？」

リュカは少し緊張をはらんだ声で聞いた。息子を失った両親はどうしているのか、聞きたいけど聞くのが怖かった。楓は悲しそうに眉尻を下げ、それでも穏やかな笑みを浮かべて答えた。

「元気……だよ。ふたりとも琉夏が亡くなったあとはすごく悲しんで落ち込んで……特に母さんは心身が弱ってしばらく寝込んでしまったけど、でも今は少しずつ元気になってる。この間は三人で桜を見に出掛けたよ。近所の公園だけどね」

その報告に、リュカは再び慟哭《どうこく》せずにはいられなかった。たった十六歳で死んでしまった自分を、つくづく親不孝だと思う。

「ごめん……。俺、お母さんにもお父さんにもお兄ちゃんにも、何もできなかった。恩返しもお別れも。ずっと心配ばっかかけてたのに、最後の最後まで悲しませることしかできなくてごめんなさい……」

グスグスと泣き続けるリュカを、楓は隣に移動してきて慰めた。幼子をあやすように手を握りながら頭を撫《な》でるそのしぐさは、前世で琉夏によくやってくれた慰め方だ。懐かしい優しさに、琉夏の涙腺は完全に崩壊する。

「琉夏が悪いんじゃないよ、運が悪かったんだ。あの事故は本当に酷かった。学生の多い登校時間の交差点に居眠りトラックが突っ込んできて、琉夏の他にも三人も犠牲者が出たんだよ」

「そうだったんだ……」

ほぼ即死状態だったリュカは、初めて自分の事故の詳細を知った。怪我人も多くかなり大きな事故だったらしい。運転手も助からなかったそうだ。

ようやく少し泣きやんだリュカは、楓の顔をじっと見つめた。ギュズの顔は楓と似ていないが、リュカに向けるまなざしの優しさには楓を感じる。

「……お兄ちゃんは？　今どうしてるの？」

あれから一年後ということは、楓は二十二歳、大学を卒業した頃のはずだ。社会人になって働いているのだろうか。

楓は少しだけ困ったように微笑むと、明るい口調で答えた。

「今年から大学四年生だよ。去年は休学したんだ。父さんと母さんを支えようって決めて。けどもうふたりとも落ち着いてきたから、今年の春から復学したよ」

「……俺のせいだね。ごめん……」

また涙目になってきてしまったリュカに、楓は苦笑して頭を撫《な》でる。

「琉夏のせいじゃないってば。ああ、もう、こっちの世界では王様なんだろう？　そんなに泣いてばかりいたら駄目じゃないか」

クシャクシャと頭を撫《な》でながら、楓はクスクスと笑ってリュカの耳を突っついた。

「大きい耳だね、琉夏はなんの動物なの？」

「俺はフェネックギツネなんだ。わりと珍しいみたい」

「ああ、フェネックギツネかあ。だから二十二歳なのに小さいとか？　うん、琉夏のイメージに合ってるかも」

「あはは、俺って昔からフェネックのイメージだったの？」

ようやくリュカは笑顔になって、ふたりで笑い合う。リュカは楓ともっとたくさんの話がしたいし、もっと色々なことを聞きたいと思った。しかし。

「……そろそろ時間だ。ギュズさんが目覚める」

楓はそう呟《つぶや》くと、両手でリュカの手を握りしめた。

「琉夏。きっとまた会いにくるよ。待ってて」

「えっ、お兄ちゃん？」

驚いて瞬きをしたリュカの目の前で、ギュズの雰囲気が変わっていく。まなざしや顔つきが変わり、楓からギュズに戻ったことがすぐにわかった。

「……え？　ん？　リュカ様？　……なんです、この手は？」

リュカと手を握り合っていることに気づいたギュズが、不思議そうな顔をする。リュカは楓が消えてしまったことを痛感し、しょんぼりしながら手を離した。


その日の夜、リュカはヴァンとピートにすべて打ち明けた。

楓と抱き合って泣いた姿を見られた以上、理由を黙っているのは限界だったし、何より前世の確証が得られたのだ。自分は間違いなく浅草琉夏の人生を生きてきたと胸を張って言える。

寝室にふたりを呼びベッドに座って、リュカは語った。前世や生まれ変わりという概念の説明から、自分がかつては異世界の少年だったこと。家族や置かれていた境遇、そして十六歳で迎えた不運な死まで。

ヴァンとピートは初め、リュカが何を言っているのか理解できなかった。しかしあまりにも詳細な前世の話を聞いているうちに、生まれ変わりという概念を理解し驚愕と少しの恐怖を覚えた。

「……んなことがあるのかよ……。まったく違う世界で自分以外の人生を生きてきたなんて……」

ピートはただただ驚いている。リュカの話は一片も疑いたくないが、死生観が大きく変わるような概念をいきなり呑み込むのはさすがに難儀だ。

「その話が本当なら……お前はリュカであり……琉夏でもあるということか」

ヴァンは困惑した表情を浮かべている。なんでもわかっていると思っていた幼なじみに、別人の記憶と人格があったのだ。複雑な感情を抱くのも無理はないだろう。

「こんな話されてもワケわかんないよね。でも、俺にとってはこれが真実なんだ。……気持ち悪いとか、思う？」

戸惑っているふたりを見て、リュカは不安になって尋ねる。自分が想像もしなかった命の在り方や異世界のことをさも当然のように話されたら誰だって混乱するし、なんならドン引きするだろう。ふたりの反応は至って想定内だが、それでもやはり最愛の人に受け入れられなかったら悲しい。

ヴァンもピートも考え込むように黙ったが、少ししてからあっけらかんと口を開いた。

「「いや、全然」」

声を揃えて答えたふたりに、今度はリュカが驚いて目を丸くする。

「別にお前が奇怪だとは思わない。ただ、私の知らないお前の人生があるのは不服だ。しかもそれをギュズとは共有しているのが気にくわない」

「えっ、そこ？　この話のポイントそこなの？」

まさかヴァンがそんなところに嫉妬するとは思わず、リュカは思わずツッコミを入れてしまった。

「気持ち悪いどころか改めてあんたはすげーなって思ったよ。さすが神サマに選ばれるだけあるぜ。けど、あんますごすぎると手の届かないところに行っちまいそうで、ちょっとこえーな。あんたが何者でも構わねーけど、いつまでも俺のリュカでいてくれよ？」

「……うん」

まさかそんな甘い台詞《せりふ》を吐かれるとは思っておらず、リュカは照れながら動揺してしまった。

ふたりの言葉は意外だったが、前世の話を信じ受け入れてくれたことをリュカは嬉しく思う。

「俺……琉夏だったときは友達もいなくてやりたいことも全然できないまま死んじゃったんだ。だから今こうしてリュカになってふたりに仲よくしてもらえる毎日がすごく幸せだし、かけがえがないくらい大切なんだ」

ずっと胸に抱えていた思いを口にすると、ヴァンとピートはそれぞれリュカの頭を撫《な》でたり肩を組んだりしてきた。

「馬鹿だな。だったらこの程度で満足するな。琉夏のぶんまでお前はもっと幸せになっていい」

「これからはあんたと琉夏とふたりぶん幸せにするつもりで、もっと愛してやるよ。覚悟しな」

「ヴァンもピートも……どうもありがとう」

リュカは自分の胸をキュッと手で押さえる。ふたりが琉夏ごとリュカを受け入れ愛してくれたから、いつかの遠い日に孤独で泣いた寂しさがようやく癒されたような気がした。


翌週。ギュズがレイナルド邸にやってきた。どうやら今日は中身が楓のようだ。リュカは彼を喜んで迎え入れ、前回と同じように応接室へと通した。

「この子はルーチェ。神様から授かった子というかなんというか……まあ色々あって俺が父親として育ててるんだ」

リュカはルーチェを抱いてきて、楓に紹介した。楓は弟が父親になっていたことに仰天したが、ルーチェの愛らしい姿を見ると途端に頬を緩ませた。

「可愛い……。琉夏が赤ちゃんだった頃を思い出すなあ」

楓は優しい手つきでルーチェを抱っこしてあやす。キャッキャと喜びすぐに懐いたルーチェを見て、リュカはほんわかと温かい気持ちになった。

「琉夏が赤ちゃんのときも、保育器越しによくこうやってあやしてあげたっけ。小さい赤ちゃんだったけど一生懸命に生きようとしてるのが可愛くて可愛くて。僕の弟は世界一可愛い天使なんだって本気で思ってたよ」

自分の覚えていない頃のことをべた褒めされて、リュカは面映《おもは》ゆい気持ちになる。

「琉夏は赤ちゃんの頃から何度も手術をして、本当に頑張り屋さんだったね。だから琉夏が初めて歩いたりお喋りしたり、生きて成長していく姿を見るのは涙が出るくらい感激したんだ。今でも僕は琉夏を、世界一頑張り屋さんな自慢の弟だと思ってるよ」

「……お兄ちゃん……」

リュカは困ってしまう。兄の口から前世の話が出るたびに、胸が熱くなって涙が込み上げてしまうのだから。

「また泣いてる。琉夏、今のほうが昔より泣き虫になったんじゃない？」

楓はルーチェを抱いたままリュカに手を伸ばし、涙を拭《ぬぐ》ってくれた。リュカはそれに「へへ」と照れ笑いで返す。

「笑った顔は変わらないね。琉夏そっくり、ううん、同じだ。僕がお見舞いに行くと、よくこんなふうに笑ってくれた。……ふふ。特に新しいゲームソフトを持っていったときは、満面の笑みで迎えてくれたっけ」

「そっ、それは……だって入院生活は本当に退屈だったから。でもお兄ちゃんが来てくれることのほうがずっと嬉しかったよ、本当だよ」

「うん、わかってる。お見舞いのあとはいつも『帰らないで』って僕の服を掴んで離してくれなかったもんね。父さんや母さんもそれを見てよく笑ってたっけ。『琉夏は本当にお兄ちゃんが大好きね』って」

楓と言葉を交わせば交わすほど、前世の記憶が鮮やかに甦《よみがえ》る。懐かしさで胸が温かくなると同時に、リュカはこれ以上踏み込むのが少し怖くなる。

（……会いたいな。お父さんとお母さんに。ギュズの姿じゃなく、本物のお兄ちゃんに）

もう叶わぬ郷愁の念。温かすぎる懐かしさが、リュカを戸惑わせた。


「リュカ、聞いてるか？」

「えっ？」

執務机でぼんやりと頬杖をついていたリュカは、ピートに肩を叩かれてようやく我に返った。

「あ、ごめん。どうしたの？」

「ルーチェがドアの前で寝ちまってたから、ベッドに運んでおいたって言ったんだよ」

さっきまで自分の足元で積み木遊びをしていたルーチェがいなくなっていたことに、リュカは気がついて青ざめる。

「っ、ごめん……！　俺、ボーっとしてて……」

「気にすんな、って言いたいとこだけど、ルーチェのやつ目ぇ離すとすぐどっか行っちまうからな。気をつけろよ」

「うん……ごめんなさい」

リュカは猛省する。ルーチェがドアの前で力尽き、ピートがすぐに見つけてくれたからよかったものの、一歩間違えれば部屋から脱走されて迷子だ。おんぶ紐で背負っていたときと違ってもっと目を配らなくてはと、自分を叱責する。

「てか、最近あんた変だぜ。仕事中でもルーチェといるときでもやけにボーっとしてる。らしくないな」

ピートに言われて、リュカはさらに自省する。彼の言う通り、ここ最近のリュカは何をしていても上の空になってしまうことが多い。そしてその原因もわかっている。

「……兄貴が来てからだよな、そうなったの」

「……うん……」

膨らむ郷愁の念に恐怖を覚えていたリュカの予感はあたってしまった。

あれから一ヶ月、楓は週に一度くらいの割合でリュカのもとへやってきている。彼と言葉を交わすほどにリュカは前世の家族に会いたくなり、そのことばかり考えてしまうようになったのだ。

奇跡の再会は残酷だ。断ち切ったはずの未練をまた呼び起こしてしまうのだから。

ならば楓ともう会わなければいいのに、リュカにはそれができない。リュカと会うことで少しでも楓の心が癒されるならそれに応えたいし、何よりリュカ自身が楓に会いたい。いっそギュズの実験がしやすいように、レイナルド邸に引っ越してきてもらおうかと考えたほどだ。

リュカは自分が怖い。二十二年間も生きてきて完全にリュカ・ド・レイナルドの人格を確立したはずなのに、少しずつ浅草琉夏に戻っていってるような気がする。

「ピート……」

リュカはピートの手をキュッと掴んだ。そして彼の顔を見上げ、腕を伸ばす。

「抱きしめて。俺のこと掴まえてて、離さないで」

ピートは不思議そうな顔をしたが、黙ってすぐに抱きしめてくれた。見えない波に小さな体が攫《さら》われないように、強く強く抱きしめる。

「リュカ。あんたが居る場所はここだ。絶対に離さない」

逞しい腕に抱かれながら、リュカは広い背にしがみつく。そして顔を上向かせ唇を重ね合うと、そのまま積み木の散らばる絨毯《じゅうたん》の上に押し倒された。


数日後。年の瀬が迫り慌ただしいレイナルド邸に、楓になったギュズがやってきた。いつものように応接室に通したリュカだったが……何やら少し様子がおかしい。

「……もう会えなくなるかもしれない」

突然切り出した楓の話に、リュカは目を見開いてショックを受けた。

ギュズは今年いっぱいで睡眠薬の投薬実験をやめることにしたという。体への負担を懸念しているとのことだ。

睡眠薬の投薬実験は健康を害しそうなのでやめるのはいいことだが、それはつまり楓との逢瀬《おうせ》の終了も意味する。

「……そんな……」

リュカは愕然とした。せっかく奇跡が起きて楓と会えたのに、再び断ち切られるなんて。

だからといってギュズに睡眠薬を飲み続けてもらうわけにもいかず、リュカは悲しみに打ちひしがれた。

「嫌だよ、せっかく会えたのに。まだまだお兄ちゃんと話したいことがいっぱいあるよ。何か……他に手段を探そう。俺、森羅万象《しんらばんしょう》っていうすごい力があるんだ。片っ端からいろんな方法を試せば、きっとなんとかなるから」

必死になって縋《すが》ってくるリュカの体を、楓はそっと押し離す。そして真剣な眼差しを向けながらも、少しためらいがちに口を開いた。

「……方法ならある」

「本当!?」

兄の言葉に希望を見たものの、次の瞬間それは打ち砕かれた。

「……〝リュカ〟が死ねば、現代の日本に戻れるかもしれない」

「……え……」

リュカは兄を見つめたまま固まってしまった。聞き違いかと疑ったが、楓は意を決したように今度はきっぱりと話し始める。

「ギュズさんは夢イコール異世界という仮説を立てて睡眠の研究をしていたんだ。そして彼は夢の極致……つまり〝死〟が最も確実に異世界と繋がれる手段だと結論づけた。死んだあとの意識がどこに向かうかはわからない。けど、僕の目覚めに合わせてリュカの肉体から魂が離れれば、現代の日本まで導いてあげられるかもしれない」

あまりに突拍子もない話に、リュカは唖然《あぜん》とした。にわかには信じ難いが、実際その研究の影響で楓の意識はこちらへ来ているのだ。可能性は高い。

「ま、待って……。でも俺は、琉夏はもう死んじゃってるんでしょ？　まさか生き返るの？」

その質問には、楓は言いにくそうに答えた。

「生き返らない。もちろん時間を遡《さかのぼ》ることも無理だ。多分琉夏の魂は別人になって生まれ変わる。琉夏が死んでこの世界でリュカとして転生したのと一緒だ」

「それじゃ……意味なくない……？」

目をしばたたかせるリュカに、楓は強く両肩を掴むと顔を近づけて言った。

「意味はある！　たとえ姿かたちが変わっても、僕にとって琉夏は琉夏だ！　琉夏の魂が記憶を持って再び日本に現れることが大事なんだ。ううん、日本じゃなくてもいい。世界中どこに生まれたって僕は琉夏を絶対に見つけてみせる」

初めて見る兄の激しい剣幕に気圧《けお》され、リュカは口を開けたまま動けなくなってしまう。強く肩を掴む手は震えていて、絶対に離したくないとばかりに指先に力が籠《こ》められていた。

「琉夏に会うためなら僕は世界中を捜すのだってためらわないよ。けど、ここじゃ駄目なんだ。夢しか手掛かりのない異世界なんて、目が覚めたら捜しようがない。だから琉夏……お願いだ。僕の、僕たちのもとへ帰ってきてくれ……」

大好きな兄が魂から絞り出すように希《こいねが》ったそれを、どうして無慈悲に断れよう。けれどあまりに残酷な策に、リュカは口を噤《つぐ》むことしかできない。

「……父さんと母さんも、琉夏に会いたがってる」

楓が小さく発したその言葉に、リュカの耳がピクリと動いた。

「話したんだ、この夢のこと。すぐには信じられなかったみたいだけど、僕があまりにもリアリティのある夢の話をするから、今では『そういう奇跡もあるかもしれない』って信じてる。……喜んでたよ、ふたりとも。琉夏が健康な体で新しい人生を送れていて嬉しいって。友達ができたことも喜んでた。……それから『ひと目会いたい』って」

この瞬間に抱いた感情を、リュカはどう表していいのかわからない。泣いても叫んでもきっと晴れないこの感情を抱えて生きるなら、いっそ心を麻痺《まひ》させてしまいたいとさえ思った。

「……あぁ、うぁあぁああ～～」

リュカは幼子のように大声をあげて号泣した。未練と後悔で始まった二十二年前と同じ涙だった。

「会いたい、会いたいよう。お父さんとお母さんに会いたいよぉ……」

大粒の涙を零し続けるリュカを、楓はいつまでも手を握り頭を撫《な》でて慰め続けた。

その日、リュカはもう何も考えられなかった。

（俺が死ねば……また日本に生まれ変われるかもしれない。そうしたら、お父さんとお母さんにも会える……）

ぼんやりとした頭で執務机に突っ伏し、楓の言っていたことを反芻《はんすう》する。

「お父さん……お母さん……」

誰もいない広い執務室に、ポツリと呟《つぶや》きが落ちる。声に出すと前世の思い出が甦《よみがえ》り、ますます会いたさが募った。のんびりやでいつもニコニコしていた父と、しっかり者で琉夏を励まし続けてくれた母。琉夏が退院した春に家族で見た桜が、リュカの胸に思い出の花吹雪を散らす。

今世でのリュカの父母は、もう鬼籍《きせき》に入っている。それなのに前世の父母のように会いたいとは思わないのは、きっときちんと看取ってお別れができたからだ。それにふたりが亡くなる頃にはリュカはもう次期当主として務めを全うしていた。きっとふたりとも不安なく逝けたに違いない。

そう考えるとリュカが前世の父母に会いたいと希《こいね》うのは、まさに〝未練〟だった。お別れもできず、恩返しどころか立派な学生生活すら見せられず、安心させてあげられなかった。その申し訳なさが、湿っぽい執着になってしまっている。もし生まれ変わらなければ、自分の魂は成仏できず幽霊になっていたのではないかとさえリュカは思った。

そうして机に突っ伏して何時間が経っただろうか。窓の外が真っ暗になっていることにも気づいていなかったリュカは、ヴァンにコツンと頭を小突かれてようやく顔を上げた。

「ぼーっとしてる時間は終わりだ。ほら、抱っこをお待ちかねだぞ」

ヴァンの腕にはウトウトしているルーチェが抱かれている。

「ユア、ユア」

ルーチェが眠そうにグズグズしながらリュカに向かって腕を伸ばす。寝グズリしているときのルーチェは、リュカでなくては駄目なのだ。

「おいで、ルーチェ」

ヴァンからルーチェを受け取り、リュカは抱っこしてポンポンと背中をたたく。温かくて小さな体からは安心したように力が抜け、やがて寝息が聞こえてきた。

「ありがとう、今日はずっと任せっぱなしにしちゃったね」

「食事も入浴も済ませたが、寝るときだけはお前じゃないと駄目だからな」

小さな手でギュッとしがみつく手からは、リュカを求めるいじらしい気持ちが伝わってくる。つくづくルーチェにとって自分は親なのだなあと感じた途端、リュカの目から涙がぽろりとひと粒零れた。

「ヴァン。俺は……誰なんだろう」

突然リュカが泣き始めても、ヴァンは驚かなかった。今日ギュズと会ってから様子がおかしいのは明らかだったのだ。ヴァンはリュカが自分から話してくれるのを待っていた。

「お前はリュカ・ド・レイナルドだ。ウルデウス王国のただひとりの王で、レイナルド公爵家当主で、ルーチェの父親で、このヴァン・ド・インセングリムの最愛の人だ」

きっぱりと答えたヴァンの服を片手で掴み寄せ、リュカは彼の胸に顔を押しつけて涙を零す。

「助けて……。このままじゃ俺は琉夏になっちゃう。日本の家族に会いたくて会いたくて……リュ力を手放しかねない……」

魂が侵食されていく。リュカとして生きたいのに、煮詰まった未練が呪いのようにリュカを琉夏に染め上げていく。

リュカはヴァンにすべて話した。死ねば再び日本に転生できるかもしれないことも、リュカとしての人生を手放すなんてあり得ないのに、かつての家族に会いたい気持ちが止められないことも。

リュカはてっきり「そんな馬鹿なことを考えるな！」と叱責されるかと思っていた。しかしヴァンはリュカを胸に受け止めたまま、静かに口を開く。

「私は、お前が好きだ。子供のとき、私と友達になりたくて足掻《あが》き努力してきたお前が。私やピートや騎士団や領民を何より大切だと何度も言っていたお前が。その思いが琉夏の人生を経てきたからこそあったなら、私は琉夏を否定しない。けど、琉夏がずっと欲しかったものをリュカは手に入れたんじゃなかったのか？　ここでリュカの人生をやめて手に入れたものを無に返すのは、本当に琉夏の望むことなのか？」

「あ……」

ヴァンの言葉が、未練という靄《もや》に覆《おお》われていたリュカの頭を晴れさせる。靄《もや》の晴れた中で、リュカは琉夏の本当の思いを見つけた気がした。

（そうだ、俺……。リュカになって前世でできなかったことがいっぱい叶ったんだ。友達も仲間もできて、大切な人を守れるようになって、憧れてた体験もいっぱいした。嬉しかったんだ。すごくすごく幸せなんだ）

リュカは自問する。この人生を手放して琉夏は……父と母は喜ぶのだろうかと。

答えは簡単だった。父母は言っていたのだ、『琉夏が健康な体で新しい人生を送れていて嬉しい』と。琉夏がリュカであることを嬉しいと言ってくれた父母が、それを捨てて生まれ変わることなど望むはずがない。

そして考えるまでもなく、琉夏が喜ぶはずがなかった。琉夏はリュカだ。今この人生を何より大切に思っている自分自身が、それを捨てることを望むわけがない。

リュカは涙の最後のひと滴を床に落とした。静かに瞼《まぶた》を閉じれば、前世の自分の姿が心に浮かんだ。病院の窓辺に立った少年が、リュカに向かって微笑んだ気がする。

「……ヴァンの言う通りだ。琉夏は、リュカになってすごく幸せなんだ。一生懸命生きてるんだ。それなのに前世の忘れ物のためにリュカの人生を投げ出すなんて、そんなことをしたら琉夏が可哀相だ。……ありがとう、目が覚めた。郷愁に囚われすぎて自分を見失いかけてたみたいだ。……変なことで悩んでごめん」

縋《すが》りついていた胸から離れ微笑みかければ、ヴァンは手を伸ばしそっとリュカの頬を撫《な》でた。

「私を舐めるな。誰より長い時間を共にいるのだぞ。琉夏を内包してきたリュカがどんな人生を歩んできたか、私が一番知っている。琉夏もリュカも、大切なものを手放すような馬鹿じゃないことぐらいわかっているさ」

微《かす》かに細められた金色の目は、まっすぐにリュカを映している。瞳の中の自分を見つめて、リュカは思った。

（リュカ・ド・レイナルドはここにいる。ヴァンが、ピートが、ルーチェが、みんながいるこの世界が、俺の居場所なんだ）

ようやく笑顔を取り戻したリュカは、頬を染めて背伸びをするとヴァンに唇を重ねた。

「愛してる」

はにかんで言ったリュカにヴァンは驚きで一瞬うろたえた後、激しいキスを返す。そしてルーチェをベッドへ寝かせてから、リュカと声を潜《ひそ》めて抱き合った。


ギュズが楓として最後にレイナルド邸へやってきたのは、大晦日の夜だった。

いつものように応接室へ通された楓は、部屋に入ってきたリュカに声をかけようとして口を噤《つぐ》む。

リュカは腕にルーチェを抱き、ヴァンとピートを連れていた。

それが何を意味するのか。聡《さと》い楓はすぐに理解し、寂しそうに笑った。

「……それが琉夏の答えなんだね」

楓の手には緑色の液体が入った小瓶が握られていた。今日この場で琉夏の魂を連れていくための薬に違いない。きっとそれは、苦しみもなく眠るようにリュカの人生を終わらせてくれるだろう。

楓のでき得る限りの優しさだった。

「あんた、どーしようもねえ兄貴だな。ご丁寧にそんなモンまで用意しやがって、リュカを死なす気満々かよ」

薬瓶に気づき、真っ先に口を開いたのはピートだった。ピートは呆れた溜息を吐き捨て、それから少しだけバツが悪そうに頭を掻く。

「……まあ、わかんなくもねーけどな。俺がもしあんただったら、やっぱ同じこと考えたと思うぜ」

包み隠さず吐露された本音に楓は一瞬目を丸くするが、ピートは「けど」と言葉を続ける。

「思うだけだ。俺は大切な人に一生懸命生きてきた人生を手放せなんて、口が裂けても言えねえ。なあ、琉夏の兄貴。あんたも可哀相だけどよ、あんまリュカを悩ませんなよ。家族の情に訴えたら優しいこいつがどんだけ苦しむかわかるだろ。……あんたも兄貴なら、弟の幸せくらい願ってやれ」

それはあまりにも耳の痛い言葉だったのだろう。楓は愛想笑いを浮かべようとしたがうまくできず、結局唇を噛んで黙った。

「私からもお願いします。リュカ様はこの世界に……私にとってなくてはならないお方です。その魂を連れ去るなど言語道断《ごんごどうだん》。そして願わくば……リュカ様の前世のご家族への思いを、ここで昇華させていってください」

一歩進み出て頭を下げたヴァンを見て、楓は顔を俯かせた。

部屋には沈黙が流れる。窓の外からは微《かす》かに、新年を待ちわびる人々の明るい声が聞こえた。

しばらく俯いていた楓はやがて両手で顔を覆《おお》い、静かに喋り出した。

「……きみたちにはわからないよ。十六年間、病気の弟を見守ってきた僕の思いなんか。誰より琉夏の幸せを願っていたんだ。琉夏が元気になって笑顔になる日を僕が一番待ち望んでいたんだ。きみたちもリュカが大切かもしれないが、僕はもっとずっとずっと琉夏を大切に思っていたんだ！」

最後は声を張り上げた楓に、今度はヴァンとピートが言葉を失くす。互いにリュカが、琉夏が大切だからわかってしまう痛みだった。

「お兄ちゃん」

三人の言葉をずっと聞いていただけだったリュカが、声を発した。リュカは足を進めると楓の正面に立つ。その目に、今日は涙はない。

「俺を見て。俺、幸せだよ。友達ができて仲間ができて家族ができて、愛する人ができて、毎日笑顔で生きてるんだ」

楓は顔を覆《おお》っていた手を、のろのろと下ろす。そして金色の瞳に、微笑んで立つリュカを映した。

「お兄ちゃん。俺、前世でも幸せだったよ。友達はできなかったけど、お兄ちゃんやお父さんやお母さんがいっぱい愛してくれたもん。だから俺は今世で人を愛する心を持てたんだ。今はその愛をいっぱい返してくれる人もいる。すごく幸せなんだ。お兄ちゃんがうんと俺に愛をくれたからだよ、ありがとう」

楓の目に涙が浮かび、静かに頬を滑り落ちていく。

「琉夏……」

楓はその場に蹲《うずくま》るように、ゆっくりと膝をついた。リュカもヴァンにルーチェを預けると、その場に膝をつく。

「一緒に帰れなくてごめんね。でも俺、お兄ちゃんのこともお父さんとお母さんのことも絶対に忘れないから。いつまでもいつまでも大好きだよ」

顔を上げた楓が口元に弧を描く。楓は腕を伸ばすと、ぬくもりを胸に刻み込むようにリュカを抱きしめた。

「……琉夏。……たったひとりの僕の弟……。大好きだよ。僕の弟に生まれてくれてありがとう。もう永遠に会えなくても、僕は琉夏の幸せを祈り続けるからね」

「うん」

「元気で。体に気をつけてね。好き嫌いしないでなんでも食べるんだよ。王様になったんだから、すぐに泣いちゃ駄目だよ」

「あはは、わかってる」

「……お前を愛してくれる人を、大切にね」

楓の瞼《まぶた》が眠そうに重くなっていく。ギュズが目覚める前兆だ。

リュカは体を離し両手を差し出すと、そこに魔法で金色の小鳥を生み出した。

「俺のメッセージを籠《こ》めた魔法だよ。お父さんとお母さんに届けて」

楓は伝言鳥を両手で大切に包み、しっかりと頷《うなず》く。リュカはその手を包むように握った。

「さようなら、琉夏」

「さよなら……お兄ちゃん」

外から、年明けを告げる教会の鐘が鳴った。街では新しい年を祝う声が一斉に上がり、冬の空にリーンゴーンと鐘が高らかに響き続ける。

楓がゆっくりと瞼《まぶた》を閉じると同時に、手の中の伝言鳥が煌めいて消えた。

リュカはそっと握っていた手を離す。もう楓はいない。瞼《まぶた》を開けたのは不思議そうな顔をしているギュズだった。

「あれ。またレイナルド邸だ。どうしていつも睡眠薬を飲むと僕はここへ来てしまうんだろう？」

頭を傾《かし》げながら帰っていくギュズを、リュカは笑って見送った。きっと彼がここへ来ることはもうないだろう。

リュカは立ち上がって振り返ると、ずっと見守ってくれていたヴァンとピートに向かって言った。

「新年おめでとう。今年もよろしくね」

ヴァンもピートも、浮かべた笑みはどこか切なさが滲《にじ》んでいた。ふたりはリュカを抱きしめ、それぞれ左右から頬を寄せる。

「今年も、来年も、これからもずっと一緒だ」

「愛してる、リュカ」

リュカは鼻の奥がツンと痛くなる。ずっとこらえていた涙が込み上げそうになったときだった。

「ユア！　ユア！」

ヴァンに片方の腕で抱かれていたルーチェが、リュカに向かってジタバタと手を伸ばす。自分だけ蚊帳の外だとでも感じたのか、なんだか怒っているみたいだ。

慌ててヴァンから受け取ると、ルーチェはリュカのほっぺたをカプっと噛んだ。ルーチェの思わぬ行動に、リュカもヴァンもピートも呆気にとられたあと笑い出す。

「どうしたの、ルーチェ？　大人が話ばっかりしてたから怒ったの？　それともお腹がすいた？」

涎《よだれ》まみれになった頬を拭いて笑っていると、突然応接室の扉が開いた。

「リュカ様！　こんなところにいたのですか！」

賑やかな声をたてて入ってきたのは、サーサと侍従長たちだ。

「まったくもう捜しましたよ！　年が明けたというのに何をしてらっしゃるんですか！　皆、リュカ様のお言葉をお待ちですよ！」

「騎士団長殿まで何をのんびりされてるんですか！　王国初の年明けですぞ、新年行事が山積みだというのに！」

「リュカ様、新年おめでとうございます！　さあ早く民にお言葉を！」

応接室はあっという間に賑やかになる。矢継ぎ早に色々なことを言われてリュカは「待って待って、あ、おめでとう」と焦りながら返した。すると、開け放たれていた扉からさらに賑やかな集団が入ってくる。

「兄上！　捜しましたよ！　なぜ年越しの祝宴にいらっしゃらないのですか！」

「あー、ピート団長こんなところにいたのかよ！　もうみんな乾杯しちゃったぞ」

どうやら黄金麦穂団と白銀魔女団の団員たちも、ヴァンとピートを捜していたようだ。乾杯の途中だったのか、ロイや数人の団員の手にはシャンパンの瓶が握られたままだった。

「ヤバ……年明けの合図と挨拶《あいさつ》サボっちゃった」

リュカは王様としての公務を思い出して焦る。ヴァンは王に重要な公務をサボらせてしまったことに青くなったが、ピートは開き直って笑っていた。

「まあいいじゃねーか。とりあえず乾杯しようぜ」

ピートは団員たちが持ってきたシャンパングラスを受け取ると、それを強引にリュカの片手に握らせる。ついでに気の利いた団員が持ってきたジュースをルーチェに持たせた。

「何が『まあいい』だ！　国王になられて初めての年明けだというのに、こんな締まりのない状態ではリュカ様の沽券《こけん》が……」

ヴァンはブツブツと言っていたが、ベッセルがグラスを渡すと渋々とそれを手に持った。

リュカが応接室にある水晶のスクリーンに魔法を流し込むと、大陸中の様子が映った。レイナルド領、ガルトマン領、ワレンガ領、ヴェリシェレン領、街も村も、大人も子供も、みんな笑顔で新年の訪れを祝っている。

そしてまたレイナルド邸のリュカたちの様子も、大陸中に設置してある水晶に、あるいは夜空に、映し出された。

「ウルデウス王国の愛する民たち。新しい年がすべての民にとって幸せな年になることを願います。新年おめでとう！」

リュカの挨拶《あいさつ》に合わせ、国中から歓声が上がった。街の空には花火が上がり、人々は手にしたグラスを掲げ祝いの酒を呷《あお》った。

リュカもグラスのシャンパンを飲み干し、上機嫌で微笑む。その腕の中ではルーチェがジュースを飲み、リュカそっくりの笑顔を見せていた。

水晶の向こうでは民たちが目を細める。善良な国王が健康で幸せそうであることに。

そしてそれは、レイナルド邸でも同じことだった。

「今年もリュカに愛と幸多からんことを」

リュカの両脇に立つヴァンとピートが祈りを籠《こ》めて囁《ささや》く。大勢の笑顔に囲まれているリュカに、もう前世への未練はない。リュカ・ド・レイナルドは前を向いて生きる。大切な命で、大切な人たちと共に。

国王リュカと愛を捧げた騎士の物語はきっと、とこしえに語り継がれるだろう——

番外編　エピソード０・春待つきみへ

少年は願う。いつか心から慕い合うことのできる友人ができますように、と。

「ねえ、田中《たなか》さん。あの子誰？」

琉夏はベッドに腰かけ腕を差し出したまま、窓のほうを向いて尋ねた。

「んー？　ちょっと待ってね」

担当看護師の田中は琉夏の細い腕に針を刺し、注射器に血液が満ちたのを確認してから顔を上げる。

琉夏の病室からは病院の中庭が見える。ベンチに座って日光浴する老人や、リハビリを兼ね散歩している患者がチラホラいる中、やけにきっちりとした恰好の少年がひとりこちらを見上げていた。愛想は感じられないが、品のある綺麗な顔立ちだ。

「ああ、院長先生の息子さんだよ。西園寺《さいおんじ》優万《ゆうま》くん。今、小五か小六……？　琉夏くんと同い年くらいじゃなかったかな」

採血の痕《あと》にペタリとガーゼを貼りながら、田中は答えた。「ふーん」と答えながらパジャマの袖を下ろす琉夏の腕には、昨日の採血や午前の点滴の痕《あと》がまだ残っている。

琉夏がこの病院で入院生活を送るようになって十年以上が経つが、あの少年を見るようになったのは今月になってからだ。午前でも午後でも、晴れでも曇りでも、一日に一回は中庭にいるのを見かける。そして彼は必ずこちらを見上げているのだ。

「あの子毎日いるから入院してるのかと思った。学校行かないのかな」

「今って春休みなんじゃない？」

「あー……そっか」

五日前にめくったカレンダーには、桜をバックにアニメキャラがランドセルを背負ったイラストが描かれている。入学・進級の季節だが、代わり映えのない毎日ではそれを実感することもない。

「西園寺先生の息子だから毎日病院に遊びにきてるの？」

窓の外を眺めながらパタパタと足を動かすと、田中は「琉夏くん、横になろっか」と言って琉夏を寝かせた。外が見えなくなり不満だったが、少し体がだるくなってきたのでおとなしく従う。

「どうなんだろうね。今度聞いてみるね」

田中は手早く採血の道具を片づけ、バインダーに挟んだ紙に何かを記入しながら答える。

「あの子、いつも俺のほう見てるんだよ。友達になりたいのかな」

「どうだろう……琉夏くん、吐き気ある？」

「ないよ。ねえ、田中さん。あの子ここへ来られる？」

「院長先生に聞いてみるね。琉夏くん、眩暈《めまい》は？」

「ないよ。頭痛も痺れもない。体はちょっとだるいみたい」

毎日繰り返される質問に先回りして答え、琉夏は深く息を吐く。そして瞼《まぶた》を閉じてもう見えなくなった窓の外を思い出しながら、〝西園寺優万〟と友達になる想像をした。

◇　◇　◇

「退院……したんだ」

ある晩の食卓で、優万は驚きに目を見開いて父の言葉を繰り返した。

「ああ。よく頑張ったよ。この春から念願の学生生活だ」

よほど嬉しいのだろう、気難しい父が珍しく口元を緩ませている。

父が語っているのは、長年担当してきた患者の少年のことだ。患者のプライバシーを厳守するため名前や病名を教えてもらったことはないが、優万はそれが誰のことかわかっている。

四年前の春の日に初めて出会った、あの少年だ。

将来、父のあとを継ぐ予定の優万は、十歳のころから父の病院を見学するようになった。もちろん業務の邪魔になるような場所には入れないが、中庭や小児病棟の遊戯室などを見ては患者との向き合い方を優万なりに考えた。

ある日優万は、四階の病室からひとりの少年が中庭を見つめていることに気づいた。自分より幾らか年下だろうか、最初は女の子かと思ったくらい可愛らしい顔立ちの子だった。

彼は来る日も来る日も窓の外を眺めていた。入院児が外を眺めていることは珍しくないが、彼はあまりにも眺め続けていた。まるで空に焦《こ》がれる籠《かご》の鳥のように。

そういえばあの子を遊戯室で見たことがないなと気づいた頃から、なんとなく彼の置かれている状況が想像できるようになってきた。少年のことを父に聞いてみると、自分がずっと担当している患者とだけ教えてくれた。少年が難病であると思い至るには十分な情報だった。

優万は病院に行くたびに中庭からあの病室を見上げた。少年は今日も窓の外に焦《こ》がれている。たまに目が合うこともあったが、優万は特に反応しなかった。彼にとってはきっと自分は〝焦《こ》がれる風景〟の一部でしかないだろうと思っていたからだ。

稀に、窓辺に彼の姿がないことがあった。もしやPICUにでも移ったのだろうかと思うと気が気ではなかった。

優万は見上げ続けた、名も知らぬ少年の病室を。どうしてこんなに彼のことが気になるのだろうかと自分でも思う。籠《かご》の鳥のような彼を憐れんでいるのか、それとも医師を目指す者として彼を救いたいのか、自分でもわからない。

そうして病院へ来るたびに彼の部屋を見上げ――四年の月日が経った。少年の手術が成功し長い入院生活にピリオドを打ったのだと知ったのは、優万が中学三年生になった春のことであった。

よかった、籠《かご》の鳥は空へ羽ばたけたんだと優万は思う。

もうあの少年の姿を見ることはできないと思うと少しだけ寂しくもあったが、彼が学校生活を満喫できることを素直に願った。

琉夏はしょんぼりとしていた。

まだ高校に入学して三ヶ月だというのに、もう短期入院を二回もしてしまった。張り切って引き受けた体育祭実行委員も、バスケ部のマネージャーも、役に立てないまま一学期が終わろうとしている。それどころか夏休みに一緒に遊ぶ友達すらできないで終わりそうだ。

（こんなはずじゃなかったのに……。友達作るのって難しいんだな……）

新学期が始まったばかりの頃はまだよかった。初対面同士で互いに仲良くなろうという雰囲気があったので琉夏も喋りやすかった。しかし赤ん坊のころからずっと入院生活をしていた琉夏には、小中学校という共通の話題がない。流行《はや》りものはテレビやネットで知っていても、実際とは微妙なズレがあった。

それでも、琉夏はめげなかった。みんなともっと仲良くなりたい一心で行事や課外授業には熱心に取り組み、率先して委員を引き受け役に立とうとした。

しかし日常生活が送れるようになっても、琉夏の体は弱い。激しい運動はできないし、無理をすればあっという間に調子を崩してしまう。張り切りすぎた琉夏が学校で倒れてから、周囲は変わってしまった。決して虐《いじ》められていたわけではない。むしろ逆だ。皆、琉夏の体を気遣いすぎて遠巻きになってしまったのだ。

ただでさえ華奢《きゃしゃ》な琉夏が苦しそうに胸を押さえ救急車で運ばれていく姿はよほど可哀相に見えたのだろう、クラスメイトたちは過剰なほど琉夏に無理をさせなくなった。おまけに琉夏が長期入院をしていて小中学校に通えなかったことも知られ、妙な気遣いまでされる始末だ。

放課後の寄り道にも、昼休みのじゃれ合いにも混ぜてもらえない。会話をしていても周囲が中学生の頃の話題を無理に避けようとしてギクシャクする。そんな日々が繰り返されていくうち、琉夏は教室でひとりでいる時間が増えていった。

部活もそうだ。マネージャーという皆をサポートする立場なのに、『浅草は無理するな』と言われては本末転倒だった。

あんなに憧れていた学校生活だったのに、今の琉夏には溜息しか出てこない。

(昼休みも俺がいると佐藤《さとう》くんたち喋りづらそうだったな。ぼっち飯になっちゃう日も近いかも……)

下校中の琉夏は今日を振り返りながら、しょぼしょぼと電車に乗り込む。気分が落ち込んでいるからか、なんだか体の調子も悪い。電車の窓から差し込む強い西日がやけに暑く感じた。

夏の西日に晒されること二十分。ようやく最寄り駅に着いた琉夏は眩暈《めまい》と体のだるさを覚え、ベンチに座り込んだ。

呼吸が乱れる。常備薬を飲もうと鞄を開けて、水を切らしていたことに気がついた。

(自動販売機……買ってこなくちゃ……)

青い顔で脂汗を流しながら顔を上げたときだった。

「大丈夫ですか」

ひとりの男子学生が、琉夏に声をかけてきた。

「落ち着いて、呼吸を整えて。薬は持ってますか？」

男子学生は琉夏の隣に座り、落ち着かせるように背に手をあてててくれる。琉夏は鞄から薬を取り出し、コクコクと頷《うなず》いた。

「水はありますか？」

琉夏が小さく首を横に振ると、男子学生は自分の鞄から水筒を出して差し出してくれた。

「まだ口をつけてませんから、どうぞ」

ありがたくそれを受け取って、琉夏は薬を飲む。状態が落ち着くまで、男子学生はずっと隣にいてくれた。

数分後。ようやく落ち着いてきた琉夏は顔の汗を拭《ぬぐ》い、男子学生のほうを向いた。

「どうもありがとう。水筒口つけちゃってごめんね。代わりに水を買って弁償――」

そこまで言いかけて、琉夏は目をパチクリさせた。目の前の男子学生には見覚えがある。上品そうな顔立ちに、キリリとした印象の切れ長の目。近くで見たのは初めてだが、間違いない。

「……きみ、もしかして……西園寺先生の息子さん？」

入院中、中庭から窓を見上げていたあの少年だった。

同い年かと思っていたが、胸に校章の刺繍が入った特徴的なワイシャツを着ている。これはこの沿線にある有名進学校の中等部の制服だ。どうやら彼は年下だったらしい。

一方、優万のほうは特に驚いている様子はない。病院でよく見た少年だととっくに気づいていたのか、それとも一介の入院患者のことなど覚えていないのか、無表情のままだ。

優万は黙って頷《うなず》き琉夏の手から水筒を受け取ると、さっさと鞄にしまった。

「別に弁償はいいです。たかが水ですから。それより具合はどうですか？　病院に行くなら付き添いますよ」

「え!?　いいよ、いいよ、もう大丈夫だし！」

琉夏は慌てて首を振る。主治医の息子とはいえ、中学生にそんな迷惑をかけるわけにはいかない。それに体調ももう落ち着いている。琉夏ははにかむと改めて礼を告げた。

「ありがとう。きみは親切なんだね。……あの、俺、きみのお父さんの病院に入院してたんだけど……知ってる？」

どうしても好奇心が勝って聞いてしまった。窓から見かけただけの相手に『知ってる？』なんて聞くのは気持ち悪いだろうかと後悔がよぎったが、もう言ってしまったあとだった。

優万はすぐには答えなかった。視線を逸《そ》らし唇を尖《とが》らせ、口の中でモゴモゴと何か言っているようだが琉夏には聞こえない。

琉夏がジッと言葉を待っていると優万は一瞬視線を戻し、「知ってます」とだけ早口で答えてベンチから立ち上がった。

「家、この駅ですか？　送ります。今日暑いし、また体調悪くなるかもしれないから」

まるで当然とばかりに言った彼の言葉に、琉夏は跳ねるようにベンチから立ち上がる。

「いいって、いいって！　きみだってこれから帰るんだろ？　遅くなっちゃうよ」

「帰るんじゃなく塾だから平気です」

「余計駄目だよ！　気持ちはありがたいけど、俺のせいで塾をサボらせるわけにはいかないよ。本当に俺は大丈夫だから、ね？」

「……薬飲む水すら持ってなかったくせに」

「それはたまたま！　あそこの自販機で買って帰ります！」

押し問答の末、琉夏が家族に駅まで迎えにきてもらうと約束すると、優万は渋々と納得した。

ようやく自分が乗る電車のホームへ向かおうとする優万に、琉夏は「本当にどうもありがとう」と手を振る。優万は振り返って軽く頭を下げると、人混みの中へ消えていった。

(優しい子だなあ。やっぱり院長先生の子だから人助けに躊躇《ちゅうちょ》がないのかな。中学生なのに立派だな……ちょっと頑固だったけど)

家に帰ろうと改札へ向かって歩き出した琉夏は、足を止め一度だけ振り返る。

(また会えるかな)

琉夏の病気に躊躇《ちゅうちょ》せず踏み込んできてくれた相手は初めてだった。そのことが少し嬉しくて、口角が上がる。

しかし、このときの琉夏は知らない。再びどころか三度、四度と彼は琉夏の前に現れ、その度に口うるさいほど世話を焼いてくることを。


秋になり、高校受験シーズンが迫ってきた頃。

「外部を受験するだと？」

優万の父は驚きのあまり両眉を跳ね上げた。テーブルを挟んで向かいの席に座る優万は、しっかり深く頷《うなず》く。

「A男子校に通おうと思います。進学クラスもありますし、B医大へ進学するのも不可能ではありません」

父は息子の考えていることがさっぱりわからなかった。A男子校は偏差値も悪くない。現役で医大に受かる生徒も毎年何人かいる。しかし現在優万の通っている学校はB医大付属の中高一貫校だ。わざわざ外部の高校を受けてまたB医大に戻るなど、デメリットしかない。

「どうしてそんな回り道みたいなことをするんだ。B医大受験は簡単なことじゃないぞ。好奇心や戯れで他の高校へ通いたいというのならやめておけ。いつか後悔する日が来る」

厳しく言った父に、優万は揺らぐことのない意志を瞳に宿して返す。

「一般受験でB医大に落ちるとしたら、それは僕に医師としての適性がないだけです。その程度の情熱で父さんみたいな立派な医者になれるわけがない。けど、僕は必ず受かってみせます。A男子校を卒業し、B医大に受かって……難病に苦しむ患者を助ける医者になります」

父は呆気にとられ、顔をしかめるしかなかった。なぜA男子校を選んだのかわからない。それなのに否定しがたい情熱だけは伝わってくるのだ。まるで自分の人生にはこの道しかないとでもいうように。

「……まあ、いい。今すぐ結論を出さなくてもまだ時間はある。しばらくよく考えなさい」

父はそう切り上げたが、優万の情熱が冷めることはなかった。それは何度も両親や教師に説得され、叱責されても。

十一月某日。優万はA男子校の文化祭に訪れた。文化祭の二日目は保護者と入学希望者を対象に公開している。優万は学校を通して参加を申請し、友人三人と一緒にやってきていた。

「優万くん、本当にここ受けるの？」

校内の展示を興味深そうに眺めながら、友人が尋ねる。優万に誘われてついてきたものの、彼らは皆内部進学だ。特に家庭や学力の問題があるわけでもないのに、わざわざA男子校への進学を希望する優万のことを友人らも不思議に思っていた。

「ああ。もう決めた」

それだけ返して、優万はサクサクと早歩きで歩く。

せっかく文化祭を見にきたのに、仮装している喫茶店や呼び込みをしているダーツ屋などに目もくれず通り過ぎていく優万に、友人らは「ちょっと待ってよ」と小走りで追いついて肩を掴んだ。

「何も見ていかないの？　せっかく来たんだしどっか寄ろうよ」

「俺あそこ入りたい。女装メイドカフェだって、ウケる」

優万は引き留める友人らのほうを振り返ると、入場時に買った金券を彼らに手渡しながら言った。

「僕ちょっと行くとこあるから適当に遊んでてくれ。あとで集合しよう、連絡する」

「え？　ちょ、ちょっと、優万くん！」

ポカンとする友人らを置き去りにして、優万はさっさと行ってしまった。彼はパンフレットで一年生の教室の位置を確かめ、やがて小走りで駆け出した。

一年生の教室は四階にある。お化け屋敷や飲食店に変身した教室の前では生徒らが楽しそうに行き交い、明るい賑わいを見せていた。

優万は廊下を端から端まで何度も往復し、辺りを見回す。思いきってひとりで喫茶店やお化け屋敷にも入ってみたが、捜している人物はいなかった。

(クラスを聞いておけばよかった……)

何度も顔を合わせたのに肝心な情報を聞いていない自分に腹が立つ。もしかしたら体育館での出し物のほうにいるのかもしれないと考え、階段へ向かったときだった。踊り場の窓から差し込んでいる日差しが、階段に長い影を落としていた。

四階より上は屋上なので行き止まりだ。その手前の踊り場にいる誰かの影に気づき、優万はためらわず階段を上がる。

(……いた……)

そこにいたのはいつか見た、空に焦《こ》がれる鳥だった。

琉夏は踊り場でひとり膝を抱えながら、ぼんやりと窓を見上げている。秋の日差しに照らされた横顔は寂しそうで儚そうで、優万はギュッと胸が締めつけられるのを感じた。

「……何やってるんですか」

優万は琉夏を見上げながら、階段をのぼった。緊張して声が少し掠《かす》れる。ふいに声をかけられた琉夏は飛び跳ねる勢いで驚き、優万の姿を見つけてあわあわとしながら立ち上がった。

「えっ!?　さ、西園寺くん……？　えっ？　どうして？」

テンパりもいいところだ。ひとりぼっちでいるところを見られたうえ予想外の相手だったため、こらえた。

琉夏は完全に混乱している。その慌てぶりがなんだか可愛くて、優万は笑いそうになるのをグッと

「文化祭の見学に来たんです。僕ここの受験考えてるんで」

目の前までやってきた優万に、琉夏は恥ずかしそうな愛想笑いを浮かべた。

「そ、そうなんだ……。そっか今日は公開日だもんね、はは……」

よほど動揺しているのだろう、エスカレーター校の優万がA男子校を受けることに疑問も覚えていないみたいだ。

「はは……」

琉夏の愛想笑いがやむと、沈黙が流れる。階下が賑やかな分、ここだけがやけに静まり返っている気がした。琉夏は段々と視線を下げついに俯いてしまうと、小声でぼそぼそと喋り出した。

「……見学に来たんなら、下に行って色々見てきなよ。体育館とか、ステージやってて面白いよ」

「先輩は行かないんですか」

「俺は……いいかな」

そう言うと琉夏は再び腰を下ろしてしまった。膝を抱えて座る彼の目は、今度は窓を見ていない。俯きがちな瞳はさっきよりもっと寂しそうに見えた。

優万は黙って隣に腰を下ろす。琉夏は意外そうな顔をしたけど、嫌がるそぶりは見せなかった。

「体調悪いんですか」

「今日は平気……。昨日ちょっと具合悪くなっちゃって、みんなを驚かせちゃった」

恥じるように言ったその言葉に、優万は彼が独《ひと》りの理由を察せざるを得なかった。再び胸がギュッと苦しくなって、すぐそばにある小さな肩を抱き寄せたい衝動に駆られる。

動かしかけた手を引っ込めて、優万は代わりに言葉を探す。琉夏に笑ってもらうには何を言えばいいのだろうか。自分を頼ってもらうにはどんな言の葉を選べば正しいのだろうか。優万は迷って、考えて、緊張しながら口を開く。

「……あと五ヶ月待ってください。俺がここに入学したら先輩を――」

――独《ひと》りにはさせないんで。

そう言いかけたとき、優万の上着のポケットから電話の着信音が鳴り響いた。言葉を遮られた優万は小さく舌打ちして電話に出る。相手は先ほど置き去りにしてきた友人たちだった。

『優万くん、どこ？　俺たちこれから体育館にバンド見にいくんだけど一緒に行こうよ』

「僕は用事があるから勝手に行っててくれ」

友人のタイミングの悪さに、ついつっけんどんに返事してしまう。すると、隣の琉夏にポンと肩を叩かれた。

「俺そろそろ教室へ戻るから、きみも下へ行ったら？　友達と来てるんだろ？」

琉夏は手ぶりを交えながら小声で告げる。気を遣われたのだとわかった優万は、友人にあたった自分の幼稚な態度が恥ずかしくなった。

小さく頷《うなず》いて優万は電話の向こうの友人に「やっぱり行くから体育館前で待っててくれ」と伝える。本当はまだここにいたいが琉夏が気を遣ってくれた以上、素直に聞かないのも子供っぽくて格好悪い。心の中で落胆して通話を切った。

「じゃあね、文化祭楽しんでいってね。あと受験頑張って」

琉夏はそう言って微笑んで手を振る。立ち上がったものの、階段を下りる気配はない。

（教室へ戻るなんて嘘ついて……）

優万はまた胸が苦しくなる。琉夏といるといつもこうだ。苦しくて苦しくて、胸が苦しくなるたびにもっとそばにいたくなる。

階段を下りながら、優万は何度も振り返る。琉夏はずっと手を振ってくれていた。窓から差し込む光に霞む笑顔が、綺麗だった。

——孤独で、寂しそうで、けれど強く美しい人。

琉夏と再会したあの夏の日、彼が自分を知っていたことが驚くくらい嬉しかった。それからは琉夏のことが気になって気になって、電車に乗るたびに姿を捜し、ときには待ち伏せだってした。院長の息子として彼の体が心配だったからというのは、本音と建前が半々だ。

優万は自分が抱いている感情の名前がわからなかった。同情とか哀れみなんて名前ではこの胸の苦しさは説明できない。

そばにいたい。守ってあげたい。彼の羽ばたきを害するすべてから。ただ強くそう思う。

優万は最後に琉夏を振り返って気づく。きっとあの病院の窓からすべては始まっていた。外に焦《こ》がれる鳥に焦《こ》がれていたのは自分だったのだ、と。

◇　◇　◇

その日、東京では平年より三週間近く早い初雪が降っていた。

自宅の最寄り駅で電車を降りた琉夏は、マフラーをしっかり巻き直し鼻まで覆《おお》ってから駅を出る。

学校を出たときはみぞれ混じりだったのに、電車に乗っている間に完全な雪になったようだ。地面がうっすらと白くなっているのを見て、琉夏は密かに感動する。

（すごい……！　俺、今、雪の中を歩いてるんだ）

今までは窓から眺めるだけだった雪景色の中に自分がいる。他の人には理解されにくい感動を抱きながら、琉夏は雪の載ったアスファルトの上をソロソロと歩いた。

（……やっぱ退院できてよかったなあ。降ってくる雪を見上げたらどんな光景なんだろうって、病院にいるときは想像するしかなかったもん。嬉しいや）

傘を除けて見上げた空は重いネズミ色だ。そこから白いふわふわした固まりが落ちてくるさまは、ずっと眺めていても飽きない。琉夏は目を輝かせながら空を見たり足元を見たりしながら歩いた。

（積もるかな。雪ダルマ作ってみたいな、雪ウサギも。雪合戦……はちょっと無理かな。雪ダルマ作るの、お兄ちゃん手伝ってくれるかな）

ウキウキと考えていた琉夏は、雪を楽しむ相手にもう友達が上がらなくなったことに気づき、途端に落ち込んだ。輝いて見えた景色が、なんだか急に薄暗く感じられる。

琉夏の高校生活は今やすっかりぼっちが板についてしまった。

気を遣われればギクシャクするし、ギクシャクすればいたたまれない。春は友達作りに積極的だった琉夏はいつからか気遣われることに申し訳なさを覚え、自然と周囲から距離を取るようになってしまった。

入学したときはあんなに楽しみにしていた文化祭でさえ散々だった。準備でクラスメイトと少しは仲良くなれたかと思ったのに、本番初日でまた倒れてしまったのだ。不幸中の幸いで眩暈《めまい》が強かっただけで入院も欠席もせずに済んだけれど、クラスメイトとの距離はまた開いてしまった。

人が目の前で倒れるというのはインパクトのあるものだ。なかなか慣れるものでもない。クラスメイトが琉夏を過剰に心配するのも、目の前で死んでしまったらどうしようなどと大げさなほど不安に思うのも、仕方のないことだった。

しかし皆がお化け屋敷で盛り上がっている中、役割を与えられず『休憩しててていいよ』と言われるのはつらいものがあった。教室に居づらくなった琉夏は誰もいない階段の踊り場で過ごし、見事にぼっち文化祭を成し遂げてしまったのだった。

苦い思い出が甦《よみがえ》って、琉夏はマフラーの中で溜息をつく。もしこのまま残り二年間の高校生活もぼっちだったらどうしようと心配になるうえ、明るい展望は何もない。

(男子校に入っちゃったのが間違いだったのかな。男子校のほうが友達ができやすいかと思ったけど、周りが男子しかいないと余計に俺の貧弱さが目立ってよくなかったのかも……。って今更そんなこと言ってもどうしようもないんだけどさ)

家に向かってとぼとぼと歩いていると、コートのポケットの中でスマホが震えたのがわかった。

見てみると母からのメッセージで、帰りに食パンを買ってきてほしいとの旨がお願いスタンプと一緒に送られてきていた。

「ついでに肉まん買っていい？……っと」

お遣いのお駄賃におやつをねだれば、母は快く『ＯＫ！』のスタンプを返してくれた。

「やった、肉まんゲット。ビッグ肉まん買っちゃお」

落ち込んでいた気持ちが、ホカホカのおやつのおかげで少しだけ晴れる。琉夏は雪で白くなった歩道橋を渡り、大通り沿いのコンビニへと向かった。

駅から家までは三軒ほどのコンビニがある。大通り沿いのコンビニを選んだのはたまたま近かったのと、ビッグ肉まんがここにしかないからだったが、琉夏は店に着いてから少々後悔した。

「げっ」と口から出そうになった声は呑み込み、心の中で思うだけにしておく。

店の入口近くには三人組のヤンキーがたむろしていた。ジュースやチキンを食べながら、軒下に集まって何やらだべっている。

(何もこんな寒い日にたむろしなくてもいいのに。ヤンキーの考えることはよくわかんないな)

三人組はこの地区の中学校の制服を着ていた。けれど髪を染めたりピアスを開けたりと、とても中学生には見えない。少なくとも琉夏よりは十倍威圧的だ。

琉夏は自分が舐められやすい容姿だということを自覚している。小さい背丈に華奢《きゃしゃ》な体、おまけに女顔と、強そうな要素がひとつもない。実際弱い。

間違っても絡まれたりしないよう、視線を逸《そ》らし足早に店に入ろうとした。しかし、危険とはあちこちに潜《ひそ》んでいるものである。

「いたっ」

ヤンキーから目を逸《そ》らしすぎたせいで前を見ていなかった琉夏は、入口で人にぶつかってしまった。咄嗟《とっさ》に謝ろうと相手を見て、「ひっ」と小さく声をあげる。

「んだよ、このチビ」

店から出てきたのは、これまたヤンキーのふたり組だった。たむろしている少年たちと同じ制服を着ており中学生のようだ。

「ご、ごめんなさい！」

咄嗟《とっさ》に身を竦《すく》め琉夏は謝った。骨が折れたといちゃもんをつけられ慰謝料を請求される未来が頭によぎって泣きたくなる。しかしふたり組は慌てているようで、腕にスポーツバッグを抱え直すと琉夏に構わず早足で通り過ぎていってしまった。

「……あれ？」

琉夏はきょとんとしたあと深く安堵《あんど》の息を吐き、何事もなかった幸運に感謝した。

(さっさと買い物済ませて帰ろう)

これ以上いらん危険に巻き込まれてはたまらんと、店の中へ入る。そのときだった。

「コラー！　お前ら待て‼」

コンビニの店長らしき中年男性が、怒鳴りながら琉夏の横を通り過ぎていった。琉夏も店にいた客たちも、何事かと驚いて振り返る。

店長の男は店から飛び出すと、軒下にいたヤンキー三人組の腕をいきなり掴んで引っ張った。

「毎日毎日うちの店で万引きしやがって！　今日こそ警察に突き出してやるからな！」

「はぁ!?」

ヤンキーたちは眉を吊り上げて怪訝《けげん》な声をあげると、店長の腕を振り払って怒鳴り返した。

「つざけんなよ！　俺たちはんなことしてねェよ！」

「うるさい！　お前そこの中学校の生徒だろ、わしは見たんだ！　そのスポーツバッグに菓子を詰めてたところを！」

「だったら確かめてみりゃいいだろ！　このハゲ！」

激しく言い争う店長とヤンキーに、客たちは唖然《あぜん》としている。特に一番背の高い金髪のヤンキーは怒り心頭のようで、店長の胸ぐらを掴みあげて怒鳴っていた。

「あ、あの……」

誰も入り込めないほど激しい剣幕で怒鳴り合っている彼らの間に、琉夏は身を縮めながらおずおずと割って入る。

「「あ？」」

ヒートアップしている店長とヤンキーは揃って睨みつけてきたが、琉夏は盛大にビビって震えながらも、口を開いた。

「こ、この人たちじゃないと思います……万引きしたの。さっき俺とぶつかった茶髪のふたり組、お菓子がいっぱい詰まったスポーツバッグ抱えてました。この人たちと同じ制服で同じ指定バッグだったけど、この人たちじゃありません。だから、その……多分、犯人は違う人……かなって」

モゴモゴと喋る琉夏を、店長もヤンキーもポカンとして見ている。するとヤンキーの中のひとりが思い出したように呟《つぶや》いた。

「そういやさっき三年のふたり組が走って出てったよな」

人違いの可能性が浮上して、店長はたちまち顔を強張《こわば》らせた。狼狽《うろた》えた様子でキョロキョロとし、自信なさげにヤンキーを指さす。

「て、適当なことを言うな。わしは見たと言ってるじゃないか」

「ちげーよ。疑うんならバッグでもポケットでも確かめればいいだろ」

「っていうか、防犯カメラ見ればすぐわかるんじゃないですか？」

もはや人違いであることは認めざるを得ないのに、引っ込みがつかなくなったのか店長の男は苦し紛れに今度は琉夏を指さした。

「さ、さてはお前らグルだろう。そうやって誤魔化そうとしたってわしは騙《だま》されんぞ」

「なんで!?」

琉夏は思わず素《す》っ頓狂《とんきょう》な声をあげてしまった。グルどころかこの類《たぐい》の人間と喋ったことすらないのに、とんだとばっちりだ。理不尽な免罪をスルーできずつい口を挟んでしまったが、やっぱり関わるべきじゃなかったと後悔しかけたときだった。

「こいつは無関係だ。ってか、てめえ脳みそまでハゲてんのかよ。A男子校のいい子ちゃんが俺らの仲間のはずねえだろ。自分の間違い認めたくねえからってテキトーこいてんじゃねえぞ」

一番激怒していたヤンキーが、琉夏の前に進み出てきっぱりとそう言った。

(庇ってくれた?)

琉夏は心の中で密かに驚く。グルだと疑われたことに怒っただけかもしれないが、琉夏を背に守るように立った姿にそう感じたのだ。

「なっ……、ふ、フン!」

言い返せなくなった店長はヤンキーをひと睨みしてから顔を背ける。琉夏の通うA男子校は偏差値が高く素行もいいことで有名だ。ヤンキーの言うことは実に説得力があり、店長を黙らせるには十分効果があった。

「そもそもうちの店の前でたむろしてるのが悪いんじゃないか……疑われるような恰好して……」

ついに犯人は違う人物だと認めた店長は、ブツブツと文句を言いながら店の中へ戻っていった。

謝罪もせずに去っていく店長に琉夏はイラっとする。万引きされたのは気の毒だが、それとこれとは別問題だ。間違っても謝れない大人にはなりたくないなと琉夏が思っていると、トントンと肩を叩かれた。

「サンキューな、ちっちぇセンパイ」

顔を上げるとさっき庇ってくれたヤンキーが屈託のない笑みを浮かべていた。あまりにも素直なその笑顔に、さっきまでの怖い印象が書き換わる。彼の後ろにいる連れのふたりも、微笑みながら軽く頭を下げてきた。

「ど……どういたしまして」

初対面、しかも接したことのないタイプを相手に琉夏はドギマギとする。つられてペコリと頭を下げると、ヤンキーの顔がますます綻《ほころ》んだ。

「俺、皇倫人《すめらぎりんと》。中二。あんたは？」

「あ、浅草琉夏。高一……です」

「ははっ、あんたのほうが年上なのになんで敬語？」

彼——倫人のほうが琉夏より二十センチ近く背が高い。金髪やピアス、着崩した制服の貫禄からもとてもふたつも年下には見えない。そのうえ彼は実に整った顔立ちで中学生らしからぬ色気まで感じるのに、笑った顔は非常に愛らしくて年相応に思えた。

「ここチキンと肉まんはうめーけどよぉ、店長はムカつくよな。昔っからうちのガッコーの生徒、目の敵《かたき》にしてやんの。まーさっきの三年生みてーにクソな生徒が多いから仕方ねーんだけど」

そうぼやきながらも、倫人は自分の食べ終えたゴミをゴミ箱へ捨てる。見かけと違ってちゃんとしてるなと琉夏はこっそり感心した。

「わかる。近所のコンビニの中でここのホットフードが一番おいしいよね」

店長のことはさておき、ホットフードに関しては琉夏は同意する。

倫人はバッグを肩にかけ直すと「じゃーな、ちっちゃいセンパイ」と手をひらひらと振って仲間と去っていった。琉夏もそれに小さく手を振り返す。

（見た目は怖そうなのに、いい子だったたな。しかもすごいコミュ力だ。初対面の高校生相手でもあんなに気軽に話せるなんて。友達多そうだな、羨ましい……）

新鮮な体験をしたなと琉夏はしみじみ思う。ハラハラしたけど悪くはなかった。けどもう彼らと会うこともないだろう。

(帰ったらお兄ちゃんに今日のこと教えてあげよ)

そして琉夏は本来の目的を思い出し、レジで少々気まずさを感じながらも食パンとビッグ肉まんを買ったのだった。

もう会うこともないと思っていた倫人と再会したのは、それからたった三日後のことだった。

時間は夜の十時。コンビニへシャーペンの芯を買いにきた琉夏は、駐車場に止まっているバイクのタンデムシートに座っている倫人に声をかけられた。

「よぉ、センパイ〜」

「あ、あのときの……」

言いかけて琉夏はギョッとする。彼の口の端には血がこびりついており、顔には擦り傷もあった。明らかに殴られた痕《あと》だ。

「怪我してるよ！　大丈夫?」

慌てて駆け寄った琉夏に、倫人はケラケラと笑う。

「ちょーどこないだのクソ三年生ボコしてきた帰り。万引きとかセコいことやってんじゃねーよ、俺に迷惑かかんだろってシメてやったら、アイツら泣いてやんの。超ダセー。明日ここに謝りにくるってさ」

「は～……」

ボコすだのシメるだの、自分の人生と無縁な単語に琉夏は妙な感心をしてしまう。なんだか漫画の中の話みたいだ。

琉夏がポカンとしていると、店の中からバイクのヘルメットを持った男が出てきて「ん」と倫人に何かを投げ渡した。「さんきゅ」と倫人が受け取ったそれは絆創膏《ばんそうこう》だった。今買ってきた物らしい。

ヘルメットの男はバイクに跨《また》がらず、そのままUターンすると店の軒下で煙草を吸い始めた。

倫人は受け取った箱をさっそく開けて、顔の傷に絆創膏《ばんそうこう》を貼ろうとする。しかし鏡も見ずにいい加減に貼っているので、クシャクシャに寄れたあげく傷からズレていた。

「適当すぎない？　貼ってあげようか？」

琉夏が見かねて言えば、倫人は絆創膏《ばんそうこう》を箱ごと差し出した。

「こんな時間に外にいていいの？」

顔の傷に絆創膏《ばんそうこう》を丁寧に貼ってあげながら、琉夏は尋ねる。今日の彼は私服なのでますます中学生には見えないが、十三、四歳の子が夜にふらついているのはやはり心配だ。

「別に。あんただってこんな時間に外にいるじゃねーか」

「俺はシャーペンの芯買いにきただけだからすぐ帰るし」

「俺だって絆創膏《ばんそうこう》買いにきただけだし～」

倫人はのらりくらりと交わしたが、説教臭いことを言える関係でもないので琉夏はそれ以上追及しなかった。

「できた。お大事にね」

計三枚の絆創膏《ばんそうこう》を貼り終えた琉夏が箱を返そうとすると、差し出した手ごと掴まれてしまった。

なんだろうと一瞬ビクリとしたが、倫人はマジマジと琉夏の手を見つめると「ちっさ」と言って笑った。

「女子みてえ。エッロ」

そう笑いながら倫人は手を離す。

（エロい⁉　俺がエロイ⁉　そんなこと初めて言われた！）

琉夏は意味がわからずドギマギした。

「なあ、センパイって童貞？」

さらに畳みかけるようにとんでもないことを質問され、琉夏の顔は真っ赤になってしまった。こちらを見つめる倫人の瞳はやけに色気を含んでいて、口は興味津々に弧を描いている。からかわれているのだと思った琉夏は、無言でプイとそっぽを向いた。

「ははは、童貞だ。ぜってー童貞だ」

笑われた琉夏はムッと頬を膨らます。すると倫人は強引に肩を組んできて、琉夏の耳元で囁《ささや》くように言った。

「女紹介してやろっか。おっぱいでけーの。俺、センパイが童貞捨てるとこ見てーな～」

羞恥と動揺が限界突破した琉夏は肩に組まれた腕を振り払い、弾け飛ぶように倫人から離れた。

「みっ、見せないよ！　てかヤらないし！」

琉夏は怒りながらも、自分で何を言っているのかよくわからなかった。からかわれて腹が立つ以上に、恥ずかしくて頭が熱くて思考が働かない。

「俺もう行くから！」

ニヤニヤしている倫人の視線から逃げるように琉夏は背を向けると、小走りでコンビニへ飛び込む。

レジで会計を済ませていると、外からバイクエンジンの音が聞こえた。駐車場のほうを向くと、倫人のタンデムしているバイクにさっき絆創膏《ばんそうこう》を買った男がエンジンをかけているのが見える。

琉夏の視線に気づいた倫人が片手を振っているうちに、バイクは発進していった。

外に出ると駐車場はガランとしていて、さっきまでのやりとりが嘘のように静かだ。

(家に帰ったのかな……それともどっか遊びにいくのかな。友達だけじゃなく彼女もいっぱいいそうだもんな……)

先ほどの会話を思い出し、琉夏は頬を熱くさせる。倫人は初めて会ったときからなんとも刺激的で未知な子だ。つくづく自分とは違う世界で生きてきた子だと感じるのに、嫌いだとは思わないのが不思議だった。

冬の夜空の下を、琉夏は白い息を吐き出しながら歩く。澄んだ空気を伝わって、遠くからバイクの走行音が聞こえる気がした。

深夜零時。年上の友人宅でダラダラと遊んでいた倫人は、友人に促され仕方なしに家に帰ってきた。

ファミリー向けタワーマンションの一室。広く明るい部屋にはセンスのいい家具も最新の家電も揃っているのに、人のぬくもりだけがそこにはなかった。

苛立《いらだ》つ静けさにひとつ舌打ちをし、倫人はまっすぐ自室に籠《こ》もる。ベッドに寝そべり耳にイヤホンを刺すと、静寂に抗《あらが》うようにボリュームを上げて音楽を流した。

倫人の母はいわゆる〝未婚の母〟というやつだった。女優をしていた彼女は三十になる手前でひとりで子供を産み、そしてひとりで育てた。それなりに売れていたので生活に困ることはない。ただ、彼女はとても多忙だった。子供と向き合う時間などないほどに。

倫人は母が嫌いではない。女手ひとつで不自由なく育ててくれていることにも感謝している。けれど母の押しつけた孤独に黙って耐えるほど従順でもなかった。

素行の悪い友人は夜中まで遊んでくれるし、馬鹿みたいに騒いだり喧嘩をしたりしていれば寂しさが紛れる。ひとりぼっちの夜を乗り越えるにはそれしかなかった。たとえ不良のレッテルを貼られ、仲間以外の人間からは眉を顰《ひそ》められようとも。

「……痒《かゆ》い」

倫人はぼんやりと天井を眺めながら顔を掻く。絆創膏《ばんそうこう》の粘着部分が少しかぶれていた。鬱陶《うっとう》しくなり、口の横に貼ってあった絆創膏《ばんそうこう》をはがす。丸めてゴミ箱に捨てようとして、それを指で摘んで見つめた。

「エロセンパイ、もう寝たかな……」

琉夏を思い出して呟《つぶや》く。苛立《いらだ》っていた倫人の顔が、わずかに緩んだ。

倫人にとって琉夏は新鮮な存在だった。大人のように煩わしがるでもなく、正論を説こうとするでもない。かといって仲間のように不健全な感覚の持ち主でもない。明らかに住む世界が違うのに、接し方がフラットなのがなんだかおかしい。

そして何より、初対面だった自分を守ろうとしてくれたのが嬉しかった。

こんなヤンキー丸出しなナリのせいか倫人は誤解されやすく、困っていても仲間以外に助けてもらったことがない。ましてやヤンキーの万引きのいざこざなんてクソ面倒臭そうなことに、介入してくる他人なんてこの世にいると思わなかった。

琉夏は変わっていると思う。よい意味で社会に疎い。他人との距離を純粋に自分の感覚だけで縮めてくる。そのことが倫人にとっては珍しくて、やけに心地よかった。

(エロセンパイ、女子だったら絶対俺の女にしたのにな)

それに、琉夏にはどことなくそそるものがあった。外見が好みなわけでもないし、倫人は男が好きなわけでもない。けれどなんとなく琉夏に性的なものを感じるのだ。

(優しいしエロいし、イチャイチャしてえ。なんで男なんだよ)

自分勝手な不満を抱き、組んだ足をブラブラ動かす。それから倫人はごろりと横向きに寝返りを打つと、(まあいっか、男でも)と小さく笑った。イヤホンが落ちた耳に、もう静寂は痛くない。

◇　◇　◇

老婆は孤独だった。

会社を起ち上げたのは四十代の頃。うまく時代の波に乗り一代で大きな富を築き上げた。誰からも称えられ大勢の人間を従えたはずだったのに、八十歳という人生の終盤を迎えた今、周りには誰もいない。夫とはとっくに離婚し、子供たちとは二十年近く連絡を取り合っていない。娘が最後に彼女に残した言葉は『私はあなたを母親だと思ったことは一度もない』だった。

今となっては虚しいだけのただ広い家で、老婆はバルコニーの椅子に凭《もた》れ何がいけなかったのだろうと考える。

会社がどんどん大きくなっていくのを見るのは楽しかった。辣腕《らつわん》ぶりを称えて『女帝』とまで呼ばれ、自分は稀代の天才だと思い才能に溺れて、大切なものを置き去りにしてきた。家族も、友人も、親身になってくれた部下さえ。

四十年前は夫と子供があんなに望んでいた家族との時間を迷いもなく捨てたというのに、今となっては喉から手が出るほど欲しい。財産すべてと引き換えにしてもいいほどの宝物に思える。

（やり直したい……やり直したい、やり直したい、やり直したい）

顔を覆《おお》ってさめざめと泣きながら老婆は願う。もし再び昔に戻ってやり直せるなら、今度こそ悔いのない人生にしてみせるのに、と。

老婆は週に一回ほど市内の総合病院に通院していた。

大柄な体は内臓や骨があちらこちら傷んでいて、今や杖がなくては歩くこともできない。重い体をよろよろと杖に乗せながら受付に向かっていると、走り回っていた子供がぶつかってきて老婆はその場に転んでしまった。

カターンと大きな音を立てて杖が転がり、尻をしたたかに打つ。近くにいた人らが一斉に注目し、老婆は痛いやら恥ずかしいやら情けないやらで消えてしまいたくなった。

自分が惨めな生き物に思えて唇を噛みしめたときだった。

「大丈夫ですか？」

駆け寄る看護師より先に老婆に手を差し伸べた者がいた。

それはまだあどけなさの残る少年だった。いや、高校の制服を着ているのだから少年というほど幼くはないが、老婆の目にはまだまだ幼い子供に見えた。

少年は駆けつけてきた看護師と一緒に老婆を立たせる。そして老婆が礼を言うとはにかんだように笑って、すぐに外来病棟へ行ってしまった。

たったそれだけの出来事。善良な少年が老人に手を貸すなど、珍しくもないありふれた光景である。けれどそれは、孤独な老婆にとって大きな慰めになった。

その日から老婆は空想するようになる。会わせてもらえない孫やひ孫は、あんな少年なのではないかと。可愛らしい顔立ちでニコニコしていて少し恥ずかしがりやで、困っている人を放っておけない優しい子で、そしてきっと老婆のことが大好きな甘えん坊に違いない。

家に遊びにきては老婆の膝の上でお菓子を食べ、愛らしい笑顔でお喋りをする姿を何度も思い描いた。お菓子でもゲームでも服でも、欲しいものはなんでも買ってやろうと思う。喜ぶ顔を想像するだけで気持ちが明るくなった。

（そうだ、この家に子供部屋を設けましょう。うんと可愛いのがいいわね、空色の壁紙に星型のランプとか。ああ、でも男の子は可愛すぎるのは嫌かしら。……想像だものね、あの子は可愛い顔をしてたから女の子にしたっていいかも。そうしたら可愛いお洋服も着せてあげられるし）

バルコニーの椅子に座り、空を仰いで目を閉じる。

広く虚しいこの家も、瞼《まぶた》の裏では幸せな笑顔に溢れている。儚くも温かい空想は、半年後に老婆が老衰で亡くなるまで彼女の孤独を慰め続けた。

◇　◇　◇

青年は人生に失望していた。

憧れのゲーム会社に就職した彼はプランナーとして抜擢され、嬉々としてずっと温めてきた企画を立案し制作に着手した。世界を創るというシミュレーションゲームとＲＰＧの要素をミックスさせた、当時としては斬新なアイデアだった。

しかし、作業を進めていく途中でプロデューサーとの衝突が起きた。自分の発案した企画に固執した青年は折れることができず現場は混乱し、ついに制作は中断となった。

青年は会社を去った。ベテランのプロデューサーの不興を買ったうえ、企画を一本潰してしまったのだ。半ば追い出されるような形で退職しただけでなく、同業界での再就職も難しくなった。ゲーム業界から離れたくはないが無職でいるわけにもいかず、青年は配送会社のドライバーとして働くことにした。いつか再びゲームを作れる日を夢見て。

そうして二年の月日が経ったある日。青年が退職した会社から一本の新作ゲームが発売された。

青年は愕然とする。それは彼が発案した企画を中途半端に真似たものだったのだから。

獣人をメインとした世界観やキャラクターのイメージなどは、青年が考えたものとまったく同じだ。それなのに神が世界を創るシミュレーション要素は排除され、平凡なＲＰＧに成り下がっている。

青年は激怒した。自分のアイデアを勝手に使われ、劣化した紛い物が世に出たのだ。到底許せることではない。彼は弁護士に依頼し会社を訴えることにした。

しかし現実は厳しい。アイデアに著作権はなく、会社は彼の企画とはまったくの別物だと反論した。名称やシナリオなど様々な部分が少しずつ変えられ、青年の企画と同一だと認めるのは難しい。

青年は今も民事裁判の途中だ。弁護士は勝ち目のない戦いに渋い顔をしている。青年の給料では弁護士費用や訴訟費用を払うのも厳しく、経済的にも困窮している。

少年の頃から思い描き温めてきたアイデアが蹂躙《じゅうりん》された怒りも、社会的に自分の正しさを証明できない悔しさも、金銭の不安も、すべてが青年を苦しめる。彼の心はもう満身創痍《まんしんそうい》だった。

それでも朝は来る。疲弊し夜も眠れない青年は、血色の悪い顔で仕事へと向かう。ここで金銭が尽きたら、もう戦うこともできなくなってしまう。自分が創った世界を――『トップオブビースト』を取り戻すため、彼は足掻《あが》き続けたかった。

会社に着き、いつものように荷物を積んでトラックを走らせる。信号待ちでふと窓の外に目を向けると、通学途中の学生たちが見えた。

若々しく前途ある彼らを、青年は羨ましく思う。

(俺も学生の頃は楽しかったな。いつも友達と笑い合ってて……)

昔を思い出し、今夜は友人に連絡を取ってみようと思った。重く沈んでいた心が、少しだけ軽くなった気がする。

青年は欠伸《あくび》をひとつ零すと、信号が青になったのを確認してトラックを発進させた。

◇　◇　◇

四月。

街路樹の桜は大空に向かって枝を伸ばし満開の花を咲かせ、風が吹くたびに花びらを降り注いだ。

琉夏は髪についた花びらに気づかぬまま、駅までの歩道を歩く。制服のズボンは、昨年より少し丈が長い。この一年で身長が伸びたから、詰めてあった丈を下ろしたのだ。

退院してからの一年間、思い通りにいかないこともたくさんあった。それでも琉夏は今年も元気に通えている。体は少しは成長したし、入学当初よりは体力だってついた。琉夏は自分を褒めてあげたいと思う。

（一年生のときは友達ができなかったけど、あきらめないぞ。今年こそ絶対に友達を作る！）

赤信号の交差点で足を止め、小さくこぶしを握りしめる。今日から琉夏は二年生だ。決意を新たに空を仰ぐと、風に吹かれた桜の花びらがまるで祝福の紙吹雪のように舞っていた。

（……いいことありそう！）

美しい光景に目を細めたときだった。

「琉夏センパーイ」

聞きなれた声がして辺りを見回すと、車道を挟んだ向こうのコンビニから倫人が手を振っているのが見えた。

あれから倫人とは近所のコンビニで時々会うようになっていた。

彼は相変わらず派手な見た目をしているが、中身は素直で人懐っこく可愛らしいところがあると、この数ヶ月で知った。おまけにどういうわけか琉夏と同じA男子校に進学すると決めたらしく、最近は真面目に勉強もしているという。もし彼が同じ高校になったらさぞかし賑やかな後輩ができるだろうなと思うと、少し楽しみだった。

「おはよう」

琉夏が手を振り返すと倫人はパッと破顔し、歩道橋を駆け上ってこちらへ向かってきた。今日の彼は私服だ。どうやら始業式は高校のほうが早いらしい、まだ春休みなのだろう。

「浅草先輩」

琉夏が歩道橋を見上げていると、今度は違うほうから声をかけられた。振り返ると、駅からこちらへ歩いてくる優万の姿が見えた。

彼は琉夏と同じ制服を着ている。無事にA男子校に合格し、今日が入学式なのだ。

「おはよう」

琉夏は今度は優万に向かって手を振る。

実は優万の最寄り駅はここではない。同じ沿線ではあるが彼は隣町の在住だ。しかし先日たまたま電車で会ったとき、彼は琉夏と一緒に登校したいから駅まで迎えにくると約束したのだ。

以前から感じていたが、どうも優万は琉夏に対して過保護だ。電車で偶然会えば家まで送ってくれるし、薬や水を忘れていないかのチェックから、寒さ暑さまで気にかけてくれる。

年下に世話を焼かれるのは恥ずかしいものがあるが、クラスメイトのように気遣いすぎて距離を取るよりはずっといいし、彼のさりげない優しさは素直に嬉しい。いい後輩ができたなと、琉夏は真新しい制服姿の優万を見て思った。

倫人と優万が琉夏に向かってやってくる。ふたりの笑顔を眺めて、琉夏はふと気づいた。

(あれ？　もしかして俺たちって仲いい？　これって……友達……だったりする？)

胸が高鳴り、琉夏の顔が花開くように綻《ほころ》んでいく。

(やっぱり今年はいいことありそう！)

よく晴れた、うららかな朝だった。

彼らの新しい門出を祝福するかのように、澄み渡った空からは桜の花びらが降り注いでいた。

この作品に対する皆様のご意見・ご感想をお待ちしております。

おハガキ・お手紙は以下の宛先にお送りください。

【宛先】

〒150-6008 東京都渋谷区恵比寿4-20-3 恵比寿ｶﾞｰﾃﾞﾝﾌﾟﾚｲｽﾀﾜｰ 8F
（株）アルファポリス　書籍感想係

メールフォームでのご意見・ご感想は右のＱＲコードから、
あるいは以下のワードで検索をかけてください。

アルファポリス　書籍の感想　検索

ご感想はこちらから

本書は、「アルファポリス」（https://www.alphapolis.co.jp/）に掲載されていたものを
改稿、加筆のうえ、書籍化したものです。

モフモフ異世界《いせかい》のモブ当主《とうしゅ》になったら
側近騎士《そっきんきし》からの愛《あい》がすごい２

柿家猫緒（かきや ねこお）

2023年　2月 20日初版発行

編集－境田 陽・森 順子
編集長－倉持真理
発行者－梶本雄介
発行所－株式会社アルファポリス
〒150-6008 東京都渋谷区恵比寿4-20-3 恵比寿ｶﾞｰﾃﾞﾝﾌﾟﾚｲｽﾀﾜｰ-8F
TEL 03-6277-1601（営業） 03-6277-1602（編集）
URL https://www.alphapolis.co.jp/
発売元－株式会社星雲社（共同出版社・流通責任出版社）
〒112-0005 東京都文京区水道1-3-30
TEL 03-3868-3275
装丁・本文イラスト－LINO
装丁デザイン－円と球
印刷－図書印刷株式会社

価格はカバーに表示されてあります。

落丁乱丁の場合はアルファポリスまでご連絡ください。

送料は小社負担でお取り替えします。


ISBN978-4-434-31624-1 C0093